안데르센 동화집

안데르센 동화집

한스 크리스티안 안데르센 지음 | 이옥용 옮김

보물창고

차례

● 일러두기

1. 이 책은 『Sämtliche Märchen in zwei Bänden』(Thyra Dohrenburg, Patmos Verlag, 2005)와 『Hans Christian Andersen, Sämtliche Märchen und Geschichten』(Eva-Maria Blühm, Gustav Kiepenheuer Verlag, 1982), 『Hans Christian Andersen, Gesammelte Märchen』(Floriana Storrer-Madelung, Fischer Taschenbuch Verlag, 2005)이라는 〈안데르센 동화집〉에 실린 동화를 기본으로 하였고, 여러 동화들 중 가장 널리 알려진 대표작 17편을 골라 옮긴 것입니다.
2. 이 책의 삽화는 『Hans Christian Andersen, Die schönsten Märchen』(Dörfler Verlag, 2007)와 『Hans Christian Andersen, sämtliche Märchen und Geschichten』(Eva-Maria Blühm, Gustav Kiepenheuer Verlag, 1982)에 실려 있는 것으로 빌헬름 페데르센(1820-1859), 로렌츠 프뢸리히(1802-1908), 테오도어 호제만(1807-1875) 등 19세기 덴마크 화가들과 독일 화가들의 그림입니다.
3. 이 책에 실린 작품의 제목은 번역가의 뜻에 따라 원문을 살려 옮겼음을 밝힙니다.(「미운 오리 새끼」→「못생긴 아기 오리」, 「엄지 공주」→「꼬마 엄지둥이」, 「나이팅게일」→「밤꾀꼬리」 등)
4. 현대의 독자가 알기 어려운 단어나 지명, 부가적인 설명이 필요한 부분은 옮긴이의 주를 달아 해소했습니다.

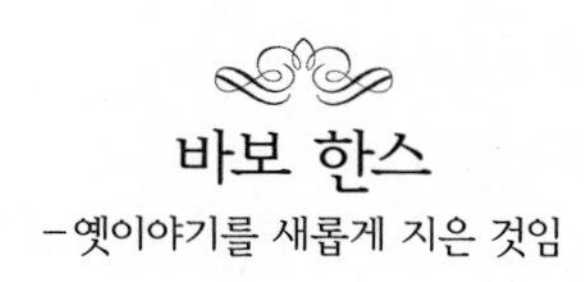

바보 한스

–옛이야기를 새롭게 지은 것임

어느 시골에 커다란 농장이 있었어요. 늙은 농장 주인의 두 아들은 어찌나 영리하고 재치가 넘치는지 그 반만으로도 충분할 정도였지요. 두 아들은 공주에게 결혼해 달라고 말하고 싶었어요. 물론 그렇게 할 수 있었답니다. 공주가 말을 아주 잘하는 남자를 남편으로 맞이하겠노라고 발표했거든요.

두 아들은 준비할 시간이 딱 일주일밖에 없었어요. 하지만 이것저것 유익한 것을 많이 알아서 그것으로도 충분했지요. 첫째 아들은 라틴어 사전을 통째로 줄줄 외울 뿐만 아니라, 그 도시의 3년치 신문도 따르르 외웠어요. 앞에서부터든 거꾸로든 아무 문제 없었어요.

또 둘째 아들은 조합의 법조항을 처음부터 끝까지 모조리 익혔고, 조합장이 알아야 하는 것까지도 훤히 알고 있었어요. 그뿐이 아니었어요. 둘째 아들은 바지 멜빵에 수도 잘 놓았어요. 성격이 섬세하고 손재주가 뛰어났거든요.

"꼭 공주님과 결혼할 거야!"

둘은 말했어요.

그러자 아버지는 두 아들에게 멋진 말을 한 필씩 주었어요. 사전과 신문을 줄줄이 외우는 아들은 칠흑처럼 새까만 말을 받았고, 조합장처럼 영리하고 수를 잘 놓는 아들은 우유처럼 새하얀 말을 받았어요. 말을 선물 받은 두 아들은 입가가 부드럽게 움직일 수 있도록 간유(*명태, 상어 등 물고기의 간장에서 뽑아낸 기름.-옮긴이. 이하 *표시 옮긴이 주.)를 발랐어요.

두 아들이 말 등에 훌쩍 뛰어오르는 모습을 보기 위해 농장의 하인들이 모두 안마당에 모였어요. 그때 셋째 아들이 나타났어요. 농장 주인은 아들이 셋 있었거든요. 하지만 아무도 막내아들을 그 삼 형제 중의 하나라고 쳐 주지 않았어요. 다른 두 형제만큼 아는 것이 많지 않았기 때문이에요. 모두들 막내아들을 '바보 한스'라고 불렀어요.

"일요일 나들이옷을 입고 있는 걸 보니 어디들 가나 보지?"

바보 한스가 물었어요.

"공주님하고 재미난 얘기 나누려고 궁전에 가! 온 나라에 북을 치며 알리는 소리도 못 들었니?"

두 형은 한스에게 그 이야기를 들려주었어요.

"하느님 맙소사! 그럼 나도 가야지!"

바보 한스가 말했어요.

두 형은 한스를 놀려 대며 말을 타고 그곳을 떠났어요.

"아버지, 저도 말 한 필 주세요!"

바보 한스가 외쳤어요.

"저도 공주님과 결혼할래요. 공주님이 날 남편으로 맞이하면 내가 남편이 되는 거고, 공주님이 그렇게 하지 않으면 내가 공주님을 아내로 맞이하면 돼요."

"실없는 소리 하지 마! 너한텐 말 안 줘. 넌 제대로 말도 할 줄 모르잖아! 절대로 말 못 줘. 네 형들은 보통 사람들이 아냐. 얼마나 뛰어난데!"

아버지가 말했어요.

"아버지가 말을 안 주시면, 제 숫염소 타고 가죠! 염소가 잘 태워다 줄 거예요!"

바보 한스는 그렇게 말한 뒤, 마치 말 등에 오르는 것처럼 숫염소에 휙 올라타고는 신발 뒤축으로 숫염소 옆구리를 탁탁 차며 쏜살같이 시골길을 내달렸어요. 휙휙 소리가 날 정도였어요.

"내가 간다!"

바보 한스가 말했어요. 바보 한스는 귀청이 떨어져 나갈 정도의 큰 소리로 노래를 불렀어요.

하지만 두 형은 입을 꼭 다물고 앞서서 달렸어요. 한마디도 하지 않았지요. 공주에게 기발하고 멋진 생각을 이야기해 주려면 골똘히 궁리해야 했거든요.

"큰형! 작은형!"

바보 한스가 외쳤어요.

"나 왔어! 내가 시골길에서 발견한 것 좀 봐!"

바보 한스는 죽은 까마귀를 보여 주었어요.

"바보! 그걸로 뭘 할 건데?"

두 형이 말했어요.

“공주님 드릴 거야!”

“그러든가!”

형들이 말했어요. 형들은 하하 웃으며 계속 달렸어요.

“큰형! 작은형! 나 왔어! 내가 발견한 것 좀 봐. 이런 건 시골 길에 늘 있는 게 아냐!”

형들은 몸을 돌려 도대체 그것이 무엇인지 보았어요.

“바보! 완전히 낡아빠진 나막신 한 짝이잖아. 윗부분도 떨어져 나갔네. 공주님이 그런 것도 받으신다던?”

형들이 말했어요.

“당연하지!”

바보 한스가 말했어요.

형들은 하하 웃으며 말을 몰았어요. 한참 앞서서 달렸지요.

“큰형! 작은형! 나 왔어!”

바보 한스가 외쳤어요.

“이것 참, 사정이 점점 안 좋아지네! 큰형! 작은형! 말할 수 없이 안 좋네!”

“이번엔 또 뭔데?”

형들이 말했어요.

“아! 말 못 해! 공주님이 얼마나 좋아하실까!”

바보 한스가 말했어요.

“쳇! 도랑 진흙탕에서 퍼 온 진흙이잖아!”

“맞아, 진흙! 얼마나 곱고 보드라운지 몰라. 잡으면 손가락 사이로 죄다 술술 빠져나간다니까!”

바보 한스는 그렇게 말하며 양쪽 호주머니에 진흙을 잔뜩 집어넣었어요.

하지만 두 형은 쏜살같이 달렸어요. 바보 한스보다 한 시간이나 일찍 성문 앞에 이르렀지요. 그곳에는 공주에게 구혼하려는 남자들이 도착한 순서대로 번호표를 받아 들고 한 줄에 여섯 명씩 줄지어 서 있었어요. 어찌나 따닥따닥 붙어 있었던지 팔도 움직일 수 없을 정도였어요. 하지만 그러길 천만다행이었어요. 왜냐하면 누군가 자기 앞에 서 있다는 이유만으로 그 사람의 옷을 갈기갈기 찢어 버렸을 테니까요.

백성들은 공주가 구혼자들을 맞이하는 모습을 지켜보기 위해 성 주위에 빙 둘러섰어요. 창문 가까이에도 우르르 몰려들었지요.

그런데 구혼자들은 공주의 방으로 들어가기만 하면 웬일인지 모두들 말문이 꽉 막혀 버렸어요.

"형편없군! 썩 나가지 못할까!"

공주가 말했어요.

드디어 라틴어 사전을 통째로 죽죽 외우는 첫째 형의 차례가 되었어요. 하지만 첫째 형은 하나도 생각나지 않았어요. 옴짝달싹 못하고 줄지어 서 있는 동안 다 까먹은 거예요. 바닥은 삐거덕거렸고, 천장은 온통 거울로 되어 있어서 마치 자신이 거꾸로 서 있는 것 같았어요. 또 각 창문마다 서기 세 사람과 조합장 한 사람이 서서 공주와 구혼자가 나누는 이야기를 빠짐없이 기록하고 있었어요. 이튿날 신문에 그 내용을 실어 길모퉁이에서 2실링(*유럽의 옛 화폐 단위.)에 팔 예정이었거든요. 참으로 끔찍한 일이었지요. 게다가 불은 또 어찌나 많이 땠는지 난로는 시뻘겋게 달아올랐어요!

"방 안이 엄청나게 뜨겁네요!"

첫째 형이 말했어요.

"우리 아버지가 오늘 수평아리 몇 마리를 구워서 그래요!"

공주가 말했어요.

이걸 어쩌죠! 첫째 형은 그대로 서 있었어요. 공주가 그런 말을 할 줄은 상상도 못 했거든요. 첫째 형은 한마디도 못 했어요. 왜냐하면 첫째 형은 재미있는 얘기를 들려주고 싶었거든요. 이걸 어쩌죠!

"형편없군! 썩 꺼지지 못할까!"

공주가 말했어요.

첫째 형은 그곳을 떠나야 했어요.

이어서 둘째 형이 들어왔어요.

"이곳은 엄청나게 덥군요!"

둘째 형이 말했어요.

"수평아리 몇 마리를 굽고 있거든요!"

공주가 말했어요.

"네? 뭘 꿉…… 뭐라고요?"

둘째 형이 말했어요.

서기 세 사람은 모두 이렇게 썼어요.

네? 뭘 꿉…… 뭐라고요?

라고요.

드디어 바보 한스 차례가 되었어요. 바보 한스는 숫염소를 타고 위풍당당하게 공주의 방 안으로 쑥 들어갔어요.

"푹푹 찌네요!"

바보 한스가 말했어요.

"맞아요. 내가 수평아리 몇 마리를 굽고 있거든요!"

공주가 말했어요.

"아주 잘 됐네요! 그럼 까마귀도 같이 구울 수 있을까요?"

"물론이죠! 하지만 까마귀를 구울 그릇은 있겠죠? 난 냄비도 프라이팬도 없어요!"

공주가 말했어요.

"저한테 있습니다! 여기 손잡이가 주석으로 된 냄비가 있어요!"

바보 한스는 낡아빠진 나막신을 꺼내 그 안에 까마귀를 넣었어요.

"충분히 한 끼 식사가 되겠는걸! 하지만 찍어 먹을 소스가 없어서 어쩌죠?"

공주가 말했어요.

"그건 제 호주머니 속에 있습니다! 너무 많아서 조금 써도 됩니다!"

바보 한스는 호주머니에서 진흙을 조금 툭툭 털어 냈어요.

"마음에 드네! 대답이란 걸 할 줄 아는군. 말도 잘하고. 그대를 남편으로 삼겠어! 그런데 우리가 말하는 게 처음부터 끝까지 몽땅 기록되어서 내일 신문에 실리는 거 알아? 서기 세 사람과 조합장 한 사람이 각 창문에 한 명씩 서 있는 거 보이지? 조합장이 제일 문제야. 도대체 말귀를 알아듣지 못하거든!"

공주가 말했어요. 바보 한스에게 겁을 주기 위해서였어요.

서기들은 모두 요란하게 낄낄거렸어요. 그 바람에 바닥에 잉크 한 방울이 톡 튀었어요.

"조합장은 아주 높으신 분인가 보군! 그렇다면 그분에게는 가장 좋은 것을 드려야겠다!"

바보 한스가 말했어요. 그러고는 호주머니를 홀딱 뒤집어 진흙을 조합장의 얼굴에 홱 집어던졌어요.

"아주 잘했어! 난 그렇게 못 했을 거야! 나도 배워야겠다."

공주가 말했어요.

그래서 바보 한스는 임금님이 되었어요. 아내와 왕관도 생기고, 옥좌에도 앉았지요. 이 이야기는 조합장이 만드는 신문에 실린 내용이에요. 그런데 그 조합장은 믿을 수 없는 사람이랍니다.

황제님의 새 옷

옛날에 아름다운 새 옷을 너무나도 좋아하는 황제님이 있었어요. 황제님은 옷을 멋지게 차려입기 위해 갖고 있는 돈을 몽땅 써 버리곤 했지요. 황제님은 자신의 병사들에겐 관심도 없었어요. 물론 돌보지도 않았지요. 그나마 관심이 있는 것은 연극을 본다거나 마차를 타고 숲으로 산책을 가는 것이었어요. 그런 곳에 가면 새 옷 입은 모습을 사람들에게 자랑할 수 있었기 때문이었어요. 황제님은 낮 동안에는 한 시간에 한 번씩 연미복을 갈아입었어요. 다른 나라 같으면 "임금님이 지금 회의 중이십니다." 하고 말하겠지만, 이곳에서는 "황제님은 지금 옷방에 계십니다!" 하고 말했어요.

황제님이 살고 있는 그 큰 도시는 활기가 넘치고, 즐겁고 유쾌한 일도 많이 일어났어요. 하루가 멀다 하고 수많은 외국인들이 그곳을 찾아왔지요. 어느 날 사기꾼 두 명이 그곳에 왔어요. 사기꾼들은 자신들이 옷감을 짜는 직조공이라고 하면서 이 세상에서 가장 아름다운 옷감을 짤 수 있다고 떠벌렸어요. 옷감의 색깔과 무늬만 기가 막히게 아름다운 게 아니라, 그 옷감으로 지은 옷 역시 기이하고 놀라운 특성이 있어서 관직에 있어도 있으나 마나 한 사람이나 지나치게 어리석은 사람들 눈에는 절대로 보이지 않는다고 했지요.

황제님은 생각했어요.

'틀림없이 화려하고 찬란한 옷일 거야. 내가 그 옷을 입으면, 나라의 녹을 먹고 사는 자들 가운데 누가 쓸모없는지 알 수 있겠는걸. 똑똑한 사람과 바보도 가려낼 수 있을 테고. 그 옷감으로 당장 내 옷을 짓도록 해야겠다!'

황제님은 두 사기꾼에게 자신의 옷을 만들라고 돈을 듬뿍 주었어요.

사기꾼들은 베틀 두 대를 갖다 놓고 일하는 시늉을 했어요. 하지만 베틀 위에는 아무것도 없었어요. 사기꾼들은 조금도 주저하지 않고 최고로 고운 비단과 최고로 번쩍이는 황금을 달라고 했어요. 그들은 갖고 온 자루에 비단과 황금을 얼른 집어넣고는 아무것도 없는 빈 베틀에서 밤늦도록 일을 했어요.

황제님은 생각했어요.

'옷감을 얼마나 짰는지 정말 궁금하군!'

하지만 어리석거나 맡은 바 자기 일을 제대로 해내지 못하는 사람에게는 옷감이 보이지 않는다는 이야기를 떠올리면 덜컥 겁도 나고, 마음도 불편했어요. 그러나 황제님은 그런 일로 걱정을 할 필요는 없다고 생각했어요. 황제님은 일이 얼마나 진척되었는지 알아보라고 일단 누군가를 보내고 싶었어요. 그 도시에 있는 사람들은 그 옷감이 이상야릇한 힘을 가지고 있다는 것을 모두 잘 알고 있었어요. 사람들은 자기네 이웃이 나쁜 사람인지, 아니면 바보인지 너무나도 알고 싶었어요.

황제님은 생각했어요.

'나이도 많고 정직한 장관을 직조공들에게 보내자! 그 장관은 사려분별력이 있으니 옷감이 어떤지 제일 잘 볼 수 있을 거야. 그 일엔 그가 가장 적격이지!'

그래서 정직하고 늙은 장관은 두 사기꾼이 아무것도 없는 텅 빈 베틀 앞에 앉아 일하고 있는 널찍한 방으로 갔어요.

'아니, 이럴 수가! 아무것도 안 보이네!'

늙은 장관은 눈이 휘둥그레졌어요. 하지만 장관은 하나도 안 보인다는 말은 하지 않았어요.

두 사기꾼은 장관에게 송구스럽지만 좀 더 가까이 오라고 했어요. 그리고 자기네들이 짠 옷감의 무늬가 예쁜지, 색깔은 화려하고 찬란한지 물었지요. 그 불쌍한 장관의 두 눈은 점점 더 커졌어요. 하지만 아무것도 보이지 않았어요. 왜냐하면 아무것도 없었으니까요.

'맙소사, 내가 바보란 말이야? 바보라고 생각한 적은 한 번도 없었는데. 내가 바보란 걸 그 누구도 알면 안 돼! 내가 장관직에 쓸모가 없는 건가? 그렇지 않아. 옷감이 보이지 않는다는 얘기는 절대로 하지 말아야지!'

베틀에 앉아 옷감을 짜고 있던 한 남자가 말했어요.

"장관님은 아무 말도 하지 않으시네요!"

늙은 장관이 말했어요.

"아, 너무 아름다워요! 환상적입니다!"

안경을 끼고 있던 장관은 다시 한 번 눈에 힘을 주어 보았어요.

"이 무늬며, 이 다양한 색깔! 옷감이 내 마음에 쏙 든다고 황제님께 말씀드려야겠어요!"

"저희도 기쁩니다!"

두 직조공은 이렇게 말한 뒤, 옷감의 색깔 이름을 하나하나 알려 주고, 독특한 무늬에 대해서도 설명해 주었어요. 늙은 장관은 황제님께 돌아가서 그대로 전하려고 귀를 쫑긋 세우고 들었어요. 실제로 장관은 황제님께 그대로 말했어요.

사기꾼들은 옷감을 짜는 데 필요하다며 더 많은 돈과 비단과 황금을 요구했어요. 그들은 그것들을 몽땅 자루에 집어넣었어요. 베틀 위에는 짤막한 실 한 가닥도 걸려 있지 않았어요. 하지만 그들은 여전히 텅 빈 베틀에서 옷감을 계속 짜는 척했어요.

얼마 지나지 않아 황제님은 또 다른 늙고 정직한 신하를 사기꾼들에게 보냈어요. 옷감 짜는 일이 어떻게 되어 가고 있는지, 그리고 조만간 옷감이 다 짜이는지 알아보고 오라고 한 것이지요. 이 신하에게도 늙은 장관과 똑같은 일이 벌어졌어요. 신하는 보고, 또 보았어요. 아무리 눈을 부릅뜨고 들여다봐도 텅 빈 베틀밖에 없었어요. 아무것도 보이지 않았어요.

두 사기꾼이 물었어요.

"옷감이 아름답지 않아요?"

사기꾼들은 있지도 않은 무늬를 가리키며 이루 말할 수 없이 아름다운 그 무늬가 어떠어떠하다고 설명했어요.

신하는 생각했어요.

'난 바보 아닌데! 하지만 내 눈에 아무것도 안 보인다는 건 내가 신하의 자격이 없다는 말이잖아. 말도 안 돼. 하지만 사람들이 눈치채지 못하게 해야지!'

신하는 보이지도 않는 옷감을 칭찬했어요. 옷감의 아름다운 여러 가지 색깔이며 기가 막히게 아름다운 무늬를 보니 무척이나 기쁘다고 힘주어 말했지요.

신하는 황제님에게 돌아가 말했어요.

"폐하, 옷감이 이루 말할 수 없이 아름답습니다!"

그 도시에 사는 사람들은 누구나 할 것 없이 모두 화려하고 찬란한 그 옷감 이야기를 했어요.

황제님은 베틀 위에 있는 옷감을 직접 보고 싶었어요. 황제님은 한 무리의 신하들을 특별히 뽑아 -그 가운데에는 이미 그 널찍한 방에 다녀온, 늙고 성품이 선량한 두 신하도 끼어 있었어요.- 함께 교활하기 짝이 없는 사기꾼들에게 갔어요. 그들은 온갖 정성을 다해 옷감을 짜고 있었어요. 하지만 날실도, 씨실도 없었지요.

선량한 두 신하가 말했어요.

"와, 정말 찬란하네요! 폐하, 좀 보시옵소서. 이 무늬며, 이 색깔!"

두 신하는 아무것도 없는 빈 베틀을 가리켰어요. 다른 사람들 눈에는 틀림없이 옷감이 보일 것이라고 생각했기 때문이죠.

황제님은 생각에 잠겼어요.

'무슨 소리야? 난 아무것도 안 보이는데! 이렇게 끔찍한 일이 일어나다니! 내가 바보란 말인가? 그럼 내가 쓸모없는 황제란 말이야? 이렇게 끔찍한 일은 난생 처음인걸!'

하지만 황제님은 이렇게 말했어요.

"오, 정말 아름다워. 최고의 찬사를 보내지 않을 수가 없군!"

황제님은 만족스러운 얼굴로 고개를 끄덕이며 아무것도 없는 베틀을 찬찬히 살펴보았어요. 황제님은 아무것도 보이지 않는다는 사실을 말하고 싶지 않았어요. 황제님이 거느리고 온 신하들 역시 베틀을 보고, 또 보았어요. 하지만 아무리 눈을 크게 뜨고 봐도 옷감은커녕 실오라기 하나 보이지 않았어요.

하지만 그들은 황제님과 똑같은 말을 했어요.

"아, 정말 아름답네요!"

신하들은 황제님에게 곧 있을 성대한 축제 행렬 때 이 호화찬란한 옷감으로 지은 옷을 입으라고 권했어요.

"정말 놀라워. 이렇게 훌륭하다니! 정말 기가 막히다!"

이런 말이 입에서 입으로 전해졌어요. 모두들 기뻐하고 만족스러워했어요. 황제님은 두 사기꾼에게 웃옷 단추 구멍에 다는 훈장을 각기 한 개씩 주고, '최고의 직조공'이란 작위도 내렸어요. 그건 귀족과도 같은 것이었지요.

축제 행렬 하루 전날 밤, -축제 행렬은 오전에 시작될 예정이었어요.- 사기꾼들은 16개도 더 되는 양초를 켜 놓고 꼬박 밤을 새웠어요. 사람들은 그들이 황제님의 새 옷을 완성하려고 온 힘을 다해 부지런히 일하고 있다는 걸 알 수 있었어요. 사기꾼들은 베틀에서 옷감을 들어내 허공에 대고 큰 가위로 잘라 낸 다음, 실도 꿰지 않은 바늘로 바느질하는 척했어요.

마침내 그들은 이렇게 말했어요.

"보세요. 옷을 다 만들었어요!"

이윽고 황제님이 기품 있는 귀족들을 거느리고 그곳에 나타났어요. 그러자 두 사기꾼은 뭔가를 들어올리듯이 한 팔을 높이 쳐들며 말했어요.

"자, 보십시오. 여기 바지가 있습니다! 한 벌이 아니라 여러 벌이죠. 이건 연미복이고요! 이건 망토입니다!"

사기꾼들은 계속 허풍을 떨었어요.

"우리가 지은 옷들은 모두 거미줄처럼 가볍지요! 이 옷들을 입으면 아무것도 걸치지 않은 것 같으실 겁니다. 하지만 바로 이 점이 이 옷들의 최고 장점이죠!"

"아, 그렇군요!"

귀족들이 일제히 말했어요.

하지만 그들은 아무것도 보이지 않았어요. 아무것도 없었으니까요.

사기꾼들이 말했어요.

"황제 폐하, 황공하오나 옷을 벗으시옵소서! 이제 저희가 이 큰 거울 앞에서 황제님께 새 옷을 입혀 드리겠습니다!"

황제님은 입고 있던 옷을 모두 벗었어요. 그러자 사기꾼들은 새로 지었다고 하는 옷을 한 벌, 한 벌 황제님에게 입혀 주는 시늉을 했어요. 사기꾼들은 황제님의 허리를 껴안더니 뭔가를 단단히 묶는 척했어요. 그건 바로 옷자락이었지요. 황제님은 거울 앞에 서서 이리저리 몸을 돌렸어요.

"세상에, 옷이 꼭 맞네요! 정말 잘 어울리십니다!"

모두 입을 모아 말했어요.

"무늬가 어쩜 저래! 저 색깔 좀 봐! 정말 귀한 옷이야!"

한결같은 말들을 했지요.

의전장관이 말했어요.

"폐하! 지금 밖에서는 폐하가 행진하실 때 옥좌 위에 드리울 닫집(*옥좌나 불좌 따위 위에 장식으로 만들어 다는 집의 모형.)을 준비하고 모두 대기하고 있습니다!"

"알겠노라. 나도 만반의 준비가 끝났느니라! 내 새 옷이 잘 어울리느냐?"

황제님은 그렇게 말한 뒤, 거울 앞에서 한 번 더 이리저리 몸을 돌렸어요! 왜냐하면 새로 차려입은 모습을 몸소 살펴보는 척해야

했으니까요.

황제님의 뒤에서 옷자락을 들고 가야 하는 시종들은 두 손으로 바닥을 더듬었어요. 옷자락을 집어 올리는 척한 것이지요. 그들은 뭔가를 높이 집어 올리는 시늉을 하면서 걸어갔어요. 아무것도 보이지 않는다는 사실이 들통 나면 안 되기 때문이었지요.

황제님은 화려하고 찬란한 닫집 아래에서 행진을 하기 시작했어요. 구경을 하러 길가에 나온 사람들과 자기 집 창가에서 밖을 내다보고 있던 사람들은 한결같이 이렇게 말했어요.

"세상에! 황제님의 새 옷은 정말 아름답네! 연미복 자락은 또 어쩜 저렇게 멋질까! 연미복 자락이 기가 막히게 잘 어울리는걸!"

아무것도 보이지 않는다고 말하는 사람은 한 사람도 없었어요. 만일 그런 말을 했다가는 맡은 일도 제대로 하지 못하는 쓸모없는 사람이나 엄청난 바보라는 사실이 밝혀지는 것이니까요. 지금까지 황제님이 입었던 옷 중에서 이토록 열렬한 찬사를 받은 옷은 없었지요.

그런데 한 작은 아이가 말했어요.

"황제님은 아무것도 안 입었어!"

"세상에나! 이 천진난만한 아이가 하는 말 좀 들어 봐요!"

아이의 아버지가 말했어요.

사람들은 아이가 한 말을 한 사람, 한 사람에게 소곤소곤 속삭

였어요.

마침내 백성들은 일제히 외쳤어요.

"황제님은 아무것도 입지 않으셨다!"

황제님은 그 말이 맞는 것 같았어요. 온몸에 소름이 좍 끼쳤지만 황제님은 이렇게 생각했지요.

'그래도 난 끝까지 행진해야 해.'

황제님은 한층 더 위풍당당한 모습으로 걸어갔어요. 그리고 시종들은 있지도 않은 옷자락을 들고 황제님 뒤를 따라갔어요.

의연하고 꿋꿋한 주석 병정

옛날에 주석 병정 스물다섯 개가 있었어요. 주석 병정들은 모두 한 형제였어요. 낡은 주석 숟가락 한 개에서 태어났기 때문이에요. 주석 병정들은 손에 총신이 긴 총을 들고 똑바로 앞을 바라보고 있었어요. 빨갛고 파란 빛깔의 군복은 아주 멋있었지요. 주석 병정들이 누워 있던 상자 뚜껑이 열렸을 때, 그들이 이 세상에서 맨 처음 들은 것은 이런 말이었어요.

"주석 병정이네!"

한 작은 남자아이가 외치며 손뼉을 쳤어요. 아이는 그 인형들을 선물 받은 거예요. 그날이 바로 아이의 생일이었거든요. 아이는 주석 병정들을 책상 위에 나란히 세워 놓았어요. 병정들은 하나같이 그 생김이 똑같았어요. 그런데 딱 한 병정은 조금 달랐어요. 다리가 하나밖에 없었어요. 녹인 주석을 거푸집에 부을 때 주석이 조금 모자랐거든요! 하지만 그 병정은 다른 병정들이 두 다리로 서는 것과 똑같이 한 다리로 반듯이 서 있었어요. 그런데 바로 그 병정이 앞으로 특별한 일을 겪게 된답니다.

병정들이 놓인 탁자 위에는 다른 장난감도 많았어요. 하지만 가장 눈에 띄는 것은 뭐니 뭐니 해도 마분지로 만든 멋진 궁전이었어요. 조그만 창으로 여러 개의 넓은 홀도 보였지요. 궁전 앞에는 작은 나무들이 조그만 거울을 빙 둘러 에워싸고 있었어요. 거울이 바로 호수였지요. 호수에서는 밀랍으로 만든 백조들이 헤엄을 치고 있었어요. 그 모습이 호수에 훤히 비쳤어요. 그 모든 것이 아름다웠어요.

하지만 가장 예쁜 건 활짝 열린 궁전 문 한가운데 서 있는 작은 아가씨였어요. 그 아가씨 역시 종이를 잘라 만들어졌지요. 하지만 아가씨는 아마로 짠 얇고 비치는 치마를 입고, 어깨에는 가느다란 파란색 띠를 두르고 있었어요. 꼭 옷 같았지요. 그 작은 띠 한가운데에는 아가씨 얼굴만 한 납작한 금속 장식품이 반짝반짝 빛나고 있었어요. 그 작은 아가씨는 두 팔을 쫙 폈어요. 왜냐하면 그 아가씨는 무용수였거든요. 아가씨는 한쪽 다리를 허공에 너무 높이 뻗고 있어서 주석 병정 눈에는 그 다리가 보이지 않았어요. 주석 병정은 아가씨도 자기처럼 다리가 하나밖에 없는 줄 알았어요.

주석 병정은 생각했어요.

'저 아가씨가 내 짝인 것 같네! 하지만 저 아가씨는 기품이 넘쳐. 또 궁전에서 살고 있고. 나는 상자 하나밖에 없는데. 그것도 스물다섯 명이 같이 쓰지. 이런 데는 아가씨가 있을 곳이 못 돼! 하지만 언젠가 우리 둘이 아는 사이가 될지도 모르지!'

주석 병정은 탁자 위에 놓인 코담배통 뒤로 가 길게 몸을 누였

어요. 그곳에서는 작고 우아한 그 아가씨가 아주 잘 보였지요. 아가씨는 한 번도 기우뚱 균형을 잃지 않고 줄곧 한 다리로 서 있었어요.

밤이 되자, 다른 주석 병정들은 모두 상자 안으로 들어갔어요. 그 집 사람들도 잠자리에 들었고요. 그러자 장난감들은 놀이를 시작했어요. 서로 손님이 되는 놀이도 하고, 전쟁놀이도 하고, 무도회도 열었지요. 상자 안에서는 쨍그랑쨍그랑 딸깍딸깍 소리가 났어요. 주석 병정들도 나가서 함께 놀고 싶었거든요. 하지만 상자 뚜껑을 들어올리지는 못했지요. 호두까기 인형은 휘리릭 공중제비를 돌고, 석필(*납석 따위를 붓 모양으로 만들어 석판에 글씨를 쓰거나 그림을 그리는 데 쓰는 기구.)은 석판(*석필로 글씨를 쓰고 그림도 그릴 수 있도록 석판석을 얇게 깔아 만든 판.) 위에서 한바탕 신 나게 놀았어요. 그런데 그 소리가 너무도 요란해 카나리아가 잠에서 깨어나 다른 장난감들과 함께 수다를 떨기 시작했어요. 정확하게 말하자면 시로 표현했지요.

차기 자리에 조용히 있는 건 주석 병정과 작은 무용수 딱 둘뿐이었어요. 아가씨는 몸을 양초처럼 꼿꼿이 세우고 여전히 한쪽 발끝으로 서 있었어요. 두 팔은 양옆으로 쫙 뻗고 있었고요. 주석 병정 역시 한 다리로 당당하게 서서 한시도 아가씨에게서 눈을 떼지 않았어요.

시계가 열두 시를 알렸어요. 그러자 코담배통 뚜껑이 탁 튀어 올랐어요. 하지만 그 안에는 담배가 들어 있지 않았어요. 대신 작고 새까만 도깨비가 하나 있었지요. 그건 아주 정교하게 만든 예술품이었어요.

"주석 병정! 너랑 관계없는 건 쳐다보지도 마!"

도깨비가 말했어요.

하지만 주석 병정은 못 들은 척했어요.

"좋아, 내일 아침만 돼 봐라!"

도깨비가 말했어요.

이튿날 아침, 잠자리에서 일어난 아이들은 주석 병정을 창가에 세워 놓았어요. 그런데 도깨비가 장난을 쳤는지, 아니면 바람 때문인지 갑자기 창문이 홱 열리면서 주석 병정은 4층에서 아래로 곤두박질쳤어요. 눈 깜짝할 사이의 일이었지요. 주석 병정은 원통형 군인 모자를 쓴 머리가 거꾸로 땅에 처박힌 채 다리를 허공에 쭉 뻗고 있었어요. 총검은 도로 포장석들 사이에 푹 꽂혔고요.

하녀와 작은 남자아이가 주석 병정을 찾으려고 곧바로 내려왔어요. 하지만 주석 병정을 거의 밟을 뻔했는데도 두 사람들의 눈에는 띄지 않았어요. "나 여기 있어요!" 하고 주석 병정이 외쳤다면, 두 사람은 발견했을 거예요. 하지만 주석 병정은 고함을 지르는 건 자신에게 어울리지 않는 행동이라고 생각했어요. 군복을 입고 있었기 때문이에요.

비가 내리기 시작했어요. 빗방울이 점점 더 굵어지더니 마침내 억수같이 퍼부었어요. 비가 그치자, 거리의 불량소년 두 명이 그곳에 왔어요.

한 소년이 말했어요.

"이것 좀 봐! 주석 병정이 누워 있어! 이 병정은 돛단배로 바다 위를 항해하고 싶을 거야!"

두 아이는 신문으로 작은 배 한 척을 만든 다음, 주석 병정을 그 안에 앉혔어요. 주석 병정은 길옆의 하수구를 항해했어요. 소년들은 나란히 뛰어가면서 손뼉을 쳤어요. 아, 큰일 났네요! 하수구는 물결이 엄청나게 거셌고, 물살도 무척 빨랐어요! 비가 억수로 퍼부었기 때문이지요. 종이배는 위아래로 흔들렸어요. 가끔씩 배가 홱홱 도는 바람에 주석 병정은 속으로 부들부들 떨었어요. 하지만 주석 병정은 여전히 당당했어요. 표정 하나 바꾸지 않고 앞만 똑바로 보면서 손에는 총을 들고 있었지요.

배가 갑자기 하수구에 있는 긴 널빤지 밑으로 휙 떠내려갔어요. 그곳은 너무나도 어두웠어요. 주석 병정은 자신이 있던 상자 속에 다시 들어간 것 같았어요.

주석 병정은 생각했어요.

'내가 지금 어디로 가고 있는 걸까! 그래, 맞아. 다 그 도깨비 때문이야! 아, 그 작은 아가씨가 이 배에 앉아 있다면 한 번쯤 더 이렇게 어두워도 끄떡없을 텐데!'

바로 그때, 널빤지 밑에 사는 커다란 물들쥐 한 마리가 불쑥 나타났어요.

"너 통행증 있니? 통행증 내놔 봐!"

물들쥐가 말했어요.

하지만 주석 병정은 입을 꼭 다문 채 총을 더 꽉 쥐었어요. 종이배가 휙 떠내려가자, 물들쥐는 그 뒤를 쪼르르 따라갔어요. 물들쥐는 이를 빠드득빠드득 갈면서 나무조각과 지푸라기에게 외쳤어요.

"저 녀석을 붙잡아! 어서 잡아! 저 녀석은 통행세도 안 냈어. 통행증도 보여 주지 않았고!"

하지만 물살은 점점 더 거세졌어요. 주석 병정은 햇빛이 널빤지 끝을 환하게 비추는 걸 보았어요. 그런데 바로 그때 "쏴!" 하는 소리가 엄청나게 크게 들렸어요. 아무리 용감한 남자라도 그 소리를 들었다면, 깜짝 놀랐을 거예요. 널빤지가 끝나는 곳에서 하수구가 커다란 운하로 곧바로 흘러내려가는 장면을 한번 상상해 보세요. 주석 병정이 종이배를 타고 운하로 내려가는 건 우리가 배를 타고 거대한 폭포 아래로 가는 것만큼이나 위험한 일이었지요.

주석 병정이 타고 있는 배가 널빤지 끝까지 왔어요. 주석 병정은 배를 멈출 수가 없었어요. 배는 번개처럼 빠르게 떠내려갔어요. 불쌍한 주석 병정은 있는 힘을 다해 꼿꼿이 서 있으려고 애를 썼어요. 주석 병정이 계속 눈만 깜박였다고 사람들이 쑤군대는 건

싫었거든요. 배는 서너 번 뱅글뱅글 돌면서 떠내려가다 뱃전까지 물이 차올랐어요. 꼼짝없이 가라앉게 되었지요. 서 있던 주석 병정의 목까지 물이 차올랐어요. 그리고 배는 점점 더 깊이 가라앉았어요. 종이가 점점 더 흐물흐물해졌어요. 이제 물은 주석 병정의 머리 위까지 차올랐어요. 주석 병정은 다시는 볼 수 없는, 작고 사랑스러운 그 무용수가 떠올랐어요. 그러자 주석 병정의 귓가에 이런 노래가 들려왔어요.

가세요. 배 타고 가세요. 군인 아저씨!
병정님은 죽어야 해요!

그때 종이배가 갈기갈기 찢어졌어요. 주석 병정은 물속에 풍덩 빠졌어요. 그런데 바로 그 순간, 커다란 물고기가 주석 병정을 꿀꺽 삼켰어요.

아 세상에, 이곳은 어쩜 이렇게도 어두울까요! 하수구 널빤지 밑보다 훨씬 더 끔찍했어요. 그리고 너무 비좁았어요. 하지만 주석 병정은 여전히 꿋꿋했어요. 총을 손에 든 채 길게 몸을 누였지요.

물고기는 미친 듯이 이리저리 날뛰었어요. 무서울 정도로 요동을 치던 물고기는 마침내 죽은 듯이 잠잠해졌어요. 물고기 몸속에 번갯불이 치듯 환한 빛이 비추어졌어요.

누군가 외쳤어요.

"주석 병정이다!"

물고기가 잡혀 시장에 옮겨진 뒤, 팔려서 계단이 있는 집의 부엌에 온 거예요. 그리고 하녀가 커다란 칼로 그 물고기 배를 가른 것이지요.

하녀는 두 손가락으로 주석 병정의 허리를 잡고 방으로 갔어요. 그곳에는 물고기 뱃속에 있으면서 이곳저곳을 여행한, 참으로 특이한 한 남자를 보고 싶어 하는 사람들이 모두 모여 있었어요. 하지만 주석 병정은 조금도 우쭐거리지 않았어요. 사람들은 주석 병정을 탁자 위에 세워 놓았어요. 그런데 그곳은 바로 –아, 세상에 어쩌면 이다지도 놀라운 일이 있을까요!– 주석 병정이 예전에 있던 방이었어요.

주석 병정은 자신이 보아 왔던 그 아이들을 보았어요. 예전의 그 장난감도 탁자 위에 있었지요. 사랑스러운 작은 무용수가 있는 멋진 궁전 말이에요. 무용수는 여전히 한 다리로 서서 다른 다리를 허공에 높이 쳐들고 있었어요. 무용수 역시 당당했어요. 주석 병정은 그 모습에 깊이 감동을 받아 하마터면 주석 눈물을 주르르 흘릴 뻔했어요. 하지만 우는 건 주석 병정한테는 어울리지 않지요. 주석 병정은 무용수를 바라보았어요. 무용수도 주석 병정을 바라보았어요. 하지만 둘은 아무 말도 하지 않았어요.

바로 그 순간, 어린 남자아이들 중 한 명이 그 군인을 집더니 난로 속에 휙 집어던졌어요. 무슨 이유가 있어서 그렇게 한 건 아니었어요. 담배통 속에 있는 그 도깨비가 무슨 수를 쓴 게 틀림없어요.

주석 병정은 아주 환한 빛 속에 서 있었어요. 엄청난 열기가 느껴졌지요. 하지만 그것이 불길 때문인지, 아니면 사랑 때문인지 알 길이 없었어요. 알록달록 칠해진 색깔들도 모두 벗겨졌지요. 여행을 하다 그렇게 된 건지, 아니면 너무 근심 걱정을 해서 그런 건지 아무도 몰랐어요. 주석 병정은 그 작은 아가씨를 뚫어지게 바라보았어요. 아가씨도 그랬지요. 주석 병정은 자신이 스르르 녹고 있다는 걸 느꼈어요. 하지만 총을 손에 쥔 채 여전히 꿋꿋하게 서 있었어요.

그때 한쪽 문이 스르르 열렸어요. 바람이 무용수를 홱 잡아챘지요. 무용수는 대기의 요정처럼 곧바로 난로 속, 주석 병정이 있는 곳으로 훽 날아갔어요. 그러고는 세차게 타오르는 불꽃 속에서 활활 탔어요. 그리고 완전히 사라져 버렸지요. 주석 병정은 녹아서 주석 덩어리가 되었고요.

이튿날 하녀는 난로에서 재를 퍼내다 주석 병정을 발견했어요. 주석 병정은 작은 주석 심장이 되어 있었어요. 그와는 달리, 무용수는 금속 장식품만 남아 있었어요. 새까맣게 타 버린 장식품만요.

꼬마 엄지둥이

옛날 옛날에 조그만 아이를 무척이나 갖고 싶어 하는 한 여자가 살고 있었어요. 하지만 도대체 아이를 어디에서 데려올 수 있는지 알 수 없었어요. 그래서 한 늙은 마녀에게 가서 말했어요.

"어린 아이 하나만 있으면 소원이 없겠어요. 아이를 어디에서 얻을 수 있는지 말 좀 해 주실래요?"

"뭐, 그러지. 안 될 것 없지. 보리 낟알 한 개를 줄게. 이 보리는 농부들의 밭에서 자라거나 닭들에게 모이로 주는, 그런 보통 보리가 아냐. 화분에 심고 지켜봐. 그럼 뭔가 나올 거야!"

마녀가 말했어요.

"고맙습니다!"

여자는 마녀에게 12실링을 주고 집으로 돌아가 보리를 심었어요. 그랬더니 곧바로 참으로 예쁘고 큼직한 꽃 한 송이가 쑥쑥 자라났어요. 꼭 튤립같이 생긴 꽃이었지요. 하지만 꽃잎들은 모두 입을 꼭 다물듯 꽁꽁 닫혀 있었어요. 아직도 꽃봉오리인 것처럼요.

"정말 예쁜 꽃이네!"

여자가 말했어요. 여자는 빨갛고 노란 아름다운 꽃잎에 뽀뽀를 했어요. 그런데 그 순간, 꽃 속에서 '펑' 소리가 크게 났어요. 그러고는 꽃이 활짝 피었어요. 그 꽃은 진짜 튤립이었어요. 한눈에 알 수 있었지요. 그런데 꽃 한가운데에 있는 녹색 의자 위에 아주아주 작은 여자아이가 앉아 있었어요. 그 아이는 참 예쁘고 사랑스러웠어요. 아이는 엄지손가락보다도 작았어요. 그래서 그 여자아이는 '꼬마 엄지둥이'라고 불리게 되었어요.

엄지둥이는 예쁘게 니스 칠을 한 호두 껍데기를 요람(*젖먹이를 태우고 흔들어 놀게 하거나 잠재우는 물건.)으로 받았어요. 푸른 제비꽃잎이 요이고, 장미꽃잎이 이불이었지요. 엄지둥이는 밤에는 그곳에서 잠을 자고, 낮에는 여자가 접시 한 개를 놓아둔 탁자 위에서 놀았어요. 여자는 접시 주위에 꽃다발을 빙 둘러 놓았어요. 꽃줄기는 모두 물속에 잠겨 있었지요. 그 안에는 커다란 튤립 꽃잎 한 장이 둥둥 떠다니고 있었어요. 여자는 엄지둥이에게 튤립 꽃잎 위에 앉아 접시 한쪽 끝에서 다른 쪽 끝으로 가도 좋다고 했어요. 엄지둥이는 흰말의 갈기 두 가닥으로 노를 저었어요. 그 모습은 정말 앙증맞고 예뻤어요. 엄지둥이는 노래도 부를 줄 알았어요. 아, 목소리가 정말 달콤하고 고왔어요. 사람들은 그런 목소리를 처음 들었지요.

어느 날 밤, 엄지둥이가 예쁜 자기 침대에 누워 있는데, 못생긴 두꺼비 한 마리가 창문으로 슬그머니 기어들어왔어요. 유리창 한 개가 박살이 났지요. 두꺼비는 너무너무 흉측하고, 크고, 축축했어요. 두꺼비는 얼른 탁자 위로 뛰어내렸어요. 그곳에는 엄지둥이가 누워 장미 꽃잎 이불을 덮고 쌔근쌔근 잠을 자고 있었지요.

"우리 아들 색싯감으로 딱인걸!"

두꺼비가 말했어요.

두꺼비는 엄지둥이가 잠자고 있는 호두 껍데기를 냉큼 집어 들더니 창문을 통해 정원으로 철퍼덕 뛰어내렸어요.

정원에는 크고 너른 시내가 흐르고 있었어요. 하지만 시냇가는 질퍽질퍽한 진흙탕이었어요. 바로 이곳에서 두꺼비는 아들과 함께 살고 있었어요. 세상에나! 아들 두꺼비도 엄마 두꺼비처럼 못생기고 끔찍했어요. 완전히 붕어빵이었어요.

"꼬악, 꼬악, 꾸악꽤-꽤-꽥!"

아들 두꺼비는 호두 껍데기 안에 있는 조그맣고 귀여운 여자아이를 보고는 이 말밖에 하지 못했어요.

늙은 두꺼비가 말했어요.

"그렇게 큰 소리로 말하지 마. 꼬맹이 깬다! 이 애는 백조 깃털처럼 가벼우니까 언제라도 우리에게서 도망갈 수 있어! 우리, 저 애를 시냇물에 떠 있는 널따란 연꽃잎 위에 올려놓자꾸나. 애가 너무 가볍고 조그마니까 그곳은 이 애한테는 섬 같을 거야! 거기 있으면 도망 못 갈 거다. 그동안 우리는 시내 바닥의 진흙탕 밑에다 너희 부부가 살, 아늑한 방을 꾸미자!"

시내에는 푸른 잎이 넓은 연꽃이 무척이나 많이 자라고 있었어요. 연잎들은 마치 물 위에서 둥실둥실 떠다니는 것 같았어요. 두꺼비가 있는 곳에서 가장 멀리 떨어져 있는 잎이 제일 컸지요. 늙은 두꺼비는 그곳으로 헤엄쳐 가서 엄지둥이가 자고 있는 호두 껍

데기를 연잎 위에 올려놓았어요.

아주아주 조그만 엄지둥이는 아주 이른 아침에 잠에서 깨어났어요. 엄지둥이는 주위를 둘러본 뒤, 자신이 어디에 있는지 알아채고는 슬피 울었어요. 그곳에서 가장 큰 그 푸른 잎 주위에는 온통 물바다였기 때문이에요. 엄지둥이는 뭍으로 한 발짝도 갈 수 없었어요.

늙은 두꺼비는 시내 바닥의 진흙탕 속에 앉아 갈대와 노란색 연꽃들로 방을 꾸몄어요. 새로 맞이하는 며느리를 위해서라도 정말 예쁘게 꾸며야 했지요. 그 일이 끝나자, 늙은 두꺼비는 아들과 함께 엄지둥이가 서 있는 연잎으로 헤엄쳐 가서 엄지둥이의 예쁜 침대를 가져오려고 했어요. 엄지둥이가 오기 전에 침대를 방에 갖다 놓으려고 했던 거예요. 늙은 두꺼비는 물속에서 엄지둥이 앞으로 가 무릎을 깊숙이 구부리고 절을 한 뒤, 말했어요.

"이 아이가 내 아들이야. 네 남편이 될 거다. 너희는 앞으로 시내 바닥에 있는 진흙탕 속에서 알콩달콩 살아가게 될 거야!"

"꼬악, 꼬악, 꾸악꽤-꽤-꽥!"

아들 두꺼비는 고작 이 말밖에 하지 못했어요.

늙은 두꺼비와 아들 두꺼비는 앙증맞고 깜찍한 작은 침대를 집어 들고는 헤엄쳐 갔어요. 엄지둥이는 푸른 연잎 위에 혼자 오도카니 앉아 눈물을 흘렸어요. 정이 뚝 떨어지게 생긴 두꺼비네 집에서 살고 싶지 않았거든요.

시내의 바닥에서 헤엄치던 작은 물고기들은 늙은 두꺼비를 똑똑히 보았어요. 늙은 두꺼비가 말하는 것도 다 들었고요. 작은 물고기들은 머리를 쏙 내밀었어요. 그 작은 여자아이를 꼭 보고 싶었거든요. 엄지둥이를 보자마자, 작은 물고기들은 엄지둥이가 아주 귀엽다고 생각했어요. 그리고 엄지둥이가 그 못생긴 두꺼비네 집으로 내려가 살아야 한다는 게 너무 가슴이 아팠어요. 그래요, 그런 일은 절대로 일어나면 안 되었지요. 작은 물고기들은 물속에서 엄지둥이가 서 있는 연잎을 받쳐 주고 있는 녹색 줄기 주위로 우르르 모여들어 이빨로 줄기를 잘근잘근 물어뜯었어요. 그러자 연잎은 엄지둥이를 태운 채 시내 아래쪽으로 두둥실 떠내려갔어요. 늙은 두꺼비가 쫓아올 수 없는 아주아주 머나먼 곳으로 갔지요.

엄지둥이는 여기저기 수도 없이 많은 곳을 지나갔어요. 덤불 속에 앉아 있던 작은 새들이 엄지둥이를 보고 노래를 불렀어요.

"저 아가씨, 참 귀엽다!"

연잎은 엄지둥이를 태운 채 계속 떠내려갔어요. 엄지둥이는 그 나라를 벗어나 계속 여행했어요.

작고 예쁜 흰나비 한 마리가 엄지둥이 주위를 계속 살랑살랑 날아다녔어요. 마침내 나비는 연잎 위에 내려앉았어요. 엄지둥이가 정말 좋았거든요. 엄지둥이는 무척 기뻤어요. 이제는 그 두꺼비가 쫓아오지 못할 테니까요. 연잎을 타고 어느 곳을 가도 이루 말할 수 없이 아름다웠어요. 햇살이 물 위에서 반짝반짝 빛났어요. 눈부시게 아름다운 황금 같았지요. 엄지둥이는 두르고 있던 허리띠를 풀어서 한쪽 끝은 나비에게, 다른 쪽 끝은 연잎에 꼭꼭 묶었어요. 그러자 연잎은 훨씬 빨리 흘러갔어요. 연잎 위에 서 있던 엄지둥이 역시 빠른 속도로 갔지요.

바로 그때, 커다란 풍뎅이 한 마리가 날아왔어요. 풍뎅이는 엄지둥이를 보더니 엄지둥이의 가느다란 허리를 눈 깜짝할 사이에 발톱으로 움켜쥐고는 나무 위로 날아갔어요. 하지만 푸른 연잎은 시내 아래쪽으로 계속 떠내려갔어요. 나비도 함께 떠내려갔지요. 연잎에 꽁꽁 묶여 있어서 빠져나올 수가 없었으니까요.

아, 풍뎅이가 엄지둥이를 데리고 나무 위로 날아갔을 때, 불쌍한 엄지둥이는 얼마나 놀랐을까요! 하지만 엄지둥이는 자기가 연잎에 단단히 묶어 놓은 그 예쁜 하얀 나비 때문에 너무너무 슬펐어요. 아직까지 헤어나지 못했다면, 틀림없이 굶어 죽을 거예요. 하지만 풍뎅이는 그런 일 따위는 조금도 아랑곳하지 않았어요. 풍뎅이는 엄지둥이와 함께 가장 큰 녹색 나뭇잎 위에 앉아 엄지둥이에게 꽃의 꿀을 먹으라고 주면서 말했어요. 엄지둥이가 풍뎅이하고는 하나도 닮지 않았지만, 어쨌거나 그래도 참 예쁘다고요.

얼마 뒤에 그 나무에 살고 있는 풍뎅이들이 모두 찾아왔어요.

풍뎅이들은 엄지둥이를 뚫어지게 쳐다보았어요.

아가씨 풍뎅이는 더듬이를 옴찔옴찔 움직이며 말했어요.

"다리가 두 개밖에 없네. 초라해 보인다."

"더듬이도 없어!"

다른 풍뎅이들이 말했어요.

"저 애는 허리가 너무 가늘다. 흥! 인간이랑 똑같이 생겼어! 너무 못생겼어!"

여자 풍뎅이들이 입을 모아 말했어요.

하지만 엄지둥이는 얼마나 깜찍했는지 몰라요! 엄지둥이를 강제로 데려온 풍뎅이도 그렇게 생각했지만, 풍뎅이들이 모두 엄지둥이가 못생겼다고 하자, 마침내는 스스로도 그렇게 생각하고 더는 엄지둥이를 데리고 있기 싫어졌어요! 그래서 엄지둥이에게 어디로든 가고 싶은 데로 가라고 했지요. 풍뎅이들은 엄지둥이를 데리고 나무에서 날아 내려와 엄지둥이를 한 데이지 위에 올려놓았어요. 엄지둥이는 눈물을 흘렸어요. 자신이 너무나 못생겨서 풍뎅이들이 함께 있고 싶어 하지 않아서요. 하지만 엄지둥이는 이 세상 그 누구보다도 예뻤지요. 그리고 최고로 아름다운 장미 꽃잎처럼 가녀리고 순수했지요.

여름 내내 불쌍한 엄지둥이는 그 너른 숲 속에서 완전히 홀로 살았어요. 엄지둥이는 풀줄기를 엮어 침대를 만들어 큼지막한 우엉 잎 밑에 걸어 두었어요. 그렇게 해야 비가 와도 몸이 젖지 않았거든요. 엄지둥이는 꽃에서 꿀을 꺼내 먹고, 이파리에 송알송알 맺힌 이슬을 마셨어요.

그렇게 여름이 가고 가을이 갔어요. 그런데 마침내 겨울이 왔어요. 춥고 기나긴 겨울이요. 엄지둥이에게 그토록 아름답게 노래를 불러 주었던 새들은 모두 자기네 갈 길을 찾아 날아갔어요. 나뭇잎들과 꽃들은 시들어 버리고, 엄지둥이의 침대 위에 드리워져 있던 커다란 우엉 잎은 또르르 말려 누렇게 시들어 버린 줄기만 덩그러니 남아 있었지요. 엄지둥이는 몸이 꽁꽁 얼었어요. 옷이란 옷은 모두 갈가리 찢어졌거든요. 엄지둥이는 부서질 듯 여리고 작았어요. 불쌍한 엄지둥이는 얼어 죽을 것만 같았어요.

펄펄 눈이 내리기 시작했어요. 엄지둥이 위에 떨어지는 눈송이 하나하나는 우리로 치자면 누군가 눈을 한 삽 그득 퍼서 우리에게 잇달아 던지는 것과도 같았지요. 우리는 크고, 엄지둥이는 엄지손가락만 하니까요. 엄지둥이는 마른 나뭇잎으로 몸을 감쌌어요. 하지만 따뜻하지는 않았어요. 엄지둥이는 추워서 오들오들 떨었어요.

엄지둥이가 여름을 보낸 숲 바로 앞에는 너른 곡식밭이 있었어요. 하지만 곡물은 이미 베어진 지 오래였고, 곡식 알갱이 하나 없이 앙상하게 마른 그루터기만 꽁꽁 언 땅 위로 뾰족뾰족 나와 있었어요. 엄지둥이는 커다란 숲 속을 걷고 있는 것만 같았어요. 아, 엄지둥이는 추워서 바들바들 떨었어요.

엄지둥이는 들쥐네 집 문 앞으로 갔어요. 곡식 그루터기 밑에 있는 작은 구멍이 문이었지요. 이곳에서 들쥐는 따뜻하고 편안하게 살고 있었어요. 방 안엔 곡식이 그득했고, 멋진 부엌과 식량 창고도 있었어요. 불쌍한 엄지둥이는 문가에 서서 -진짜 불쌍한 거지 아이 같았지요.- 보리 낟알에서 한 조각만이라도 떼어 달라고 애원했어요. 이틀 동안 아무것도 먹지 못했거든요.

"불쌍한 꼬마구나. 내 따뜻한 집에 들어오렴. 나랑 같이 좀 먹자꾸나!"

늙은 들쥐가 말했어요.

들쥐 할머니는 원래 마음씨가 고왔지요. 엄지둥이는 들쥐 할머니 마음에 쏙 들었어요.

들쥐 할머니가 말했어요.

"겨울 동안은 내 집에서 있어도 돼. 하지만 말끔하게 해 놓아야 해. 그리고 나한테 이야기를 들려줘야 해. 난 이야기가 무지 좋거든."

엄지둥이는 마음씨 고운 늙은 들쥐 할머니가 바라는 대로 했어요. 하루하루 정말 즐거운 나날이 이어졌어요.

들쥐 할머니가 말했어요.

"이제 곧 손님이 올 거야! 이웃인데 매일같이 내 집에 들른단다. 그 이웃은 나보다 훨씬 형편이 좋지. 집에 넓은 홀도 몇 개나 있고, 우단에 모피를 단, 멋진 검은색 외투도 있단다. 그 이웃을 네가 남편으로 삼으면 부족한 것 없이 잘 살 수 있을 거야. 하지만 이웃은 앞을 보지 못해. 너는 그 이웃에게 네가 알고 있는 이야기 중에서 특히 재미있는 것들을 들려줘야 해!"

하지만 엄지둥이는 그 말을 듣는 둥 마는 둥 했어요. 엄지둥이는 그 이웃과 결혼할 마음이 눈곱만큼도 없었어요. 이웃은 바로 두더지였기 때문이에요. 두더지는 검은색 우단 모피 외투를 입고 들쥐 할머니네 집을 찾아왔어요. 두더지는 큰 부자에다 아는 것이 무척 많다고 들쥐 할머니가 말했어요. 또 두더지의 집은 들쥐 할머니의 집보다 스무 배 이상으로 크고, 두더지가 박식하기는 하지만 태양과 예쁜 꽃은 굉장히 싫어하고, 그 두 가지에 대해선 절대로 좋게 얘기를 하지 않는다고도 했지요. 해님과 예쁜 꽃을 본 적이 없기 때문이라고 했어요.

엄지둥이는 노래를 불러야 했어요. 엄지둥이는 〈풍뎅이야, 날아가!〉와 〈뿔이 없는 수사슴이 초원을 건네〉를 불렀어요. 두더쥐는 엄지둥이의 예쁜 목소리 때문에 엄지둥이에게 홀딱 반했지요. 하지만 두더지는 아무 말도 하지 않았어요. 두더지는 무척 신중했거든요.

두더지는 얼마 전에 땅속에 있는 자기네 집에서 들쥐 할머니네 집까지 이어지는 긴 통로를 파 놓았어요. 두더지는 들쥐 할머니와 엄지둥이에게 언제든지 마음만 내키면 그곳을 산책해도 좋다고 했어요. 두더지는 그 둘에게 통로에 죽은 새가 하나 있는데, 겁먹을 필요는 없다고 했어요. 그런데 그 새는 깃털이며 부리도 그대로 있고 몸도 멀쩡했어요. 아무래도 죽은 지가 얼마 안 되는 것 같았어요. 겨울이 시작되자 죽고, 두더지가 통로를 판 바로 그곳에 묻힌 것이었지요.

두더지는 썩은 나무조각 한 개를 입에 물었어요. 나무조각은 어둠 속에서 등불처럼 환하게 빛났어요. 두더지는 길고 어두컴컴한 통로를 앞장서 가며 엄지둥이와 들쥐 할머니에게 빛을 비추어 주었어요. 죽은 새가 있는 곳에 이르자, 두더지는 넓적한 코로 통로의 천장을 쿡쿡 쳐서 흙을 위로 밀어 올렸어요. 그러자 커다란 구멍이 생기고, 빛이 새어들어 왔어요. 바닥 한가운데에는 죽은 제비 한 마리가 놓여 있었어요. 예쁜 양 날개는 옆구리에 착 붙이고, 다리와 머리는 깃털 속에 묻은 채였어요. 그 불쌍한 새는 추위로 죽은 게 틀림없었어요.

엄지둥이는 제비가 너무나 가여웠어요. 엄지둥이는 작은 새들을 무척 사랑했어요. 그 새들은 여름내 아주 아름다운 노래를 불러 주고, 재잘재잘 지저귀었지요. 하지만 두더지는 짤막한 두 다리로 제비를 뻥 차며 말했어요.

"이제는 짹짹대지 않는군! 조그마한 새로 태어난 게 불행이지! 내 자식들한테는 저런 일이 안 일어날 테니 천만다행이야. 저런 새는 짹짹대는 것 말고는 할 줄 아는 게 하나도 없지. 그러니 겨울이 되면 굶어 죽을밖에!"

"맞아요. 현명하신 두더지님 말씀이 백 번 옳아요! 그렇게 짹짹대도 겨울이 오면 아무것도 하지 못해요. 쫄쫄 굶다가 꽁꽁 얼어 죽는 거지요. 그래도 그 짹짹이들은 그런 게 고상한 줄 알죠!"

들쥐 할머니가 말했어요.

엄지둥이는 아무 말도 하지 않았어요. 하지만 그 둘이 제비에게서 등을 돌리자, 얼른 몸을 굽혀 제비 머리를 덮고 있던 깃털을 치워 준 다음, 꼭 감고 있는 두 눈에 뽀뽀를 했어요. 그러고는 생각했어요.

'이 새가 여름에 나한테 그렇게 아름다운 노래를 불러 줬던 바로 그 새일지도 몰라! 내게 얼마나 큰 기쁨을 안겨 주었는데. 사랑스럽고 귀여운 새야!'

두더지는 낮 동안 햇빛이 들이비치는 구멍을 꽉 막아 버렸어요. 그리고 두 숙녀를 집까지 바래다주었어요. 하지만 그날 밤, 엄지둥이는 잠을 이룰 수가 없었어요. 엄지둥이는 잠자리에서 일어나 마른풀을 엮어 크고 예쁜 이불을 만들었어요. 그러고는 통로로 가져가 죽은 제비에게 덮어 주었어요. 그리고 들쥐 할머니의 방에서 찾아낸 보들보들한 솜도 제비의 몸 양쪽에 죽 깔아 주었고요. 차가운 흙바닥 위에서 따뜻하게 잠들라고요.

엄지둥이가 말했어요.

"예쁜 작은 새야, 안녕! 잘 있어. 나무들이 모두 푸르고, 해님이 우리를 그토록 따스하게 비춰 줬던 여름에 아름다운 노래를 불러 줘서 정말 고마워!"

엄지둥이는 제비의 가슴에 머리를 댔어요. 하지만 그 순간 화들짝 놀랐어요. 제비의 가슴속에서 뭔가가 콩닥콩닥 뛰고 있는 것 같았기 때문이에요. 그건 제비의 심장이었지요. 제비는 아직 숨이 붙어 있었던 거예요. 온몸이 뻣뻣하게 굳어 죽은 듯 잠을 자고 있다가 이제 몸이 따뜻해지자 다시 살아나고 있었던 거죠.

가을이 되면 제비들은 모두 더운 나라로 날아가요. 하지만 제때 떠나지 못한 제비는 몸이 꽁꽁 얼어붙어 마치 죽은 새처럼 땅바닥에 뚝 떨어지지요. 그리고 차가운 눈이 제비 위에 소복소복 쌓이지요. 엄지둥이는 온몸이 부르르 떨렸어요. 얼마나 놀랐는지 몰라요. 제비가 너무나도 컸기 때문이에요. 엄지둥이는 키가 엄지 손가락만 했으니까요. 하지만 엄지둥이는 한껏 용기를 내서 그 불쌍한 제비의 몸 주위에 솜을 꼭꼭 밀어넣어 주었어요. 그리고 이불로 쓰던 박하 잎을 가져다가 머리를 덮어 주었어요.

이튿날 밤, 엄지둥이는 다시 제비에게 살금살금 다가갔어요. 제비는 죽지 않고 살아 있었어요. 하지만 완전히 기진맥진한 상태였어요. 제비는 잠깐 동안만 눈을 뜨고 썩은 나무조각을 한 손에 들고 있는 엄지둥이를 바라볼 뿐이었어요. 등불이라고는 그것밖에 없었지요.

아픈 제비가 엄지둥이에게 말했어요.

"귀여운 꼬마야, 고마워! 난 몸이 많이 덥혀졌어! 곧 기운을 되찾아서 땅 밖으로 나가 따스한 햇빛 속을 다시 날 수 있을 거야!"

"아! 밖은 너무 추워. 눈도 오고, 얼음도 얼었어! 이 따뜻한 침대에 좀 더 있으렴. 내가 잘 돌봐 줄게!"

엄지둥이가 말했어요. 그러고는 꽃잎에 물을 떠 와 제비에게 갖다 주었어요. 제비는 물을 마신 다음, 한쪽 날개가 가시덤불에 찢어지는 바람에 다른 제비들처럼 빨리 날 수 없었다는 이야기를 들려주었어요. 다른 제비들은 더운 나라로 계속 멀리멀리 날아갔다고 했어요. 결국 제비는 땅바닥에 떨어졌지요. 하지만 그 다음은 기억나지 않는다고 했어요. 어떻게 해서 이곳으로 오게 되었는지도 몰랐지요.

겨우내 제비는 땅속 통로에 있었어요. 엄지둥이는 제비를 보살펴 주었어요. 엄지둥이는 제비가 정말 좋았어요. 두더지와 들쥐 할머니는 이런 일을 전혀 몰랐어요. 그 둘은 그 불쌍하고 가여운 제비를 좋아하지 않았으니까요.

봄이 오고 태양이 땅속 깊은 곳까지 따스하게 덥히자, 제비는 엄지둥이에게 작별 인사를 했어요. 엄지둥이는 두더지가 통로 천장에 만들었던 구멍을 다시 뚫었어요. 눈부시게 화사한 햇살이 제비와 엄지둥이가 있는 곳으로 들어왔어요. 제비는 엄지둥이에게 함께 가지 않겠느냐고 물었어요. 자기 등에 앉으면 된다고 하면서 머나먼 푸른 숲 속으로 날아갈 거라고 했어요. 하지만 엄지둥이는 자기가 들쥐 할머니 곁을 그런 식으로 훌쩍 떠나 버리면, 들쥐 할머니가 슬퍼할 거라는 것을 잘 알고 있었어요.

"안 돼. 난 못 가!"

엄지둥이가 말했어요.

"마음씨 고운 귀여운 여자아이야, 그럼 안녕!"

제비가 말했어요. 그러고는 햇살이 비치는 하늘로 날아갔어요.

엄지둥이는 제비가 날아가는 모습을 말없이 바라보았어요. 엄지둥이의 눈에 눈물이 고였어요. 그 가여운 제비를 무척이나 좋아했거든요.

"지지배배! 지지배배!"

제비는 노래를 하며 푸른 숲 속으로 날아갔어요.

엄지둥이는 엄청나게 슬펐어요. 엄지둥이는 따뜻한 햇살이 내리쬐는 밖으로 나가면 안 되었어요. 들쥐 할머니네 집 위에 있는 밭에 뿌려진 곡식은 높이 자랐어요. 곡식밭은 엄지손가락만 한 엄지둥이에게는 그야말로 울창한 숲이었지요.

"여름이 되었으니 네 혼숫감을 바느질해야 돼!"

들쥐 할머니가 엄지둥이에게 말했어요. 이웃, 그러니까 그 재미없기 짝이 없고, 검은색 우단 모피 코트를 입은 두더지가 엄지둥이에게 청혼을 했기 때문이에요.

"너는 이 상자, 저 상자에 뭔가 싸 가야 해. 두더지의 아내가 되려면, 네가 앉을 수 있는 것과 누울 수 있는 것도 있어야 되고!"

엄지둥이는 물레를 돌려야 했어요. 그리고 들쥐 할머니는 거미 네 마리를 일꾼으로 고용했어요. 거미들은 밤낮으로 실을 잣고 천을 짜야 했지요.

두더지는 매일 저녁 찾아와 말했어요. 여름이 끝나서 햇볕이 더는 뜨겁게 내리쬐지 않으면, -태양은 땅을 돌덩어리로 만들어 버리기라도 할 것같이 뜨겁게 내리쬐고 있었지요.- 여름이 지나면 엄지둥이와 결혼식을 올리고 싶다고요. 하지만 엄지둥이는 하나도 기쁘지 않았어요. 재미없기 짝이 없는 두더지에 대해 별로 존경심이 없었거든요.

매일 아침 해가 뜰 때, 그리고 매일 저녁 해가 질 때, 엄지둥이는 살금살금 걸어 문 밖으로 살짝 나가 보았어요. 바람이 불어와 곡식 이삭의 위쪽 끝부분이 휘어지고 이리저리 흐트러지면서 푸른 하늘이 보이면, 바깥세상은 참으로 환하고 멋지다고 생각했어요. 그리고 사랑스러운 제비를 다시 보기를 간절히 바랐지요. 하지만 제비는 돌아오지 않았어요. 멀리 떨어진 아름다운 푸른 숲으로 간 게 틀림없어요.

가을이 되자, 엄지둥이는 혼수품을 모두 끝냈어요.

들쥐 할머니가 말했어요.

“한 달 뒤에 결혼식을 올릴 거야!”

하지만 엄지둥이는 울면서 재미없기 짝이 없는 그 두더지와는 결혼하고 싶지 않다고 했어요.

들쥐 할머니가 말했어요.

“바보 같은 소리! 그렇게 고집부리지 마. 자꾸 그러면 이 하얀 이빨로 콱 물어 버릴 거야! 너는 잘생긴 신랑이 생기는 거야! 그렇게 까만 우단 모피 옷은 여왕님도 못 입어! 또 두더지네는 부엌과 지하실에 먹을 게 그득그득해. 그런 신랑을 만나게 된 데 대해 하느님께 감사드려!”

드디어 결혼식 날이 되었어요. 두더지는 엄지둥이를 데려가기 위해 이미 와 있었어요. 이제부터 엄지둥이는 두더지와 함께 땅속 깊은 곳에서 살아야 해요. 따뜻한 햇빛이 비치는 곳으로는 영영 나갈 수 없었지요. 두더지가 태양을 좋아하지 않았거든요. 그 불쌍한 아이는 한없이 슬펐어요. 이제 엄지둥이는 아름다운 해님에게 작별 인사를 해야 했어요. 들쥐 할머니네 집 문가에서 늘 볼 수 있었던 해님에게요.

"밝은 해님, 안녕!"

엄지둥이가 말했어요. 그러고는 두 팔을 높이 쳐들었어요, 엄지둥이는 들쥐 할머니네 집 밖으로 나가 조금 걸었어요. 곡식을 완전히 거두어들여 마른 그루터기만 남아 있었거든요.

"안녕, 잘 있어!"

엄지둥이가 말했어요.

엄지둥이는 그곳에 피어 있는 빨갛고 작은 꽃을 작은 두 팔로 안아 주었어요.

"혹시 그 작은 제비를 보면 내 소식 좀 전해 줘!"

그때 엄지둥이의 머리 위에서 어떤 소리가 들렸어요.

"지지배배! 지지배배!"

엄지둥이는 고개를 들어 위를 올려다보았어요. 그것은 그곳을 막 지나가던 그 작은 제비였어요. 제비는 엄지둥이를 보자, 뛸 듯이 기뻐했어요. 엄지둥이는 제비에게 그 못생긴 두더지를 남편으로 삼는 것이 너무 싫고, 결혼을 하면 햇빛 한 줄기 비치지 않는 땅속 깊은 곳에서 살아야 한다고 말했어요. 엄지둥이는 흐르는 눈물을 도저히 참을 수 없었어요.

"이제 곧 추운 겨울이 올 거야. 나는 머나먼 더운 나라로 갈 거야. 나랑 함께 갈래? 내 등에 올라타면 돼. 네 허리띠로 너를 내 몸에 단단히 묶고, 나랑 함께 그 못생긴 두더지와 두더지의 어두운 방을 떠나 날아가는 거야. 여러 산들을 넘어 멀리멀리 더운 나라로 말이야. 그곳에서는 여기보다 태양이 훨씬 아름답게 비친단다. 늘 여름이고 이루 말할 수 없이 아름다운 꽃들이 피어 있지. 내가 어두운 땅속 지하실에서 몸이 꽁꽁 언 채 쓰러져 있었을 때, 내 목숨을 구해 준 귀여운 작은 엄지둥이야, 나와 함께 가자!"

"그래, 같이 갈게!"

엄지둥이는 제비 등에 올라탔어요. 두 발은 좍 펼친 제비 날개 위에 올려놓고, 가장 튼튼한 깃털에 허리띠를 꼭 묶었어요. 이윽고

제비는 하늘 높이 날아올랐어요. 숲과 호수를 건너고, 일 년 내내 눈이 덮여 있는 높은 산들을 넘어 멀리멀리 훨훨 날아갔어요. 엄지둥이는 차가운 바람에 몸이 꽁꽁 얼었어요. 엄지둥이는 제비의 따스한 깃털 속으로 쏙 파고들어 작은 머리만 쏙 내밀었어요. 발아래 펼쳐진 멋진 광경을 하나도 빠짐없이 모두 보려고요.

엄지둥이와 제비는 더운 나라로 갔어요. 전에 살던 곳보다 해님이 훨씬 밝게 빛났고, 하늘은 두 배로 높았지요. 도랑과 울타리에는 향긋하고 맛 좋은 푸른 포도송이와 보랏빛 포도송이가 주렁주렁 매달려 자라고 있었어요. 숲에는 레몬과 오렌지가 탐스럽게 열렸고, 은매화와 박하 향기도 났어요. 시골길에는 아주 귀여운 아이들이 여기저기 뛰어다니며 커다랗고 알록달록한 빛깔의 나비들과 함께 놀고 있었어요.

하지만 제비는 계속 날아갔어요. 풍경은 점점 더 아름다워졌어요. 푸른 호숫가의 눈부시게 아름다운 푸르른 나무들 밑에는 고대 시대의 하얀 대리석 궁전이 반짝반짝 빛나고 있었어요. 포도 덩굴은 높은 기둥들을 친친 휘감아 올라가고 있었어요. 기둥 꼭대기에는 제비 둥지가 많았어요. 그 가운데 하나가 엄지둥이를 데려온 제비 집이었지요.

제비가 말했어요.

"여기가 내 집이야! 저 아래에 있는 아주 예쁜 꽃들 중에 마음에 드는 게 있으면, 그 꽃 위에 내려 줄게. 네가 바라는 대로 행복하게 지낼 수 있을 거야!"

"아, 신 난다!"

엄지둥이는 조그만 두 손으로 박수를 짝짝 쳤어요.

그곳에는 커다랗고 하얀 대리석 기둥 하나가 세 조각으로 쪼개진 채 땅바닥에 쓰러져 있었어요. 기둥 조각들 사이사이에는 아주 예쁜 하얀 꽃들이 자라고 있었어요. 제비는 엄지둥이와 함께 그리로 날아가 한 넓은 꽃잎 위에 엄지둥이를 내려놓았어요. 엄지둥이는 소스라치게 놀랐어요! 꽃 한가운데에는 한 작은 남자가 앉아 있지 뭐예요. 그런데 그 남자는 새하얗고 마치 유리로 된 것처럼 투명했어요. 그 남자는 머리에 아주 예쁜 황금 관을 쓰고 있었고, 양어깨에는 매우 아름다운 날개를 달고 있었어요. 키는 엄지둥이만 했고요. 그 남자는 바로 꽃의 천사였어요. 모든 꽃 속에는 그런 작은 남자나 작은 여자가 한 명씩 살고 있었어요. 하지만 이 작은 남자는 그들 모두를 다스리는 임금님이었어요.

"어머, 어쩜 저렇게 잘생겼을까!"

엄지둥이는 제비에게 소곤거렸어요. 작은 왕자는 제비를 보고 화들짝 놀랐어요. 그토록 작고 섬세하게 생긴 왕자에 비해 제비는 그야말로 거인과도 같은 새였으니까요. 하지만 작은 왕자는 엄지둥이를 보자, 뛸 듯이 기뻐했어요. 엄지둥이는 작은 왕자가 지금껏 본 소녀들 가운데 가장 아름다운 소녀였지요. 왕자는 머리에 쓰고 있던 황금 관을 벗어 엄지둥이의 머리 위에 씌워 주며 이름을 물었어요. 그리고 자신의 아내가 되어 줄 수 있냐고 물었어요. 만일 그렇게 된다면 엄지둥이는 모든 꽃들의 여왕님이 되는 것이지요. 그래요, 작은 왕자는 진정한 남자였어요. 두꺼비의 아들이나 까만 우단 모피 옷을 입은 두더지와는 완전히 달랐지요. 그래서 엄지둥이는 그 아름다운 왕자에게 "그럴게요." 하고 말했어요.

그러자 꽃 한 송이 한 송이에서 숙녀와 신사가 나왔어요. 참으

로 아름다운 광경이었어요. 보기만 해도 절로 흥이 났지요. 신사와 숙녀들은 엄지둥이에게 선물을 하나씩 갖다 주었어요. 그 중 최고의 선물은 커다란 흰 파리의 아름다운 날개 한 쌍이었어요. 날개를 엄지둥이의 등에 달자, 엄지둥이는 이 꽃에서 저 꽃으로 날아다닐 수 있게 되었어요. 모두들 얼마나 기뻐했는지 몰라요.

그 작은 제비는 기둥 꼭대기에 있는 자기 집에 앉아 그들에게 온 마음을 다해 노래를 불러 주었어요. 하지만 제비는 마음이 아팠어요. 엄지둥이를 너무나도 좋아했기 때문에 절대로 엄지둥이와 헤어지고 싶지 않았거든요.

꽃의 천사가 엄지둥이에게 말했어요.

"이제부터 아가씨의 이름은 엄지둥이가 아니에요! 엄지둥이는 흉측한 이름이에요. 아가씨가 얼마나 예쁜데요. 우리는 아가씨를 '마야'라고 부르고 싶어요!"

"잘 있어! 안녕!"

작은 제비가 말했어요. 제비는 다시 그 더운 나라를 떠나 멀리 멀리 날아갔어요. 덴마크로 돌아갔지요. 작은 제비는 동화를 들려주는 아저씨가 사는 집 창문 위쪽에 작은 둥지를 갖고 있었어요. 제비는 그 남자에게 "지지배배, 지지배배" 하고 자신의 노래를 불러 주었어요. 우리가 이 이야기를 알게 된 건 다 그 덕분이지요.

못생긴 아기 오리

시골은 대문만 나서면 그렇게 멋지고 아름다울 수가 없었어요! 바야흐로 여름이었거든요. 밀은 노랗게 익고, 메귀리는 파릇파릇 자라고, 마른풀 더미는 초록 들판 저 아래쪽에 수북수북 쌓여 있었어요. 황새 한 마리가 그곳에서 붉고 기다란 다리로 이리저리 돌아다니고 있었어요. 황새는 이집트 말로 종알거렸어요. 엄마한테 그 말을 배웠거든요. 밭과 초록 들판 주위에는 드넓은 숲이 쫙 펼쳐져 있었어요. 숲 한가운데에는 깊은 호수가 여기저기 있었어요. 아, 정말이지 시골의 야외는 기가 막히게 멋졌어요.

해가 아주 잘 드는 곳, 바로 그 한복판에 엄청나게 크고 오래된 농장이 있었어요. 농장 주위로는 깊은 도랑이 빙 둘러 있었고, 담장에서부터 저 아래 물가까지는 큼지막한 우엉 잎이 자라고 있었어요. 우엉은 어찌나 키가 큰지 그 중 제일 큰 잎사귀 아래에서는 어린아이가 똑바로 서도 머리가 닿지 않았지요. 우엉이 울창한 그곳은 나무가 빽빽하게 우거진 숲 속과도 같았어요.

그런데 바로 그곳에서 오리 한 마리가 둥지를 틀고 앉아 있었어요. 아기 오리들이 세상에 나오도록 알을 품고 있었던 거예요. 하지만 얼마 지나지 않아 오리는 그 일을 그만하고 싶었어요. 알을 품는 일은 시간이 너무 오래 걸리는 데다 찾아오는 손님도 거의 없었거든요. 다른 오리들은 도랑 위쪽으로 한참 올라가 우엉 이파리 밑에서 그 엄마 오리와 꽥꽥꽥 수다를 떠는 것보다 도랑에서 이리저리 헤엄치고 돌아다니는 게 훨씬 더 좋았지요.

드디어 오리 알이 하나둘 빠지직빠지직 갈라지기 시작했어요.

"삑! 삐익!

아기 오리들이 말했어요.

알 속의 노른자위는 하나도 빠짐없이 모두 새 생명을 얻었지요. 아기 오리들은 머리를 쏙쏙 내밀었어요.

엄마 오리가 말했어요.

"꽥! 어서들 나오렴!"

그러자 모두들 온 힘을 다해 서둘렀어요. 그러고는 초록색 잎 밑에서 이곳저곳을 둘러보았어요. 엄마 오리는 아기 오리들이 마음껏 보도록 내버려 두었어요. 녹색은 눈에 좋으니까요.

"세상에 나오니까 정말 넓다."

아기 오리들이 입을 모아 말했어요. 이제 아기 오리들은 알 속보다 훨씬 더 넓은 곳에 있었기 때문이에요.

엄마 오리가 말했어요.

"너희는 이게 세상의 전부인 것 같니? 세상은 훨씬 더 넓단다. 정원 저쪽 끝까지 세상이야. 목사님네 밭까지도 세상이고! 하지만 나도 아직 거기까지는 못 가 봤어! 모두 다 왔니?"

엄마 오리는 둥지에서 일어났어요.

"어머, 아직 안 나온 아기가 있네! 가장 큰 알이 아직도 그대로 있잖아. 얼마나 더 걸려야 한담! 곧 지겨워질 것 같아!"

엄마 오리는 이렇게 말하며 다시 알을 품었어요.

"잘 있었우? 그래, 요즘은 좀 어때요?"

엄마 오리를 찾아온 한 할머니 오리가 말했어요.

알을 품고 있던 엄마 오리가 말했어요.

"알 한 개가 너무 오래 걸리네요! 통 쪼개질 생각을 하지 않아요. 하지만 할머니, 우리 아기들을 꼭 보셔야 해요! 요렇게 귀여운 아기 오리들은 처음 본다니까요! 모두 제 아빠를 꼭 닮았어요. 악당 같으니, 날 보러 오지도 않네요."

할머니 오리가 말했어요.

"어디, 깨질 생각을 안 한다는 그 알 좀 봅시다! 이거, 칠면조 알이야! 내 말 믿어도 돼. 나도 예전에 감쪽같이 속았지. 그 애들이 물을 무서워해서 내가 얼마나 걱정을 하고 힘들었는지 모른다우. 내 말 명심해요! 그 꼬마들을 물에 들어가게 할 수가 없었지! 나는 "꽥꽥" 성화를 내며 덥석 물기도 했어. 하지만 아무 소용 없었지! 그 알 좀 보여 줘요! 영락없는 칠면조 알이네! 그 알은 그냥 내버려 두고 다른 자식들에게 헤엄이나 가르쳐 줘요!"

"그래도 조금만 더 품고 있을래요! 지금껏 오랫동안 품었으니까, 며칠쯤은 참을 수 있어요!"

엄마 오리가 말했어요.

"뭐, 그러든가!"

할머니 오리는 이렇게 말하고 그곳을 떠났어요.

마침내 그 커다란 알이 뿌지직뿌지직 깨졌어요.

"삑! 삐익!"

아기 오리가 말했어요. 그러고는 알 밖으로 와락 쏟아져 나오듯이 나왔어요. 아기 오리는 덩치가 무지 크고, 생긴 것도 정말 흉했어요. 엄마 오리는 아기 오리를 뚫어지게 바라보았어요.

엄마 오리가 말했어요.

"엄청나게 크네! 저렇게 생긴 아기는 하나도 없는데! 정말 칠면조 새끼일까? 뭐, 곧 밝혀지겠지! 어쨌든 이 애가 물에 들어가야 해. 안 들어가면 내 손으로 직접 물속에 쏙 집어넣는 수밖에 없지!"

이튿날은 날씨가 너무나도 화창하고 좋았어요. 햇살이 푸르른 우엉을 고루 비추었어요. 엄마 오리는 식구들을 데리고 도랑으로 내려왔어요. 풍덩! 엄마 오리는 물속으로 풍덩 뛰어들었어요.

"꽥꽥! 어서들 들어와!"

엄마 오리가 말하자, 아기 오리들이 줄줄이 퐁당퐁당 물에 빠졌어요. 아기 오리들 머리 위로 물이 좍 덮쳤어요. 하지만 아기 오리들은 곧바로 다시 머리를 물 밖으로 쏙 내밀고 헤엄을 아주 잘 쳤어요. 두 다리는 저절로 척척 움직였어요. 물속에 빠진 아기 오리는 한 마리도 없었지요. 못생긴 잿빛 아기 오리도 함께 헤엄을 쳤어요.

엄마 오리가 말했어요.

"맞아, 저 애는 칠면조가 아냐! 두 다리를 저렇게 잘 쓰는 것 좀 봐. 허리도 꼿꼿이 펴고 있고! 내 자식이 분명해! 차근차근 뜯어보면 얼마나 예쁜데! 꽥! 꽥! 이제 그만들 가자. 엄마가 너희한테 세

상 구경을 시켜 줄게. 오리 농장에 가서 너희를 선보일 생각이야. 하지만 모두 내 옆에 꼭 붙어 있어야 해. 누가 너희를 밟으면 큰일이니까. 그리고 고양이를 조심해야 해!"

오리 가족은 오리 농장으로 갔어요. 그런데 그곳은 시끌벅적 난리가 났어요. 두 가족이 뱀장어 대가리 한 개를 놓고 서로 치고받으며 싸우고 있었던 거예요. 그런데 뱀장어 대가리는 뚱딴지같은 고양이가 운 좋게도 갖고 갔지요.

"잘들 보거라, 세상이란 이런 것이란다!"

엄마 오리가 말했어요. 그러고는 입맛을 쩍쩍 다셨어요. 엄마 오리 역시 뱀장어 대가리가 먹고 싶었거든요.

엄마 오리가 말했어요.

"자, 모두 서둘러. 저기 저쪽에 있는 할머니 오리에게 가서 고개를 숙여 절을 하렴! 저분은 여기 있는 오리들 중 가장 교양 있고 기품이 있단다! 스페인 태생이거든. 그래서 저렇게 뚱뚱하단다. 할머니의 한쪽 다리에 빨간 헝겊이 묶여 있는 것 보이지? 그건 이루 말할 수 없이 좋은 거란다. 오리가 받을 수 있는 최고의 훈장이지. 훈장을 달아 놓는 이유는 사람들이 할머니를 잃어버리지 않기 위해서이고, 또 동물이나 사람들이 할머니를 얼른 알아볼 수 있게 하기 위해서란다! 자, 어서들 서둘러라. 안짱걸음을 걷지 말고! 잘 배운 오리는 발을 바깥쪽으로 향하게 하는 거야. 엄마 아빠처럼! 엄마가 하는 거 잘들 봐! 모두 고개 숙이고 '꽥!' 하고 인사하렴."

아기 오리들은 그대로 했어요. 하지만 주위에 있던 다른 오리들은 아기 오리들을 찬찬히 뜯어보더니 큰 소리로 말했어요.

"아이고, 세상에나! 우리가 이 패거리까지 맡게 생겼군! 이곳에 자리가 남아도는 줄 아나 보군. 쳇! 저 녀석은 어떻게 저렇게 생겼담!"

그때 오리 한 마리가 잿빛 아기 오리에게 휙 날아오더니 목덜미를 꽉 물었어요.

"그 애를 그냥 내버려 둬요! 그 애는 얌전한 애예요!"

엄마 오리가 말했어요.

"그렇긴 하지. 하지만 이 녀석은 너무 크고, 너무 이상하게 생겼어요! 그러니까 이 꼬마는 혼쭐이 좀 나야 해요."

잿빛 아기 오리를 물었던 오리가 말했어요.

"저 아줌마네 아기들은 다 예쁘네. 실패작 하나만 빼고 말이야. 아기 엄마가 애를 다시 낳을 수만 있다면 참 좋겠구먼."

다리에 헝겊을 묶은 할머니 오리가 말했어요.

"그건 안 됩니다, 폐하! 이 애는 잘생기지는 않았지만 마음씨는 비단결같이 고와요. 다른 애들처럼 헤엄도 아주 잘 치고요. 아니, 조금 더 잘하는 것 같아요! 앞으로 좀 더 자라거나 시간이 지나면서 몸집이 좀 작아지면 예뻐질 거예요. 알 속에 너무 오래 있는 바람에 제 모습을 갖지 못하게 된 거예요!"

엄마 오리가 말했어요. 그러고는 그 아들의 목덜미를 잡아당기더니 깃털을 매끄럽게 다듬어 주었어요.

엄마 오리가 말했어요.

"그리고 또 이 애는 사내아이예요. 그러니까 생김새는 별로 중요하지 않아요! 저 애는 힘도 아주 세질 거예요. 틀림없이 잘해 나갈 거예요!"

"다른 아기들은 모두 귀엽네요! 내 집처럼 편히 있다 가세요. 뱀장어 대가리를 발견하면, 나한테 가져와요!"

할머니 오리가 말했어요.

그 말에 그 오리 가족은 모두 마음이 편안해졌어요.

하지만 알에서 맨 나중에 기어 나오고 아주 보기 흉하게 생긴 그 불쌍한 아기 오리는 오리들과 닭들에게 물리고, 걷어차이고, 놀림을 받았어요.

"저 꼬마는 너무 커!"

모두들 그렇게 말했지요.

이 세상에 태어날 때부터 발에 며느리발톱(*새 수컷의 발(다리) 뒤쪽에 있는 각질의 돌기물.)을 달고 나와 자신이 황제라고 믿는 수칠면조는 바람을 가득 안은 돛단배처럼 잔뜩 허세를 부리며 그 아기 오리에게 곧바로 다가갔어요. 수칠면조는 꾸룩꾸룩 소리를 냈어요. 머리가 온통 새빨개졌지요. 그 불쌍한 아기 오리는 어디로 가야 할지, 도대체 어디에 서 있으면 괜찮은지 몰랐어요. 아기 오리는 너무 슬펐어요. 너무 못생겨서 오리 농장 식구들의 웃음거리가 되어서요.

그렇게 첫째 날이 지나갔어요. 하지만 하루, 이틀 시간이 지날수록 사정은 더 나빠졌어요. 모두들 가여운 아기 오리를 쫓기 바빴어요. 형제자매들도 그 아기 오리에게 못되게 굴었어요.

형들과 누나들은 늘 이렇게 말했지요.

"고양이가 너를 좀 데려갔으면 좋겠다. 흉측한 괴물 같은 녀석!"

엄마 오리도 이렇게 말했어요.

"네가 멀리 가 버렸으면 좋겠다!"

오리들은 그 불쌍한 아기 오리를 콱콱 물어뜯고, 닭들은 콕콕 쪼고, 모이를 주러 오는 하녀는 그 아기 오리를 발로 뻥뻥 걷어찼어요.

그 불쌍한 아기 오리는 마구 달렸어요. 그리고 울타리 위로 휙 날아갔어요. 덤불 속에 있던 작은 새들이 기겁을 하고는 급히 날갯짓을 하며 푸드덕 날아올랐어요.

아기 오리는 생각했어요.

'내가 너무 못생겨서 그래.'

아기 오리는 두 눈을 꼭 감았어요. 하지만 그대로 계속 달렸어요! 이윽고 아기 오리는 커다란 늪에 이르렀어요. 그곳에는 물가에 사는 오리들 가운데서 가장 작은 쇠오리가 여러 마리 살고 있었어요. 이곳에서 아기 오리는 하룻밤을 보냈어요. 아기 오리는 완전히 녹초가 되었어요. 가슴도 너무나 아팠어요.

아침이 되자, 쇠오리들은 날갯짓을 하며 날아오르다 새 친구를 발견했어요.

쇠오리들이 물었어요.

"넌 누구니?"

아기 오리는 주위를 휘 돌아본 다음, 마음을 다해 정성껏 인사를 했어요.

쇠오리들이 말했어요.

"너, 정말 못생겼구나! 하지만 뭐, 우리 가족과 결혼만 하지 않는다면 아무 상관 없어!"

너무나도 불쌍한 아기 오리! 아기 오리는 결혼 같은 건 꿈에도 생각하지 않았지요. 그저 늪에 머물고, 그곳의 물을 조금 마실 수만 있다면 더 바랄 게 없었어요.

아기 오리는 꼬박 이틀 동안 그곳에 있었어요. 그런데 기러기가, 정확히 말하자면 수기러기 두 마리가 왔어요. 알에서 나온 지가 얼마 되지 않아 그 수기러기들은 상대방을 아랑곳하지 않고 자기네가 하고 싶은 말을 다 했어요.

수기러기들이 말했어요.

"이봐, 친구! 넌 정말 못생겼구나. 그런데 우리는 도리어 그게 맘에 드는걸! 우리랑 함께 하지 않을래? 너도 철새가 되는 거지. 가까이 있는 늪에 친절하고 귀여운 기러기들이 몇 마리 있어. 모두 다 아가씨들이야. '기럭기럭' 하고 말도 할 줄 알지! 네가 무지 못생겼지만, 또 아니? 거기 가면 일이 술술 잘 풀릴지!"

바로 그때, 아기 오리와 수기러기들 위쪽에서 "탕! 탕!" 총소리가 들렸어요. 두 수기러기는 갈대숲 속에 힘없이 툭툭 떨어졌어요. 죽은 거예요. 물이 수기러기들의 피로 붉게 물들었어요. 또 한 차례 "탕! 탕!" 총소리가 나자, 갈대숲 속에 있던 기러기 떼가 일제히 날아올랐어요. 또 한 번 총성이 울렸어요. 대규모 사냥이 시작된 거예요. 늪 주위로 빙 둘러 사냥꾼들이 배를 땅에 대고 있었어요. 몇몇 사냥꾼들은 갈대숲 위쪽으로 높이 솟은 굵은 나뭇가지 위에 앉아 있었어요. 푸르스름한 연기가 어두침침한 나무들 사이로 구름처럼 뭉게뭉게 퍼져나가 물가 저 멀리까지 드리워졌어요.

사냥개들이 진흙탕 속으로 첨벙! 첨벙! 뛰어들었어요. 갈대와 골풀이 이리저리 휙휙 휘어졌어요. 아기 오리는 너무 무서웠어요. 아기 오리는 고개를 날갯죽지 밑에 쏙 집어넣으려고 고개를 뒤로 돌렸어요. 그런데 바로 그 순간, 엄청나게 큰 개 한 마리가 바로 코앞에 서 있었어요. 혀를 입 밖으로 쑥 늘어뜨리고 있었고, 두 눈은 번쩍번쩍 빛났어요. 무척이나 섬뜩했지요. 사냥개는 아기 오리 위로 주둥이를 쑥 내밀더니 날카로운 이빨을 드러냈어요. 사냥개는 아기 오리를 물고 가지 않고 첨벙! 첨벙! 다시 가 버렸어요. 아기 오리는 한숨을 푸 내쉬었어요.

"아, 천만다행이야! 개들도 나같이 못생긴 애는 물기 싫은 거야!"

갈대밭 사이로 총알이 잇달아 쌩쌩 지나갔어요. 한 번 총을 쏘면 총알 여러 개가 우르르 퍼져 터졌지요. 총소리가 끊임없이 탕탕 울려 퍼졌어요. 아기 오리는 숨소리도 내지 않고 가만히 있었어요.

낮 시간이 끝나갈 무렵, 비로소 주위가 잠잠해졌어요. 하지만 그 불쌍한 아기 오리는 일어설 생각도 하지 못했어요. 몇 시간 더 기다리다가 그제야 비로소 주위를 휘 둘러보고는 온 힘을 다해 부리나케 늪을 빠져나왔어요. 아기 오리는 밭과 초원을 지나 마구 내달렸어요. 하지만 바람이 어찌나 심하게 불던지 앞으로 발걸음을 옮기기가 여간 힘든 게 아니었어요.

저녁 무렵, 아기 오리는 어느 초라한 조그마한 농가에 닿았어요. 그 집은 너무나도 보잘것없어서 과연 자기가 어떤 쪽으로 와르르 무너져 내려야 하는지도 몰라 그대로 서 있었지요. 바람이 아기 오리 주위로 어찌나 쏴쏴 소리를 내며 불던지 아기 오리는 쓰러지지 않기 위해 꼬리와 엉덩이를 바닥에 딱 붙이고 앉았어요. 그런데 상황이 점점 더 안 좋아졌어요. 바로 그때, 아기 오리는 그 집 문이 한쪽 돌쩌귀에서 떨어져 나와 비스듬히 기울어져 있는 걸 발견했어요. 그 틈새로 방이 하나밖에 없는 그 집에 재빨리 슬쩍 들어갈 수 있을 것 같았어요. 그래서 아기 오리는 그렇게 했어요.

그 집에는 할머니가 고양이와 닭과 함께 살고 있었어요. 할머니가 '우리 아기'라고 부르는 그 고양이는 동그랗게 등을 구부리고, 기분이 좋은 듯 나직나직 가르랑거릴 수도 있었어요. 또 고양이는 불꽃을 팍팍 튀게 할 수도 있었어요. 하지만 그럴 때는 털의 결 반대 방향으로 쓰다듬어 주어야 했지요. 닭은 다리가 아주 작고 짧았어요. 그래서 '짤막다리꼬꼬'라고 불렀지요. 닭은 달걀을 잘 낳아서 할머니는 그 닭을 자식처럼 예뻐했어요.

이튿날 아침, 그 낯선 아기 오리는 대번에 그 집 식구들 눈에 띄었어요. 수고양이는 그르렁거렸고, 암탉은 꼬꼬댁꼬꼬댁 울었어요.

"저게 대체 뭐야?"

할머니가 말했어요. 그러고는 주위를 둘러보았어요. 하지만 할

머니는 눈이 너무 나빠서 아기 오리가 길을 잃은 뚱뚱한 오리인 줄 알았어요.

할머니가 말했어요.

"아니, 이게 웬 떡이야! 수오리만 아니라면, 이제부터 오리 알이 생기겠군! 한번 두고 봐야겠다!"

아기 오리는 3주일 동안 테스트를 받았어요. 하지만 알은 하나도 낳지 못했지요. 그런데 수고양이는 그 집 나리이고, 암탉은 마님이었어요. 둘은 틈만 나면 이렇게 말하곤 했어요.

"우리, 그리고 세상!"

그 둘은 자기네가 이 세상의 절반일 뿐만 아니라, 세상의 그 어떤 것보다도 훨씬 더 잘났다고 생각했기 때문이에요. 다른 이들은 그렇게 생각하지 않을 수도 있다고 아기 오리는 믿었지만, 암탉은 그런 걸 절대 허용하지 않았어요.

암탉이 물었어요.

"너, 알 낳을 수 있어?"

"못 해!"

"그럼 입 다물고 있어!"

수고양이가 말했어요.

"너, 등을 동그랗게 구부릴 수 있어? 가르랑거릴 수 있어? 팍팍 불꽃 튀게 할 수 있어?"

"못 해!"

"그럼 넌 사려분별력이 있는 이들이 말할 때 토를 달면 안 돼!"

아기 오리는 구석에 앉았어요. 기분이 나빴지요. 그래서 아기 오리는 신선한 공기와 햇살을 떠올렸어요! 그런데 참으로 이상하게도 물에서 헤엄치고 싶다는 생각이 불쑥 들었어요. 아기 오리는 참다못해 결국 암탉에게 속내를 털어놓고 말았어요.

"왜 그런 엉뚱한 생각을 하는 거니?"

암탉이 물었어요.

"너는 하는 일이 없잖아. 그러니까 이상한 생각을 하는 거야! 알을 낳든가 목을 그르렁거려 봐. 그러면 그런 생각이 싹 사라질 거야!"

아기 오리가 말했어요.

"하지만 물속에서 헤엄치는 게 얼마나 신 나는데! 머리에 물을 흠뻑 뒤집어쓰고 바닥까지 잠수하면 얼마나 좋은데!"

암탉이 말했어요.

"그래, 참 좋기도 하겠다! 아무래도 넌 제정신이 아닌 것 같구나! 수고양이는 내가 아는 이들 중에서 가장 머리가 좋으니까 한번 물어보렴. 물에서 헤엄치는 거나 잠수하는 걸 좋아하느냐고 말이야. 내 생각은 말하지 않을래. 그리고 우리 주인 할머니한테도 여쭈어 봐. 이 세상에서 할머니보다 더 똑똑한 사람은 없으니까! 너는 할머니가 헤엄을 친다거나 머리에 물을 흠뻑 뒤집어쓰는 걸 좋아하실 것 같니?"

"너희는 내 맘을 너무 몰라!"

아기 오리가 말했어요.

"그래, 우리는 네 마음 몰라. 도대체 누가 널 이해하겠니! 설마 네가 수고양이와 할머니보다 더 똑똑하다고 생각하는 건 아니겠지? 난 제쳐 두고라도 말이야. 잘난 척하지 마, 꼬마야. 그리고 하느님께 감사하렴. 그분 덕분에 남들이 네게 잘해 준 거란다. 너는 따뜻한 집에 왔고, 우리를 만났잖아. 또 우리에게서 뭔가를 배울 수도 있고. 안 그래? 하지만 너는 늘 딴 생각만 하는 수다쟁이지. 너는 너무 재미가 없어. 내 말 믿어도 돼! 다 널 위해서 하는 말이니까. 내가 지금 듣기 싫은 말을 하고 있지만, 진짜 친구는 그런 걸 해 주는 이란다! 알을 낳든가 가르랑가르랑 소리를 내든가 불꽃 튀기는 걸 배우도록 해 봐!"

"넓은 세상에 나가야 할 것 같아."

아기 오리가 말했어요.

"그럼, 그렇게 하든가!"

암탉이 말했어요.

아기 오리는 그 집을 떠났어요. 아기 오리는 물에서 헤엄도 치고, 잠수도 했어요. 하지만 동물들은 모두 아기 오리가 못생겼다고 무시했어요.

가을이 되었어요. 숲 속의 나뭇잎들은 노란색, 갈색으로 물들었어요. 바람이 나뭇잎들을 홱홱 잡아채자, 나뭇잎들은 춤을 추었어요. 하늘을 올려다보면 날씨가 쌀쌀한 듯했어요. 우박과 눈을 잔뜩 품고 있는 구름이 묵직하니 낮게 여기저기 드리워져 있었어요. 울타리 위에는 까마귀가 앉아 너무 춥다고 "아야, 아야" 외쳤어요. 머릿속으로 생각만 해도 온몸이 금방 꽁꽁 얼어 버릴 것 같았지요. 불쌍한 아기 오리는 정말 견디기 힘들었어요.

어느 날 저녁, 해가 너무나도 찬란한 빛을 내며 지자, 덤불 속에서 이루 말할 수 없이 아름답고 커다란, 한 무리의 새 떼가 나왔어요. 아기 오리는 그토록 아름다운 새들을 본 적이 없었어요. 그 새들은 눈이 부시도록 새하얗고, 목은 길고 유연했어요. 어느 방향이든지 잘 휘었지요. 그 새들은 바로 백조였어요. 백조들은 굉장히 특이한 소리를 내지르면서 화려하고 긴 날개를 활짝 펴고 추운 곳을 떠나 비교적 따스한 나라로 날아갔어요. 넓은 바다로 간 것이지요!

백조들이 높이, 아주아주 높이 날아오르자, 못생긴 아기 오리는 묘한 기분에 사로잡혔어요. 아기 오리는 물속에서 몸을 수레바퀴처럼 뱅글뱅글 굴렸어요. 그러고는 백조들을 향해 목을 길게 빼고는 크게 외마디 소리를 질렀어요. 그런데 그 소리가 너무나도 이상해서 스스로도 겁이 덜컥 났지요. 아, 아기 오리는 그 아름다운 새들을 절대로 잊을 수가 없었어요. 그 행복한 새들을요. 그 새들이 더는 보이지 않자, 아기 오리는 바닥까지 잠수해 내려갔어요. 다시 물 위로 올라온 아기 오리는 너무나 가슴이 벅차올랐어요.

아기 오리는 그 새들의 이름이 무엇인지, 또 어디로 날아갔는지 몰랐어요. 하지만 그래도 그 새들이 좋았어요. 지금껏 아무도 그렇게 사랑해 본 적이 없었지요. 아기 오리는 그 새들이 조금도 부럽지 않았어요. 그 새들처럼 아름다웠으면, 하고 바란다는 건 꿈도 꾸지 못했지요. 아기 오리는 그저 오리들이 자기를 그냥 내버려 두기만 해도 더는 바랄 게 없겠다, 하고 생각했지요. 불쌍한 못생긴 아기 오리!

겨울이 되자, 날씨가 추워졌어요. 너무너무 추웠어요! 아기 오리는 물이 완전히 꽁꽁 얼어 버리지 못하게 쉬지 않고 이리저리 헤엄을 쳐야 했어요. 하지만 매일 밤만 되면, 아기 오리가 헤엄치고 있는 곳의 넓이는 점점 더 좁아졌어요. 물이 어느라 얼음장에서 딱, 딱 소리가 났어요. 아기 오리는 자기 주변의 물이 얼지 않게 하기 위해 두 다리를 끊임없이 움직여야 했어요. 하지만 아기 오리는 급기야는 완전히 녹초가 되어서 꼼짝도 못했어요. 얼음 속에 꽁꽁 얼어붙은 거예요.

이른 아침에 한 농부가 그곳에 왔어요. 농부는 아기 오리를 보더니 자신의 나막신을 한 짝 가져와 얼음을 깼어요. 그러고는 아기 오리를 집에 데려가 아내에게 주었어요. 그곳에서 아기 오리는 다시 살아났어요.

그 집 아이들은 아기 오리와 함께 놀고 싶었어요. 하지만 아기 오리는 아이들이 자신을 못살게 굴려는 줄 알고 잔뜩 겁을 먹고는 우유 양푼 한가운데로 쏜살같이 뛰어들었어요. 우유가 방바닥에 좍 쏟아졌어요. 농사꾼의 아내는 빽 소리를 질렀어요. 너무 놀란 나머지 아무 말도 못했지요. 아기 오리는 버터가 들어 있는 함지 속으로 날아갔어요. 그러고는 커다란 밀가루 통 속에 들어갔다가 다시 나왔어요. 그러니 어떤 꼴이 되었겠어요!

농사꾼의 아내는 고함을 지르며 불집게로 아기 오리를 때리려고 했고, 아이들은 서로 아기 오리를 잡으려다 그만 서로 부딪혀 넘어졌어요. 아이들은 깔깔깔 웃고, 마구 소리를 질러 댔어요! 그런데 마침 다행히 문이 열려 있었어요. 아기 오리는 얼른 집 밖으로 나가 지금 막 눈이 내린 덤불 사이로 쏙 들어갔어요. 그곳에서 아기 오리는 누워 있었어요. 어찌나 지쳤던지 꼭 죽은 것만 같았지요.

하지만 그토록 혹독하게 추웠던 겨울 동안 아기 오리가 마음고생을 하고 힘들게 지낼 수밖에 없었던 일을 일일이 다 이야기한다면, 너무나도 슬플 것 같아요. 아기 오리는 늪 속의 갈대밭에서 누워 있었어요. 태양이 다시 따스한 햇살을 비추고, 종달새들이 지저귀었어요. 아름다운 봄이 돌아온 거예요.

아기 오리는 문득 두 날개를 올려보았어요. 날개에서는 예전보다 소리가 더 크게 윙— 나면서 훨씬 더 힘차게 아기 오리를 데려갔어요. 왜 그런지 이유도 알기 전에 아기 오리는 어느 너른 정원에 와 있었어요. 그곳에는 여러 그루의 사과나무 꽃이 활짝 피어 있었고, 라일락 한 그루가 그윽한 향기를 뿜고 있었어요. 라일락의 길고 가는 녹색 나뭇가지가 구불구불 흘러가는 여러 개의 수로 위까지도 드리워져 있었어요! 아, 이곳은 너무나도 아름다웠어요! 봄 향기가 물씬 났지요! 그때 아기 오리 바로 앞 덤불에서 눈이 부실 정도로 아름답고 새하얀 백조 세 마리가 나왔어요. 백조들은 삭삭 날개 소리를 내며 마치 물 위를 떠가듯 스르르 물 위에서 헤엄쳤어요. 아기 오리는 이 화려하고 찬란한 새들을 알고 있었지요. 아기 오리는 웬일인지 기분이 이상해지면서 슬퍼졌어요.

"나, 저 새들한테 날아가고 싶어. 왕족처럼 고귀한 저 새들한테! 내가 가면, 저 새들은 날 콕콕 쪼아 죽일 거야. 지지리도 못생긴 나 같은 게 감히 다가왔다고! 하지만 상관없어! 오리들한테 물어뜯기고, 닭들한테 쪼이고, 닭 농장에서 모이 주는 하녀에게 걷어채고, 겨우내 고통스럽게 사는 것보다 저 새들한테 물려 죽는 게 차라리 나아!"

아기 오리는 물가로 날아가 그 화려한 백조들 쪽으로 헤엄쳐 갔어요. 백조들은 아기 오리를 보고는 날개를 솨솨 움직이며 급히 다가왔어요.

"날 그냥 죽여 줘!"

불쌍한 아기 오리가 말했어요. 그러고는 고개를 수면 바로 위로 푹 숙인 다음, 죽음을 기다렸어요. 하지만 맑은 물속에서 아기 오리는 무엇을 보았을까요? 아기 오리는 바로 자신의 모습을 보았지요. 하지만 물에 비친 모습은 더는 둔하고, 진한 잿빛이고, 못생기고, 보기만 해도 끔찍한 새가 아니었어요. 바로 백조였지요.

백조 알에서 나왔으면 됐지, 오리 농장에서 태어난 게 무슨 문제가 되겠어요!

아기 오리는 자신이 온갖 힘든 상황과 혹독한 겨울을 무사히 견뎌 냈다는 사실이 그렇게 기쁠 수가 없었어요. 이제 아기 오리는 비로소 자신의 행복의 가치를, 자신에게 인사를 건네는 그 모든 아름다움의 가치를 알게 되었어요. 그 커다란 백조들은 아기 오리 주위로 헤엄을 치고, 부리로 아기 오리를 쓰다듬어 주었어요.

그 정원에 어린아이 몇 명이 왔어요. 아이들은 곡물의 낟알과 빵을 물에 던졌어요. 그 가운데 가장 작은 아이가 외쳤어요.

"백조 한 마리가 또 새로 왔네!"

그러자 다른 아이들도 환호성을 질렀어요.

"그러네. 한 마리가 새로 왔어!"

아이들은 손뼉을 짝짝 치며 깡충깡충 뛰었어요. 아이들은 자기네 엄마 아빠를 데려왔어요. 아이들과 어른들은 빵과 케이크를 물속에 던졌어요.

모두들 말했지요.

"새로 온 백조가 제일 예쁘다! 나이도 제일 어리고 정말 예쁘네!"

나이 많은 백조들은 이제는 어엿한 젊은이가 된 아기 오리에게 고개를 숙였어요.

젊은 백조는 너무나도 부끄러운 마음에 날개 밑에 고개를 감추었어요. 스스로도 자신이 왜 그러는지 몰랐지요! 젊은 백조는 이루 말할 수 없이 행복했어요. 하지만 우쭐대지는 않았어요. 마음이 맑고 착한 이는 절대로 뻐기지 않는 법이니까요! 젊은 백조는 가는 데마다 쫓기고, 조롱당했던 일을 떠올렸어요. 젊은 백조 귓가에 사람들이 하는 말이 들렸어요. 모두들 이 아름다운 새들 가운데에서 젊은 백조가 가장 아름답다고 했지요.

라일락은 가느다란 나뭇가지를 젊은 백조가 있는 바로 그 물속에 드리우고 있었어요. 해님은 무척 따사로운 햇살을 화사하게 비추고 있었어요. 그러자 젊은 백조의 두 날개에서 솩솩 소리가 났어요. 젊은 백조는 가느다란 목을 높이 쭉 뻗었어요. 그러고는 온 마음으로 환호성을 질렀어요.

"못생긴 아기 오리였을 때, 난 이렇게 크나큰 행복은 꿈도 꾸지 않았었지!"

성냥팔이 소녀

살을 에는 듯이 추운 어느 겨울날이었어요. 눈이 내리고, 날도 점점 어두워지면서 저녁이 다가오고 있었어요. 그해의 마지막 날인 섣달 그믐날 저녁이었지요. 엄청난 추위와 어둠 속에서 한 작고 가난한 여자아이가 모자도 없이 맨발로 타박타박 길을 걷고 있었어요. 물론 집을 나설 때는 슬리퍼를 신고 있었지요. 하지만 아무 소용이 없었어요! 슬리퍼가 너무 컸거든요. 아이의 엄마가 지금껏 신다 준 슬리퍼는 아이의 발에 너무 컸어요.

그런데 그 작은 여자아이는 슬리퍼 두 짝을 모두 잃어버렸어요. 마차 두 대가 무시무시하게 빠른 속도로 지나갈 때 허겁지겁 길을 건너다 그만 벗겨진 거예요. 슬리퍼 한 짝은 아무리 찾아도 보이지 않았고, 나머지 한 짝은 한 남자아이가 들고 달아났어요. 그 아이는 이다음에 자기가 아빠가 되면, 아기들 요람으로 그 슬리퍼를 쓸 수 있겠다고 했지요.

할 수 없이 그 작은 여자아이는 맨발로 걸었어요. 두 발은 꽁꽁 얼어 시퍼랬어요. 그 작은 여자아이는 너덜너덜 해진 앞치마에 성냥을 잔뜩 싸 쥐고, 손에도 한 묶음 들고 있었어요. 하지만 하루가 다 지나가도록 성냥을 산 사람은 단 한 명도 없었어요. 동전 한 닢을 준 사람도 없었고요. 그 작은 여자아이는 온몸이 꽁꽁 얼고 배가 고팠지만 계속 걸어갔어요. 잔뜩 풀이 죽은 모습이었지요. 불쌍한 꼬마!

눈송이가 그 작은 여자아이의 긴 금발머리에 소복소복 떨어졌어요. 목 주변의 금발머리는 곱슬곱슬했어요. 참 예뻤지요. 하지만 아이는 자기 머리칼이 눈부시게 아름답다는 생각을 한 적이 없었어요. 집집마다 창문에서 불빛이 환하게 새어나오고 있었어요. 거리에는 아주 맛있는 냄새가 그윽하게 풍겼어요. 거위 굽는 냄새였지요.

'섣달 그믐날 저녁이잖아.'

그 작은 여자아이는 생각했어요. 길을 좀 걷다 나란히 서 있는 두 집 사이로 들어간 그 작은 여자아이는 한 귀퉁이에 −한쪽 집이 다른 한 집보다 길거리 쪽으로 조금 튀어나와 있었어요.− 쪼그리고 앉았어요. 두 다리를 세워 바짝 끌어당겼지만 몸은 점점 더 꽁꽁 얼었어요. 하지만 그 작은 여자아이는 집에 돌아갈 엄두가 나지 않았어요. 성냥도 팔지 못했고, 동전 한 닢도 받지 못했으니까요. 그대로 집에 가면 아버지가 때릴 거예요. 또 집에 가도 춥기는 마찬가지였고요. 집이라고 해 봤자 머리 위쪽에 달랑 지붕 하나밖에 없었거든요. 여기저기 엄청나게 크게 갈라진 틈을 짚과 누더기로 아무리 꼭꼭 틀어막아도 바람이 숭숭 들어왔지요.

추운 날씨 탓에 그 작은 여자아이의 작은 두 손은 거의 감각이 없었어요. 아! 성냥 묶음에서 딱 한 개비만 꺼내 벽에 그어 불을 붙이면 손을 녹일 수 있을 텐데! 마침내 그 작은 여자아이는 성냥 한 개비를 꺼내 담벼락에 휙 그었어요. "칙!" 소리가 나며 불꽃이 환하게 타올랐어요! 따스하고 밝은 불꽃이었어요.

그 작은 여자아이는 불꽃 주위로 손을 가져갔어요. 작은 양초를 켜 놓은 것 같았어요. 그런데 그 촛불은 참으로 신기했어요! 그 작은 여자아이는 커다란 쇠난로 앞에 앉아 있는 것만 같았어요. 난로의 원통 부분은 놋쇠로 되어 있고, 번쩍번쩍 빛나는 작은 공 같이 생긴 놋쇠 장식품이 여러 개 붙어 있는 쇠난로요. 불꽃이 아주 멋지게 활활 타올랐어요. 정말 따스했지요! 아, 그런데 어떻게 이런 일이! 그 작은 여자아이가 작은 두 발도 불에 쬐려고 다리를 뻗는 순간, 불이 그만 탁 꺼졌어요! 난로는 사라졌어요. 그 작은 여자아이의 손에는 다 타 버린 성냥이 조금 남아 있었어요.

그 작은 여자아이는 성냥개비 한 개를 또 담벼락에 그었어요. 불꽃이 확 타오르며 주위가 환해졌어요. 불빛이 담벼락을 비추자, 담벼락은 여자들이 얼굴에 쓰는 얇은 망사처럼 훤히 비치면서 방 안이 환히 들여다보였어요. 식탁에는 윤기 나는 하얀 식탁보가 깔려 있었고, 고급 도자기 그릇들이 놓여 있었어요. 그리고 말린 자두와 사과로 속을 그득 채워 구워 낸 거위 고기에서는 김이 모락모락 피어오르고 있었어요!

그런데 그것보다 더 굉장한 일이 벌어졌지요. 쟁반에 담겨 있던 거위가 바닥으로 껑충 뛰어내리더니 포크와 나이프를 등에 꽂은 채 방 안을 이리저리 뒤뚱뒤뚱 돌아다녔어요. 그리고 곧장 그 가여운 여자아이 쪽으로 탁탁탁 달려왔어요. 그 순간 성냥불이 꺼졌어요. 이제 눈앞에 보이는 건 두껍고 차디찬 담벼락뿐이었어요.

그 작은 여자아이는 성냥불을 또다시 켰어요. 그러자 멋들어진 크리스마스트리가 나타났어요. 그리고 그 작은 여자아이는 그 아래에 앉아 있었지요. 그건 크리스마스 때 돈 많은 가게 주인의 집 유리문을 통해 들여다본 것보다 훨씬 크고 화려하게 장식이 되어 있었어요. 푸르른 나뭇가지에는 수없이 많은 양초가 밝게 타오르고 있었고, 가게 진열장을 장식할 때 쓰는, 알록달록 색색의 그림들이 그 작은 여자아이를 내려다보고 있었어요. 그 작은 여자아이는 두 손을 높이 뻗었어요. 그때 또 성냥불이 훅 꺼졌어요. 수천 개의 크리스마스 촛불은 하늘로 높이높이 올라갔어요. 그 작은 여자아이는 똑똑히 보았어요. 수천 개의 촛불이 밤하늘에 반짝반짝 빛나는 별이 되는 걸요. 그런데 그 중 하나가 하늘에 기다란 꼬리를 그으며 땅으로 떨어졌어요.

"누가 죽나 보다!"

그 작은 여자아이가 말했어요. 지금은 돌아가셨지만 이 세상에서 그 작은 여자아이에게 잘해 주던 유일한 사람인 할머니가 이런 말을 했었지요.

"별이 떨어지면 한 사람의 혼이 하느님에게 올라가는 거란다."

그 작은 여자아이는 담벼락에 성냥개비 한 개를 또다시 그었어요. 성냥불은 환하게 빛났어요. 그런데 그 환한 불빛 한가운데 할머니가 서 있었어요. 너무나도 밝고, 너무나도 빛나고, 너무나도 부드러운 모습으로요. 하느님의 은총을 듬뿍 받은 듯했어요.

"할머니!"

그 작은 여자아이가 외쳤어요.

"아, 나도 데리고 가 줘! 성냥불이 꺼지면 할머니가 사라져 버린다는 거 나도 알아. 따뜻한 난로랑 맛나 보이는 거위 구이랑 큼지막하고 멋진 크리스마스트리처럼 할머니도 없어질 거잖아!"

그 작은 여자아이는 묶음에 있던 나머지 성냥을 몽땅 그었어요. 할머니가 가지 못하게 꼭 붙들고 싶었거든요. 성냥불은 대낮보다 더 환하게 빛났어요. 할머니는 살아 계실 때보다도 훨씬 더 예쁘고, 키도 커 보였어요. 할머니는 그 작은 여자아이를 번쩍 들어 올려 품에 꼭 안았어요. 할머니와 손녀는 한껏 기쁜 마음으로 하늘 높이 날아 올라갔어요. 환하게 밝은 빛이 그 두 사람 주위에서 뿜어져 나왔어요. 두 사람은 아주아주 높이높이 날아 올라갔어요. 그곳에는 추위도, 굶주림도, 두려움도 없었어요. 두 사람은 하느님 곁으로 간 거예요!

하지만 추운 이튿날 이른 아침, 길가 집 한 모퉁이에 그 작은 여자아이는 앉아 있었어요. 얼굴은 새빨갛고, 입가엔 생긋 웃음을 짓고 있었어요. 죽은 거예요. 섣달 그믐날 밤에 꽁꽁 얼어 죽은 것이지요. 새해 아침이 그 작은 시체 위에서 막 피어오르고 있었어요. 죽은 아이는 성냥을 갖고 있었어요. 거의 한 묶음이 타 버렸지요.

"꼬마가 몸을 녹일 생각이었나 봐."

사람들이 말했어요.

하지만 그 작은 여자아이가 얼마나 아름다운 것을 봤는지 아는 사람은 아무도 없었어요. 할머니와 함께 얼마나 찬란한 빛을 받으며 새해 첫날, 하늘나라에 갔는지를 아는 사람도 물론 없었지요!

하늘을 나는 여행 가방

옛날에 한 상인이 있었어요. 어찌나 돈이 많았던지 은화로 도로 전체를 깔고도 남아 작은 골목길 한 개까지 너끈히 깔 수 있을 정도였지요. 하지만 그 장사꾼은 그런 일은 하지 않았어요. 장사꾼은 자기가 갖고 있는 돈을 다른 식으로 쓸 수 있는 방법을 알고 있었어요. 동전 한 닢을 쓰면, 은화 한 닢을 다시 손에 넣었지요. 이 사람은 그런 장사꾼이었어요. 그런데 그만 죽어 버렸답니다.

장사꾼의 아들은 재산을 모두 물려받았어요. 장사꾼의 아들은 아주 즐겁게 살았어요. 밤만 되면 가장무도회에 가고, 은화 지폐로 연을 만들고, 물가에서 납작한 돌 대신 금화로 물수제비를 떴어요. 그렇게 하다 보면 돈이 몽땅 떨어지지요. 실제로 그렇게 되었답니다. 마침내 동전 네 닢만 달랑 남았어요. 몸에 걸칠 거라고는 슬리퍼 한 켤레와 낡은 덧옷 한 벌뿐이었지요. 친구들은 그를 모르는 척했어요. 이제는 함께 길을 걸어갈 수 없었거든요. 마음씨

좋은 한 친구가 장사꾼의 아들에게 낡은 여행 가방 한 개를 보내 주었어요.

친구가 말했어요.

"짐 싸서 떠나게!"

뭐, 안 될 건 없었죠. 하지만 장사꾼의 아들은 가방에 넣을 게 하나도 없었어요. 그래서 자기 발로 직접 여행 가방 안에 들어가 앉았어요.

그 여행 가방은 참으로 신기한 가방이었어요. 자물쇠를 누르기만 하면, 휙 날아오를 수 있었지요. 장사꾼의 아들은 자물쇠를 꾹 눌렀어요. 쌩! 장사꾼의 아들을 태운 여행 가방은 굴뚝을 빠져나와 구름 위로 높이높이 날아올랐어요. 한없이 날아갔지요. 그런데 가방 밑바닥에서 '딱' 하는 소리가 났어요. 장사꾼의 아들은 가방이 산산조각이 날까 봐 잔뜩 겁이 났어요. 만일 그런 일이 일어난다면, 멋들어지게 공중제비를 돌게 되겠죠. 하느님 맙소사!

가방은 터키에 도착했어요. 장사꾼의 아들은 숲 속의 시들어 버린 잎 밑에 가방을 숨겨 두고 시내로 갔어요. 아주 편한 마음으로 걸어갔지요. 터키에서는 사람들이 모두 장사꾼의 아들처럼 덧옷에 슬리퍼 차림이었거든요. 장사꾼의 아들은 어린아이를 데리고 있는 한 유모를 만났어요.

장사꾼의 아들이 말했어요.

"이봐요, 터키 유모! 이 도시 가까이에 있는 저 큰 성은 대체 뭔가요? 창문이 엄청나게 높게 달려 있네요!"

유모가 말했어요.

"저곳에는 공주님이 살고 계세요. 공주님은 애인 때문에 엄청나게 불행해질 거라는 예언을 들었어요. 그래서 임금님과 왕비님이 함께 하시지 않는 한 아무도 공주님을 찾아뵐 수가 없어요."

"고마워요!"

장사꾼의 아들이 말했어요. 그러고는 숲으로 돌아가 가방 안에 들어가 앉았어요. 장사꾼의 아들은 성의 지붕 위로 날아가 창문을 통해 공주가 있는 곳으로 기어들어갔어요.

공주는 소파에 누워 잠을 자고 있었어요. 공주가 너무나도 사랑스러워서 장사꾼의 아들은 그만 공주에게 입을 맞추고 말았어요. 잠에서 깨어난 공주는 소스라치게 놀랐어요. 하지만 장사꾼의 아들은 자신은 바람을 타고 공주에게로 날아온 터키의 신이라고 했지요. 그 말은 공주 마음에 쏙 들었어요.

두 사람은 나란히 앉았어요. 장사꾼의 아들은 공주의 눈에 대해 여러 가지 이야기를 들려주었어요. 공주의 두 눈은 이 세상에서 가장 아름답고 검은빛을 띤 호수이고, 그 호수에서는 여러 생각들이 인어처럼 헤엄치고 있다고 했지요. 장사꾼의 아들은 공주의 이마에 대해서도 이야기를 했어요. 공주의 이마는 최고로 화려하고 찬란한 홀과 그림이 여럿 있는 눈산이라고 했지요. 그리고 작고 귀여운 갓난아기들을 데려다 주는 황새 이야기도 들려주었어요.

아, 정말 재미난 이야기였지요! 장사꾼의 아들은 공주에게 청혼을 했어요. 공주는 냉큼 그러마고 했지요.

공주가 말했어요.

"하지만 토요일에 오셔야 해요. 그럼 아바마마와 어마마마가 차를 마시러 여기 와 계실 거예요. 부모님은 내가 터키의 신과 결혼할 거라고 하면 무척 자랑스러워하실 거예요. 아무쪼록 굉장히 재미난 이야기를 들려주셔야 해요. 부모님들은 재미난 이야기를 굉장히 좋아하시거든요. 우리 어머니는 교훈적이고 고상한 이야기를 좋아하시고, 우리 아버지는 하하 웃을 수 있는 재미난 이야기를 좋아하셔요!"

"알았어요. 결혼 선물로 다른 건 안 드리고 이야기만 드릴게요!"

장사꾼의 아들이 말했어요.

두 사람은 헤어졌어요. 하지만 공주는 장사꾼의 아들에게 금화가 여러 개 박히고, 둥글게 휜, 외날 칼 한 자루를 선물했어요.

장사꾼의 아들은 그곳을 떠나 다시 하늘을 날았어요. 그리고 덧옷을 새로 한 벌 산 다음, 숲 속에 앉아 이야기를 지어냈어요. 토요일까지 이야기를 완성해야 했지요. 하지만 그건 결코 쉬운 일이 아니었어요.

그러나 결국 이야기는 완성되었어요. 그리고 토요일이 되었어요.

왕과 왕비를 비롯한 모든 신하들이 공주가 있는 곳에서 차를 마시며 기다리고 있었어요. 모두들 장사꾼의 아들을 극진히 맞이했어요!

"이야기를 들려줄 수 있나? 뜻 깊고 교훈적인 걸로 들려다오!"

왕비가 말했어요.

"그러면서도 웃기는 걸로!"

왕이 말했어요.

"알겠습니다!"

장사꾼은 이렇게 말하고는 이야기를 시작했어요. 자, 우리도 귀 기울여 들어 보기로 해요!

"옛날에 성냥이 한 묶음 있었어요. 성냥들은 자기네가 좋은 집안 출신이라고 무척 우쭐댔어요. 성냥의 조상은, 그러니까 커다란 아름드리 소나무는 –작은 목재는 모두 거기에서 나오지요.– 숲 속의 오래된 우람한 나무였어요. 성냥들은 선반 위 부싯돌과 낡은 쇠냄비 사이에 누워 있었어요. 성냥들은 어린 시절 이야기를 시작했어요.

'그래, 우리가 굵은 초록색 나뭇가지 위에 있었을 때, 그때 우리는 정말 굵은 초록색 나뭇가지 위에 있었어. 아침저녁으로 다이아몬드가 있었어. 이슬 말이야. 해가 빛날 때면, 우리는 온종일 햇살을 받았지. 작은 새들은 하나도 빠짐없이 우리에게 이야기를 들려줘야 했어. 우리가 부자라는 것도 우리는 알 수 있었어. 활엽수는 여름에만 옷을 입지만, 우리 가족은 여름이나 겨울이나 늘 초록빛 옷을 입을 수 있었거든. 그런데 나무꾼들이 왔어. 그건 엄청난 혁명이었지. 우리 가족은 뿔뿔이 흩어졌어. 우리 가족 중에서 가장 높으신 분은 화려하고 웅장한 어떤 배의 돛대라는 직책을 맡아 마음만 내키면 언제든지 전 세계를 항해할 수 있었지. 가느다란 가지들은 다른 곳으로 갔어. 우리는 평범한 서민들에게 촛불을 켜 주는 것이 직업이지. 그런 이유로 지체 높은 우리가 이 부엌에 오게 된 거야.'

'음, 내가 살아온 것과는 많이 다르네.'

성냥 옆에 있던 쇠냄비가 말했어요. 쇠냄비는 말을 이었어요.

'태어나자마자 사람들이 수도 없이 많이 나를 박박 문질러 닦고, 불 위에 올려놓고 팍팍 끓였어! 나는 착실하게 살려고 노력했어. 엄밀히 따지면 이 집에 제일 먼저 있었던 건 바로 나야. 내 유일한 즐거움은 식사가 끝난 뒤 말끔히 닦인 모습으로 선반 내 자리에 누워 동료들과 함께 수준 높은 대화를 나누는 거야. 이따금씩 안마당으로 내려가는 물통만 빼면, 우리는 노상 집구석에만 처박혀 있지. 우리에게 새로운 바깥소식을 전해 주는 건 장바구니 딱 하나야. 하지만 장바구니는 정권 이야기나 백성들 이야기를 할 때는 아주 무시무시한 말을 하지. 그래서 얼마 전에도 오래된 사발 한 개가 장바구니 말이 너무나 무서워서 선반 아래로 뚝 떨어져 박살이 났잖아! 그 사발은 성격이 명랑했거든. 모두들 그걸 알아야 해!'

'너는 너무 말이 많아!'

부싯돌이 말했어요.

강철이 부싯돌을 치자, 불꽃이 번쩍번쩍 튀었어요.

'우리, 오늘 저녁 재미있게 놀지 않을래?'

부싯돌이 말했어요.

'좋아. 우리 가운데에서 누가 가장 고귀한지 얘기해 보자!'

성냥들이 말했어요.

'싫어. 난 나에 대해 내 입으로 말하는 거 싫어! 오순도순 얘기나 나누자. 나부터 시작할게. 누구나 한 번쯤 겪었을 법한 걸 얘기할게. 모두 쉽게 공감할 수 있을 거야. 재미도 있을 테고. 발트 해에 면한, 덴마크의 너도밤나무 숲 근처에서…….'

진흙으로 만든 사발이 말했어요.

'시작이 그럴싸한데! 그 이야기, 우리 맘에 꼭 들 것 같다.'

접시들이 입을 모아 말했어요.

'그래, 난 그곳의 한 조용한 가정에서 어린 시절을 보냈어. 가구는 한결같이 반짝반짝 윤이 나게 닦여 있었지. 바닥은 물걸레질을 했고, 커튼은 2주일에 한 번씩 깨끗하게 세탁해 걸었어.'

'얘기를 참 재미나게 하시네요! 이야기꾼이 여자라는 걸 금방 알겠어요. 이야기 처음부터 끝까지 뭔가 순수한 게 느껴져요!'

총체가 말했어요.

'맞아요. 그런 게 느껴져요!'

물통이 말했어요. 물통은 기쁜 나머지 폴짝 뛰었어요. 바닥에서 '찰싹' 하는 소리가 났어요. 물이 쏟아진 거예요.

사발은 이야기를 계속했어요. 이야기의 끝 역시 처음처럼 훌륭했지요.

접시들은 기쁜 나머지 모두 딸그락딸그락 소리를 냈어요. 먼지

떨이는 모래 더미에서 새파란 파슬리를 가져와 화환을 만들어 사발의 목에 걸어 주었어요. 다른 동료들이 화를 낼 것이라는 사실을 잘 알고 있었지만, 속으로는 이렇게 생각했기 때문이에요.

'오늘 내가 화환을 걸어 주면, 내일은 사발이 내게 화환을 걸어 줄 거야.'

부젓가락이 말했어요.

'난 춤출래!'

부젓가락은 춤을 추었어요. 어머나, 세상에! 다리를 어쩌면 저렇게 높이 쳐들 수가 있을까요! 한쪽 구석에 있던 낡아 빠진 의자 덮개는 그 모습을 보고는 빵 찢어졌어요.

부젓가락은 말했어요.

'나도 화환 받는 거지?'

부젓가락은 정말 화환을 받았어요.

성냥들은 생각했어요.

'천박한 무식쟁이들 같으니!'

이제 찻주전자인 사모바르(*중앙에 상하로 통하는 관 속에 숯불을 넣어 물을 끓이는 주전자.)가 노래할 차례가 되었어요. 하지만 사모바르는 감기가 걸렸다고 하면서 자기 안에서 물이 끓어야지만 노래를 할 수 있다고 했지요. 그러나 그건 고상한 척 폼을 잡은 것일 뿐이에요. 사모바르는 주인집 식구들이 앉아 있는 식탁 위가 아니면 노래하고 싶지 않았던 거예요.

창가에는 하녀가 쓰는, 낡은 거위 깃털펜이 있었어요. 펜은 잉크병 속에 너무 깊이 잠겨 있는 것 말고는 특별한 게 하나도 없었지요. 하지만 펜은 이 점을 무척 자랑스러워했어요.

펜이 말했어요.

'사모바르가 노래할 생각이 없다니까 그냥 내버려 두자. 밖에 새장이 하나 있는데, 그 안에 노래를 할 줄 아는 밤꾀꼬리가 있어. 물론 밤꾀꼬리는 배운 건 없어. 하지만 오늘은 그런 거 흉보지 말자.'

부엌의 가수이며 사모바르의 배다른 형제인 찻주전자가 말했어요.

'딴 나라에서 온 새 울음소리를 들어야 한다니 말도 안 돼! 그게 애국적인 태도야? 난 장바구니가 어떻게 판단하는지 듣고 싶어!'

장바구니가 말했어요.

'난 화가 나! 화가 나 죽겠어! 저녁 시간을 이런 식으로 보내야 되겠어? 온 집 안을 뒤죽박죽으로 만드는 게 더 낫지 않나? 그런 다음 모두 자기 자리로 돌아가면 되지. 이 놀이는 내가 총지휘할게. 그럼 좀 달라질 거야.'

'좋아, 한바탕 소동을 피워 보자.'

모두들 입을 모아 말했지요.

그런데 바로 그 순간, 문이 홱 열렸어요. 하녀가 온 거예요. 다들 쥐 죽은 듯이 조용해졌지요. 꼼짝도 하지 않았어요. 하지만 모두들 각자 자기네들은 뭐든 척척 알아서 하고, 기품도 있다고 생각했지요. 심지어 사발도 이렇게 생각했어요.

'그래, 내가 마음만 먹었으면 오늘 저녁은 아주 재미있었을 거야.'

하녀가 성냥 몇 개비를 집어 들더니 불을 켰어요. 하느님 맙소사! 불꽃이 일며 불이 활활 타올랐어요.

성냥들이 생각했어요.

'우리가 최고라는 걸 이제는 모두 알겠지? 얼마나 휘황찬란한 빛이야! 얼마나 밝아!'

그렇게 생각하고 있는 동안, 성냥들은 죄다 호르르 타 버렸지요."

"참 재미있는 이야기네! 내가 꼭 그 부엌에 가 성냥들 곁에 있는 것 같았어. 그래, 우리 딸과 결혼해도 좋아!"

왕비가 말했어요.

드디어 결혼식 날짜가 잡혔어요. 결혼식 하루 전날 저녁, 도시 전체가 환하게 불을 밝혔지요. 작은 흰 빵과 8자 모양의 빵이 백성들 머리 위로 비 오듯 떨어졌어요. 불량소년들은 까치발로 서서 만세를 부르고, 손가락을 입에 넣고 휘파람을 불었어요. 정말 멋진 광경이었어요.

'좋아, 나도 뭔가를 해야겠어.'

장사꾼의 아들은 생각했어요. 그러고는 폭죽과 딱총, 그리고 온갖 종류의 불꽃놀이용 폭죽을 사서 가방 안에 넣고는 하늘 높이 날아갔어요.

씨-잉! 폭죽은 하늘 높이 올라가서 칙-칙- 탕탕 소리를 냈어요!

터키 사람들은 너 나 할 것 없이 모두 껑충껑충 높이 뛰었어요. 슬리퍼가 귓가 주위를 날아다녔지요. 터키 인들은 지금껏 이렇게 멋진 하늘은 본 적이 없었거든요. 이제 사람들은 터키의 신이 바로 공주와 결혼하는 그 남자라는 것을 알게 되었어요.

장사꾼의 아들은 가방을 타고 다시 숲에 돌아왔어요. 그리고 곧바로 이렇게 생각했어요.

'시내로 가서 불꽃놀이가 어땠는지 사람들한테 물어보자!'

그런 마음이 든 것도 당연했죠.

아, 사람들이 한 이야기란! 장사꾼의 아들이 물어보면 사람들은 표현은 조금씩 달랐지만, 한결같이 아름다웠다고 했지요.

어떤 사람은 이렇게 말했어요.

"내 눈으로 직접 터키의 신을 봤어요. 눈은 반짝이는 별 같고, 수염은 부글부글 거품이 이는 물 같았어요."

또 다른 사람은 이렇게 말했어요.

"터키의 신은 이글이글 타오르는 불꽃 망토를 입고 날아갔어요. 아주아주 귀여운 꼬마 천사들이 망토 주름 사이에서 빼꼼히 내다보고 있었어요."

아, 장사꾼의 아들이 그곳에서 들은 건 전부 가슴 뿌듯한 말이었어요. 또 다음날은 결혼식을 올리는 날이었고요.

장사꾼의 아들은 숲으로 돌아가 가방 안에 들어가 앉으려고 했어요. 그런데 가방이 어디로 가 버린 걸까요? 가방은 홀라당 타 버렸어요. 불꽃놀이용 폭죽의 불씨 하나가 남아 있다가 불이 붙는 바람에 그만 가방은 재가 되었지요. 장사꾼의 아들은 이제는 하늘을 날 수 없었어요. 신부에게도 갈 수 없었지요.

신부는 온종일 지붕 위에 서서 기다렸어요. 신부는 지금도 기다리고 있지요. 하지만 신랑은 온 세상을 돌아다니며 사람들에게 이야기를 들려주고 있답니다. 그러나 그 이야기들은 그가 들려준 성냥 이야기만큼 재미있지는 않지요.

막내 인어 공주

바다 저 먼 곳의 물빛은 이루 말할 수 없이 아름다운 수레국화의 꽃잎처럼 푸르디푸르고, 매우 맑은 유리처럼 투명하지요. 하지만 그곳은 굉장히 깊어요. 그 어떤 닻줄도 닿을 수 없을 정도로 깊답니다. 바다 밑바닥에서 바다 위까지 닿으려면 수없이 많은 교회탑을 층층이 쌓아 놓아야 할 정도지요. 그 깊은 바닷속에 인어들이 살고 있어요.

하지만 그곳이 아무것도 없는 하얀 모래땅일 거라고 생각하면 안 되지요! 절대로 그렇지 않아요. 그곳에는 아주 특이한 나무들과 식물들이 자라고 있답니다. 그 식물들의 줄기와 잎들은 어찌나 유연한지 물이 아주 조그만 움직이면서 건드려도 파르르 하늘거리지요. 꼭 살아 있는 것 같답니다. 가느다란 나뭇가지 사이로는 크고 작은 온갖 물고기들이 휙휙 스쳐 지나가요. 바다 위 뭍에서 새들이 하늘을 날아가듯이요.

그 먼 바닷속 가장 깊은 곳에 인어 임금님의 궁전이 있어요. 궁전의 담은 산호로 되어 있고, 길고 뾰족한 창문은 투명하기 이를 데 없는 호박(*지질 시대 나무의 진 따위가 땅속에 묻혀서 탄소, 수소, 산소 따위와 화합하여 굳어진 누런색 광물. 투명하거나 반투명하고 광택이 있으며, 장식품 등으로 쓴다.)으로 만들어져 있어요. 그리고 지붕은 조개껍데기로 만들어져 있는데, 조개껍데기는 바닷물이 흘러오고 흘러갈 때마다 열렸다 닫혔다 해요. 그 광경은 그야말로 장관이지요. 조개껍데기 안에는 반짝이는 진주가 모두 한 알씩 박혀 있기 때문이에요. 그 진주들 중 한 알만 여왕님의 왕관에 박아도 엄청나게 화려하고 찬란할 거예요.

그 깊은 바닷속에 사는 인어 임금님은 긴 세월 동안 아내 없이 홀아비로 지내고 있었어요. 그래서 임금님의 늙은 어머니가 아들네 살림을 도맡아서 했어요. 대비는 총명한 사람이었어요. 하지만 자신이 귀족이라는 사실을 자랑하느라 꼬리에 굴을 자그마치 열두 개나 달고 다녔지요. 다른 인어들은 아무리 신분이 높아도 여섯 개 이상은 달고 다니면 안 되었는데도 말이에요. 그것만 빼면 대비는 칭찬받을 만했어요. 아들의 딸들인 어린 인어 공주들을 매우 사랑했기 때문이에요.

공주는 모두 여섯 명이었는데, 하나같이 매우 아름다웠어요. 하지만 막내 공주가 가장 예뻤지요. 막내 공주의 피부는 장미 꽃잎처럼 순수하고, 발그스레하고, 눈은 깊디깊은 바다처럼 새파랬어요. 하지만 언니들과 마찬가지로 몸 끝에는 두 발 대신 물고기 꼬리가 한 개 달려 있었지요.

여섯 공주는 온종일 깊은 바닷속 궁전의 널따란 여러 홀에서 놀 수 있었지요. 홀의 벽에서는 살아 있는 진짜 꽃들이 쑥 나와 자라고 있었어요. 커다란 호박 창문을 열면 물고기들이 공주들에게 헤엄쳐 들어왔지요. 우리가 창을 열면 제비들이 날아 들어오는 것처럼이요. 하지만 물고기들은 곧바로 어린 공주들에게 가서 공주들이 주는 먹이를 먹었어요. 공주들은 물고기들을 쓰다듬어 주었어요.

궁전 앞에는 커다란 정원이 있었어요. 정원에는 불처럼 새빨간 나무들과 검푸른 나무들이 있었는데, 열매는 황금처럼 반짝반짝 빛이 나고, 잎은 이글이글 타오르는 불꽃 같았지요. 줄기와 잎이 끊임없이 움직였거든요. 바닥은 비단같이 고운 모래였어요. 하지만 활활 타오르는 유황 불꽃처럼 푸른색이 났어요. 바닷속 깊은 그곳의 위쪽에는 매우 특이한 파란 빛이 드리워져 있었어요. 아마 사람들이 그곳에 있다면 바다의 모래땅에 있는 게 아니라, 하늘 높은 곳에 있는 것만 같은 기분이 들 거예요. 위로도 아래로도 보이는 건 오직 하늘뿐이지요. 바람이 잦아들면 태양이 보였어요. 태양은 보라색 꽃같이 보이고, 꽃받침에서 빛이 쏟아져 나오는 것 같았어요.

어린 공주들은 각자 정원에 작은 땅을 가지고 있어서 땅을 파고 식물을 심을 수 있었어요. 한 공주는 자기 꽃밭을 고래 모양으로 꾸몄고, 또 한 공주는 자기네 자매들 중의 한 명을 닮은 모양으로 꾸미고 싶었어요. 하지만 막내 공주는 해님처럼 둥그런 꽃밭을 만들고, 해님처럼 빨갛게 빛나는 꽃만 심었어요.

막내 공주는 특이한 아이였어요. 말이 없고 생각에 잠겨 있을 때가 많으며, 언니들이 난파한 배들에서 가져온 매우 이상야릇한 물건들로 꽃밭을 장식하는 것과는 달리, 물 밖에 높이 떠 있는 해님을 닮은 빨간 장미색 꽃들과 아름다운 대리석 입상만 있으면 되었어요. 그 입상은 아름다운 소년의 조각상이었는데, 하얗고 깨끗한 돌로 조각한 것으로 배가 난파될 때, 바다 바닥에 떨어진 것이지요.

막내 공주는 조각상 옆에 빨간 장밋빛 수양버들을 심었어요. 수양버들은 아주 탐스럽게 자라나 싱그러운 가지를 푸르른 모래땅에 닿을 듯 말 듯 늘어뜨렸어요. 그러면 보랏빛 그림자가 모래땅에 드리워졌지요. 그림자는 가느다란 나뭇가지들과 꼭 같이 움직였어요. 나무 꼭대기와 뿌리들은, 우리가 입을 맞출 수 있을까? 한번 알아보자, 하고 마음먹은 것처럼 놀이를 하는 것 같았어요.

막내 공주는 저 위 인간 세상에 대한 이야기를 듣는 게 가장 즐거웠어요. 나이 많은 할머니는 배, 도시, 사람과 동물에 대해 알고 있는 것을 하나도 남김없이 모두 들려주어야 했지요. 막내 공주는 저 위 뭍에서는 꽃에서 향기가 난다는 게 그렇게 신기할 수가 없었어요. 바닷속 모래땅에 피는 꽃들에서는 향기가 나지 않았거든요. 또 막내 공주는 숲이 푸르다는 것, 가느다란 나뭇가지 사이로 보이는 물고기들이 아주 크고 아름다운 소리로 노래를 할 수 있다는 것도 무척 신기했어요. 할머니가 물고기라고 부르는 건 바로 작은 새들이었지요. 그렇게 말을 하지 않으면 인어 공주들은 알아듣지 못했을 거예요. 새를 본 적이 없었거든요.

할머니가 말했어요.

"너희는 열다섯 살이 되면, 바다 위로 올라가 달빛이 비치는 바위 위에 앉아 지나가는 커다란 배들을 볼 수 있단다. 숲들과 여러 도시도 볼 수 있지!"

언니들 중 한 명만이 내년에 열다섯 살이 되었어요. 하지만 나머지 공주들은 어떻게 되지요? 공주들은 한 살 터울이었어요. 그러니까 막내는 바닷속 모래땅에서 바다 위로 올라가 우리가 사는 모습을 보려면 첫째 언니가 올라간 뒤에도 5년을 더 기다려야 했지요. 바다 위로 올라가는 공주들은 그 다음 순번의 공주에게 첫째 날 무엇을 보았는지, 또 어떤 게 가장 아름다웠는지를 이야기해 주겠다고 언제나 약속했어요. 할머니가 인어 공주들에게 충분히 이야기를 들려주지 않았기 때문에 공주들은 알고 싶은 게 엄청나게 많았어요.

여섯 공주 중 가장 바다 위 세상을 보고 싶어 하는 공주는 막내 공주였어요. 자매들 중 가장 오랫동안 기다려야 했고, 극도로 말수가 적고 생각에 잠기는 것을 좋아하는 막내요. 막내 공주는 밤이 되면 열린 창가에 서서 물고기들이 지느러미와 꼬리로 찰싹찰싹 소리를 내며 헤엄치는 검푸른 물속, 그 위쪽을 쳐다볼 때가 많았어요. 달과 별들도 보였어요. 물론 아주 희미하게 빛났어요. 하지만 물속에 비쳤기 때문에 우리가 보는 것보다 훨씬 더 컸지요.

먹구름 같은 게 달과 별들 밑으로 스르르 미끄러지듯 지나가기도 했어요. 그건 달과 별들 위로 헤엄치고 있는 한 마리 고래든가 사람을 많이 태운 배 한 척이라는 사실을 막내 인어 공주는 잘 알고 있었어요. 그 사람들은 귀여운 막내 인어 공주가 바닷속 깊은 이곳에 서서 하얀 두 손을 배의 밑바닥을 향해 쭉 뻗고 있다는 사실은 꿈에도 생각하지 못했지요.

드디어 첫째 공주가 열다섯 살이 되어 바다 위로 올라갔어요.

첫째 공주는 셀 수 없이 많은 이야기를 안고 돌아왔어요. 첫째 공주는 가장 아름다웠던 건 달빛이 비치는 고요한 바닷가 모래톱에 누워 해안에 연이어 붙은 큰 도시를 바라보는 것이었다고 했어요. 그곳에는 수백 개의 별들이 뜬 것처럼 불빛이 반짝거렸대요. 좋았던 것은 또 있었지요. 음악 소리와 소음, 마차 소리며 사람들이 웅성거리는 소리를 듣는 것, 수많은 교회들과 탑의 뾰족한 끝부분을 보는 것, 그리고 종소리가 울려 퍼지는 것을 듣는 것, 이 모든 게 아름다웠다고 했어요. 첫째 공주는 그곳에 가 볼 수가 없었기 때문에 이러한 것들을 무척이나 보고 싶어 했지요.

아, 막내 공주는 얼마나 그 이야기를 귀 기울여 들었는지 몰라요. 그 뒤로 막내 공주는 저녁마다 열린 창가에 서서 짙푸른 바닷물 저 위쪽을 올려다볼 때면, 시끄러운 소리가 나고 여러 가지 소리가 웅성대는 그 큰 도시를 떠올렸어요. 그러면 교회 종소리가 바다 밑까지 울려 퍼지는 것 같았어요.

다음 해에는 둘째 언니가 바다 위로 올라가 마음대로 헤엄쳐 다닐 수 있다는 허락을 받았지요. 둘째 언니는 해가 막 질 무렵, 바다 위로 떠올랐어요. 둘째 언니는 해가 지는 광경이 가장 아름다웠다고 했어요. 하늘이 온통 황금빛으로 빛나고, 구름들은 어찌나 아름다운지 말로 표현할 수가 없다고 했지요! 붉은빛과 보랏빛이 감도는 구름들은 하늘을 두둥실 떠가고 있었는데, 하얗고 긴 면사포 같은 것이 그 구름들보다 훨씬 더 빨리 날아갔대요. 그건 물 위를 나는 하얀 백조 떼였대요. 마침 물에는 해가 잠겨 있어서 둘째 언니는 해에게로 헤엄쳐 갔대요. 그런데 해는 물속에 완전히 잠겨 버렸대요. 그러자 바다와 구름들에 감돌던 붉은 장밋빛은 사라져 버렸대요.

그 다음 해에는 셋째 언니가 바다 위로 올라갔어요. 여섯 자매 중에서 가장 용감했던 셋째 언니는 바다로 흘러드는 넓은 강을 거슬러 올라갔어요. 셋째 언니는 포도 넝쿨이 주렁주렁 열린, 매우 아름다운 푸른 언덕을 보았어요. 아름다운 숲들 사이에는 여러 채의 성들과 궁정들이 빼꼼 고개를 내밀고 있었어요. 셋째 언니는 갖가지 새들이 노래하는 소리를 들었어요. 그런데 햇볕이 너무 따가워서 화끈거리는 얼굴을 식히기 위해 물속에 자주 몸을 담가야 했지요. 어느 작은 만에서 셋째 언니는 한 무리의 어린 사람 아이들을 만났어요. 아이들은 옷을 완전히 홀랑 벗고 풍덩풍덩 물속으로 뛰어들어 첨벙첨벙 물장구를 쳤어요. 셋째 언니는 아이들과 함께 놀고 싶었어요. 하지만 아이들은 기겁을 하고는 도망갔지요. 그때 작고 까만 동물 한 마리가 다가왔어요. 그건 개였어요. 하지만 셋째 언니는 여태껏 개를 본 적이 없었지요. 개가 너무나도 사납게 마구 짖어 대자, 셋째 언니는 덜컥 겁이 나서 드넓은 바다로 얼른 숨어들었어요. 하지만 셋째 언니는 그 아름다운 숲들이며 푸르른 언덕들, 그리고 귀여운 아이들은 잊을 수가 없었어요. 물고기 꼬리가 없는데도 물속에서 수영을 할 수 있었던 그 아이들을요.

넷째 언니는 별로 용감하지 않았어요. 넷째 언니는 줄곧 거친 바다 한가운데에서만 머물러 있었지요. 넷째 언니는 그곳이 가장 아름다웠다고 했어요. 어느 방향으로든 수마일 밖까지 보였지요. 바다 위 하늘은 꼭 커다란 유리 종 같았어요. 배도 여러 척 보였어요. 하지만 아주 멀리 있어서 검은등갈매기같이 보였어요. 익살꾸러기 돌고래들은 공중제비를 돌고, 커다란 고래들은 콧구멍으로 물을 높이 뿜어 올려 자기네 주위에 분수를 셀 수 없이 많이 만들었어요.

다음은 다섯째 언니 차례였어요. 다섯째 언니의 생일은 한겨울이었기 때문에, 다른 언니들이 한 번도 본 적이 없는 것을 보았지요. 바다는 완전히 초록빛이었어요. 그리고 사방에 커다란 빙산들이 둥둥 떠다녔지요. 다섯째 언니는 빙산은 모두 진주같이 생겼는데, 인간들이 지은 교회 탑보다 훨씬 크다고 했어요. 또 빙산은 생김새도 아주 기이하고, 다이아몬드처럼 반짝거렸어요.

다섯째 언니는 엄청나게 커다란 빙산 위에 앉아 있었어요. 범선을 타고 가던 사람들은 모두 기겁을 하며 다섯째 언니가 긴 머리칼을 바람에 흩날리며 앉아 있는 빙산 주위로 큰 곡선을 그리며 지그재그로 항해했어요. 하지만 저녁이 되자, 구름이 하늘을 뒤덮으면서 번개가 번뜩이고 천둥이 우르릉거렸어요. 시커먼 바다는 거대한 얼음덩이들을 높이 들어올렸어요. 그러자 얼음덩이들은 번뜩이는 번갯불에 번쩍번쩍 빛이 났어요.

배에 있던 사람들은 모두 돛을 내렸어요. 다들 두려움과 공포에 떨었어요. 하지만 다섯째 언니는 둥둥 떠다니는 빙산에 그대로 느긋하게 앉아 어슴푸레 빛나는 바다에 시퍼런 번갯불이 지그재그로 내리꽂히는 광경을 바라보았어요.

인어 공주들은 바다 위로 처음 올라갔을 때는 눈에 보이는 새롭고 아름다운 것에 늘 마음을 빼앗겼지요. 하지만 어른이 된 지금, 언제든 가고 싶으면 위로 올라가도 좋다는 허락을 받게 되자 그런 건 모두 시큰둥해졌어요. 다시 집으로 가고 싶다는 마음이 강렬하게 일었지요. 그리고 집에 온 지 한 달이 지나면 인어 공주들은 깊은 바닷속에 있는 집이 가장 아름다운 곳이고, 집에 있으니 참 편하고 좋다고 했어요.

다섯 자매는 해질 녘이면 종종 팔짱을 끼고 한 줄로 헤엄쳐 물 위로 올라갔어요. 인어 공주들의 목소리는 참으로 아름다웠어요. 그 어떤 사람의 목소리보다 아름다웠지요. 폭풍이 다가와 배들이 가라앉을 것이라고 추측되면, 인어 공주들은 배들 앞으로 헤엄쳐 가서 바닷속 모래땅은 얼마나 아름다운지 모른다고 아주 아름다운 목소리로 노래를 불렀어요. 그리고 선원들에게 그 아래로 내려가는 것을 두려워하지 말라고 말했어요. 하지만 뱃사람들은 인어 공주들이 하는 말을 하나도 알아듣지 못했어요. 뱃사람들은 그게 폭풍이라고 생각했어요. 뱃사람들은 바닷속 깊은 곳의 아름다운 광경도 보지 못햇지요. 배가 가라앉으면 사람들은 익사해 인어 임금님의 궁전에는 시체로만 오기 때문이지요.

언니들이 저녁마다 팔짱을 끼고 바다 위로 올라갈 때면, 막내는 홀로 서서 언니들의 뒷모습을 물끄러미 바라보았어요. 막내 공주는 왈칵 울음이 터져 나올 것 같았어요. 하지만 인어는 눈물이 없지요. 그래서 막내 공주는 더욱더 괴로웠어요.

막내 공주가 말했어요.

"아, 열다섯 살이면 얼마나 좋을까! 나는 저 위 세계와 그곳에 집을 짓고 사는 사람들을 차츰차츰 좋아하게 될 거야! 난 알아."

드디어 막내 공주는 열다섯 살이 되었어요.

나이 많은 과부인 할머니가 말했어요.

"자, 이제 너도 어른이 되었구나. 이리 오렴. 언니들처럼 꾸며 줄게!"

할머니는 막내 인어 공주의 머리에 하얀 백합으로 만든 화관을 씌워 주었어요. 하지만 꽃잎 한 장 한 장은 반으로 자른 진주였어요. 할머니는 시녀에게 막내 인어 공주의 꼬리에 큼지막한 굴 여덟 개를 단단히 끼우라고 일렀어요. 다른 사람들이 막내 인어 공주가 신분이 높다는 걸 알게 하려고 그런 것이지요.

"너무 아파요!"

막내 인어 공주가 말했어요.

"그래, 아플 거야. 그래도 예뻐지려면 참아야 하는 거야!"

할머니가 말했어요.

아! 막내 인어 공주는 이 화려한 장식품들을 죄다 떼어 버리고, 화관도 벗어 버리고 싶은 마음이 굴뚝같았어요. 정원에 있는 막내 공주의 빨간 꽃들이 훨씬 더 잘 어울렸지요. 하지만 막내 인어 공주는 감히 그렇게 하지 못하고 잠자코 있었어요.

"안녕히 계세요!"

막내 인어 공주가 말했어요. 그러고는 하나의 물거품처럼 가볍고 또렷하게 물속을 가로지르며 물 위로 올라갔어요.

막내 인어 공주가 머리를 수면 위로 쳐들었을 때는 해가 막 진 뒤였어요. 하지만 구름들은 여전히 장미처럼, 황금처럼 희미하게 빛나고 있었어요. 희미한 장밋빛을 띤 하늘 한가운데에는 초저녁 샛별이 밝고 아름답게 빛나고 있었어요. 공기는 부드럽고 상쾌하고, 바다는 완전히 잔잔했어요. 그곳에는 돛대가 세 개 달린 커다란 배 한 척이 떠 있었는데, 돛은 한 개만 올렸지요. 바람 한 점 불지 않는 데다 돛대의 활대와 닻줄에는 선원들이 빽빽이 걸터앉아 있었기 때문이에요.

음악 소리와 노랫소리가 울려 퍼졌어요. 저녁이 되어 주위가 점점 어두워지자, 알록달록한 수백 개의 등불이 켜졌어요. 마치 만국기가 하늘에 펄럭이는 것 같았지요.

막내 인어 공주는 한 선실 창문 바로 앞까지 헤엄쳐 갔어요. 바닷물이 막내 인어 공주를 높이 들어올릴 때마다 거울처럼 반짝거리는 유리창으로 멋지게 치장한 수많은 사람들이 서 있는 모습이 보였어요. 하지만 그 가운데에서 가장 아름다운 사람은 눈이 크고 까만 젊은 왕자였어요. 왕자는 확실히 열여섯 살 이상은 되어 보이지 않았어요. 그날은 왕자의 생일이었어요. 그래서 이처럼 화려하게 축하 잔치를 벌이는 것이지요.

선원들은 갑판 위에서 춤을 추었어요. 젊은 왕자가 그곳에 나타나자, 백 개도 넘는 폭죽이 하늘 높이 날아갔어요. 그러자 주위가 대낮처럼 환해졌어요. 막내 인어 공주는 화들짝 놀라 물속으로 얼른 들어갔어요. 하지만 이내 고개를 다시 쏙 내밀었어요. 마치 하늘의 별들이 자신에게 와르르 쏟아져 떨어지는 것 같았어요. 막내 인어 공주는 그런 불꽃놀이는 한 번도 본 적이 없었지요. 커다란 해님들이 원을 그리며 빙글빙글 돌고, 화려하고 찬란한 불물고기들이 푸른 하늘로 휙휙 날아올랐어요. 그 모든 광경이 맑고 고요한 바다에 그대로 비쳤어요.

배 위는 어찌나 환하던지 가장 작은 닻줄도 똑똑히 보였어요. 사람들은 더 잘 보였고요. 아, 젊은 왕자는 정말 아름다웠어요. 왕자는 사람들과 악수를 하면서 소리 내어 웃기도 하고 싱긋 미소도 지었어요. 음악은 아름답기 그지없는 밤하늘에 울려 퍼졌어요.

밤이 깊었건만 막내 인어 공주는 배와 아름다운 왕자에게서 좀

처럼 눈을 뗄 수가 없었어요. 알록달록한 등불은 모두 꺼지고, 폭죽은 더는 하늘로 날아오르지 않고, 대포 소리도 들리지 않았어요. 하지만 바닷속 깊은 곳에서는 윙윙 소리도 나고, 쾅쾅 울리는 소리도 났어요. 막내 인어 공주는 물속에 앉아 있었기 때문에 시소를 타듯 몸이 위아래로 흔들렸어요. 그래서 선실 안을 들여다볼 수가 있었지요.

하지만 배는 속도를 내기 시작했어요. 돛이 하나둘 펴졌어요. 파도가 점점 더 거칠어지고, 커다란 구름들이 몰려왔어요. 그리고 멀리서 번개가 쳤어요. 아, 무시무시한 폭풍우가 밀려오고 있었어요. 선원들은 돛을 다시 내렸어요. 그 거대한 배는 포악해진 바다 위에서 빠른 속도로 이리저리 흔들렸어요. 바닷물은 거대하고 시꺼먼 산들처럼 솟구쳤어요. 그리고 그 산들은 돛대를 향해 돌진하려고 했어요. 하지만 배는 한 마리 백조처럼 높은 파도들 사이로 잠겼다가 우뚝 솟구치는 물 위로 다시 쑥 올라갔어요.

막내 인어 공주에게는 이런 광경이 재미있는 뱃놀이였지만, 선원들에게는 그렇지 않았어요. 배에서는 딱딱 소리도 나고, 삐걱삐걱 소리도 났어요. 바닷물이 두꺼운 널빤지들을 거세게 몇 번 치자, 널빤지들은 휘어졌어요. 돛대가 갈대처럼 한가운데가 뚝 꺾이고, 배는 한쪽 옆으로 쏠렸어요. 그러자 바닷물이 선체 안으로 흘러들어갔어요.

그제야 비로소 막내 인어 공주는 사람들이 위험하다는 것을 깨달았어요. 막내 인어 공주 역시 배에서 떨어져 나와 물 위를 둥둥 떠다니는 두꺼운 널빤지와 나무조각을 조심해야 했지요.

한순간 주위가 칠흑같이 까매져서 막내 인어 공주는 아무것도 알아볼 수가 없었어요. 하지만 번개가 번뜩이자, 다시 환하게 밝아져서 배 위의 사람들이 모두 보였어요. 모두들 있는 힘껏 이리저리 뛰고 난리였어요. 막내 인어 공주는 맨 먼저 그 젊은 왕자를 찾았어요. 그리고 배가 두 동강 나자 왕자가 깊은 바다에 가라앉고 있는 게 보였어요. 막내 인어 공주는 왕자가 자신에게 내려와서 굉장히 기뻤어요. 하지만 인간은 물속에서는 살 수 없다는 것과 왕자가 아버지의 궁전에 도착할 때는 이미 죽어 있을 것이라는 사실이 퍼뜩 떠올랐어요. 아, 왕자는 절대로 죽으면 안 돼요. 막내 인어 공주는 바다에 떠다니는 널빤지들과 각목들 사이로 헤엄쳐 갔어요. 막내 인어 공주는 널빤지와 각목이 자신을 완전히 으스러뜨릴 수 있다는 것도 까맣게 잊었지요.

막내 인어 공주는 바닷속 깊이 내려갔다가 커다란 파도들 사이로 다시 올라가 드디어 젊은 왕자에게 갔어요. 왕자는 폭풍이 이는 바다에서 거의 헤엄도 치지 못했어요. 팔다리는 지쳐가기 시작했고, 아름다운 두 눈은 꼭 감고 있었어요. 막내 인어 공주가 오지 않았다면 죽었을 거예요. 막내 인어 공주는 왕자의 머리를 물 위로 내놓고 왕자와 함께 큰 파도에 몸을 맡긴 채 파도가 움직이는 대로 함께 떠다녔어요.

이튿날 이른 아침, 폭풍은 잠잠해졌어요. 배는 부서진 조각 하나 보

이지 않았지요. 태양은 물속에서 붉은빛을 뿜어내며 막 떠오르고 있었어요. 태양의 그 기운으로 왕자의 두 뺨에 생명이 돌아오고 있는 것만 같았어요. 하지만 아직도 두 눈은 감겨 있었지요. 막내 인어 공주는 왕자의 넓고 반듯한 이마에 입을 맞춘 뒤, 젖은 머리카락을 뒤로 쓸어 넘겨 주었어요. 막내 인어 공주는 왕자가 자신의 작은 정원에 있는 대리석 입상과 비슷하다는 사실을 깨달았어요. 막내 인어 공주는 왕자에게 한 번 더 뽀뽀를 하고 왕자가 살아나기를 바랐어요.

드디어 막내 인어 공주는 육지를 발견했어요. 높고 푸른 산들이었어요. 산꼭대기에는 마치 백조들이 앉아 있는 것처럼 새하얀 눈이 빛나고 있었지요. 산 아래 바닷가에는 아름답고 푸른 숲들이 펼쳐져 있고, 숲 앞쪽에는 건물 한 채가 서 있었어요. 그게 교회인지 수도원인지 막내 인어 공주는 정확히 알 수 없었어요.

그곳의 정원에는 레몬나무와 오렌지나무가 자라고 있었고, 문 앞에는 키 큰 야자나무들이 서 있었어요. 바다는 이곳에서 작은 만을 만들어 놓았어요. 작은 만은 바람 한 점 없어 거울처럼 매끄러웠지만 무척 깊었지요. 그곳에는 하얗고 고운 모래가 밀려와 쌓여 있었어요. 막내 인어 공주는 아름다운 왕자를 데리고 그곳으로 헤엄쳐 가서 모래 위에 눕히고, 머리가 따스한 햇살을 받게 높이 떠받치려고 특히 애를 썼어요.

희고 거대한 그 건물 안에서 종소리가 울려 퍼졌어요. 그리고 많은 수의 젊은 아가씨들이 정원을 가로질러 걸어오고 있었어요. 막내 인어 공주는 물 위로 우뚝 솟아오른 몇 개의 커다란 바위들 뒤로 얼른 헤엄쳐 갔어요. 그러고는 아무도 자신의 조그만 얼굴을 보지 못하게 물거품을 머리카락과 가슴 위에 잔뜩 뿌렸어요. 그리고 그 가여운 왕자에게 누가 다가가는지 가만히 지켜보았어요.

얼마 지나지 않아 한 아가씨가 그곳으로 갔어요. 아가씨는 무척 놀란 눈치였어요. 하지만 이내 정신을 차리고 다른 사람들을 데려왔어요. 막내 인어 공주는 왕자가 살아나 자기 주위에 있는 사람들에게 빙그레 웃음을 지어 보이는 것을 보았어요. 하지만 왕자는 물속에 있는 막내 인어 공주에게는 미소를 보내지 않았어요. 왕자는 막내 인어 공주가 자신을 구해 준 것도 몰랐어요. 막내 인어 공주는 너무나 슬퍼서 사람들이 왕자를 그 큰 건물 안으로 옮길 때, 물속으로 잠수했어요. 가슴이 찢어지는 것 같았지요. 막내 인어 공주는 아버지의 궁전으로 돌아왔어요.

막내 인어 공주는 보통 때도 말이 없고, 뭔가 골똘히 생각하는 걸 좋아했었는데 이제는 한층 더 말수가 없어지고, 더욱더 생각에 잠기곤 했어요. 언니들은 동생에게 바다 위로 올라가서 제일 먼저 본 게 뭐냐고 물었지만, 동생은 아무 말도 하지 않았어요.

막내 인어 공주는 저녁이나 아침이나 왕자를 두고 온 그곳으로 자주 올라갔어요. 막내 인어 공주는 정원의 과일이 무르익어 사람들이 따는 것도 보았고, 높은 산들 위에 있는 눈이 녹는 것도 보았어요. 하지만 왕자는 끝내 보이지 않았어요.

막내 인어 공주는 슬픈 마음으로 궁전에 돌아왔어요. 시간이 갈수록 막내 인어 공주는 더욱더 슬픔에 잠겼어요. 막내 인어 공주의 마음을 그나마 달래 주는 건 작은 정원에 앉아 두 팔로 왕자를 빼닮은 아름다운 대리석 입상을 꼭 끌어안는 것뿐이었어요. 하지만 막내 인어 공주는 정원에 심은 자기 꽃들은 돌보지 않았어요. 꽃들은 마구 자라나 길가로 쑥 삐져나오고, 긴 줄기와 잎들은 굵은 나뭇가지들과 얽히고설켜서 그곳은 완전히 어두컴컴하게 변해 버렸지요.

막내 인어 공주는 마침내 더는 견딜 수 없어 한 언니에게 모든 것을 털어놓았어요. 그러자 나머지 언니들도 곧바로 알게 되었지요. 하지만 언니들은 다른 두 인어들에게 그 얘기를 했고, 그 인어들은 또 자기네들이랑 가장 친한 인어 아가씨들에게 얘기했어요. 그 인어들 중 한 명은 그 왕자가 누군지 알고 있었어요. 그 인어도 배 위에서 벌어진 잔치를 보았지요. 그 인어는 왕자가 어디에서 왔는지, 또 왕국은 어디에 있는지도 알고 있었어요.

"막내야, 이리 와!"

언니들이 말했어요.

여섯 자매는 어깨동무를 하고 한 줄로 바다 위로 헤엄쳐 올라가 왕자의 궁전이 있는 곳으로 갔어요.

왕자의 궁전은 반짝반짝 빛나는 밝은 노란색 암석으로 지어졌고, 커다란 대리석 계단도 있었어요. 계단은 바다까지 이어져 있었어요. 궁전의 지붕에는 금으로 도금한 화려한 둥근 탑들이 우뚝우뚝 솟아 있었어요. 그 건축물 전체를 빙 돌아서 에워싸고 있는 둥근 기둥들 사이사이에는 마치 살아 있는 것만 같은 대리석 조각상들이 서 있었어요.

높게 달린 맑은 유리창으로 화려한 홀들이 보였어요. 그곳에는 값비싼 비단 커튼과 융단이 여기저기 걸려 있고, 벽은 모두 커다란 그림으로 장식되어 있었어요. 그 그림들을 보고 있노라니 크나큰 기쁨이 느껴졌어요. 가장 큰 홀 한가운데에는 커다란 분수에서 떨어져 내리는 물소리가 찰싹찰싹 났어요. 분수의 물줄기는 유리로 된 커다란 반구 천장까지 뿜어졌어요. 햇살이 유리 천장을 통해 들어와 분수의 물과 커다란 물통에서 자라고 있는 아름다운 식물을 비추어 주고 있었어요.

이제 막내 인어 공주는 왕자가 어디 사는지 알게 되자, 저녁이나 밤에 자주 그곳을 찾아갔어요. 막내 인어 공주는 그 어느 인어보다도 훨씬 더 뭍에 가까이 다가갔어요. 좁은 운하 속으로 깊숙이 헤엄쳐 가서 화려한 대리석 발코니 아래까지 갔어요. 대리석 발코니는 물 위에 기다란 그림자를 드리웠어요. 막내 인어 공주는 그곳에서 젊은 왕자를 살펴보았어요. 왕자는 자기 혼자서만 달빛을 받고 있다고 생각했지요.

막내 인어 공주는 왕자가 저녁 때, 음악이 울려 퍼지는 멋진 자기 보트를 종종 타는 것을 보았어요. 보트에는 깃발 여러 개가 나부꼈어요. 푸른 갈대숲에서 막내 인어 공주는 내다보았어요. 막내 인어 공주의 기다란 은빛 베일이 바람에 높이 흩날렸어요. 그러한 광경을 본 사람들은 한 마리 백조가 날개를 세웠다고 생각했어요.

막내 인어 공주는 밤에 어부들이 등불을 켜고 바다에 있을 때, 젊은 왕자를 침이 마르도록 칭찬하는 소리를 여러 번 들었어요. 막내 인어 공주는 왕자가 기진맥진한 상태로 거센 파도에 정처 없이 떠돌아다녔을 때, 자신이 왕자의 목숨을 구해 주었다는 사실이 참 기뻤어요. 그리고 왕자가 자신의 가슴에 머리를 꼭 대고 아주 편히 쉬고 있었던 모습과 자신이 왕자에게 온 마음을 다해 뽀뽀를 하던 모습을 떠올렸어요. 왕자는 그러한 사실을 까맣게 몰랐지요. 꿈속에서도 막내 인어 공주는 나타나지 않았어요.

막내 인어 공주는 점점 더 인간을 사랑하게 되었어요. 바다 위로 올라가 사람들에게 가고 싶은 소망이 점점 더 커졌지요. 인간 세계는 자신이 살고 있는 세계보다 훨씬 더 커 보였어요. 사람들은 배를 타고 바다를 날아가는 듯이 달릴 수도 있고, 높은 산에 올라가 구름 위로 걸을 수도 있고, 또 사람들이 갖고 있는 땅은 숲이다, 들판이다 하면서 막내 인어 공주의 눈이 닿지 않는 먼 곳까지 끝없이 펼쳐져 있었지요.

그곳에는 막내 인어 공주가 알고 싶은 게 너무너무 많았어요. 하지만 언니들은 대답을 일일이 해 주지는 못했어요. 그래서 막내 인어 공주는 할머니에게 물어보았어요. 할머니는 '바다보다 조금 높은 그 세계'를 잘 알고 있었어요. 그건 정말 딱 맞는 표현이었지요.

막내 인어 공주가 물었어요.

"사람들이 물에 빠져 죽지만 않으면, 영원히 살 수 있는 거예요? 바닷속에 사는 우리처럼 죽지 않나요?"

할머니가 말했어요.

"아냐, 인간도 죽어. 수명도 우리보다 훨씬 짧단다. 우리는 300년이나 살 수 있어. 하지만 우리는 살아 있지 않을 때는 한낱 물 위의 물거품으로 변해 버리지. 이곳 바닷속에 있는, 사랑하는 우리 가족 곁에 무덤도 가질 수 없단다. 우리는 영원히 죽지 않는 영혼이 없어. 우리는 두 번 다시 살아날 수 없단다. 우리는 푸른 갈대와 똑같아. 갈대는 한 번 잘리면 다시는 푸른 싹이 나지 못하지! 우리와 달리 인간은 영혼이 있단다. 그 영혼은 몸이 흙으로 변해도 죽지 않고 영원히 살지. 영원히. 인간의 영혼은 밝은 하늘로 올라간단다. 반짝이는 별들에게 가는 거야! 우리가 바다 위로 올라가 인간의 육지를 보는 것처럼 인간들은 이루 말할 수 없이 아름다운, 미지의 세계로 올라가는 거야. 우리는 절대로 그 세계를 보지 못하지."

"우리는 왜 영원히 죽지 않는 영혼이 없는 거예요? 단 하루만이라도 사람이 되어서 나중에 이루 말할 수 없이 아름다운 그 미지의 세계에 갈 수만 있다면, 앞으로 남아 있는 300년을 몽땅 줘 버릴 수도 있는데!"

막내 인어 공주가 슬픈 얼굴로 말했어요.

"계속 그런 생각 하면 안 돼! 우리는 저 위에 사는 인간들보다 훨씬 행복하게 잘 지낸단다!"

"그러니까 저는 죽게 되는 거네요. 죽은 뒤에는 물거품이 되어 바다 위를 떠다녀야 하고요. 파도의 음악 소리도 들을 수 없고, 그지없이 아름다운 꽃들도 보지 못하고, 붉은 태양도 보지 못하고요! 영원한 영혼을 얻기 위해서 제가 할 수 있는 게 아무것도 없는 건가요?"

"없어! 한 사람이 너를 너무너무 사랑해서 네가 자신의 아버지와 어머니보다 더 소중해지면, 또 그 사람이 자나 깨나 네 생각만 하고 너를 사랑해서 너와 헤어지기 싫어 성직자에게 자신의 오른손을 네 손에 놓게 하고, 이 세상에서 그리고 영원히 변함없이 너를 사랑하겠노라고 맹세를 할 경우에만 그 사람의 영혼이 네 몸 안으로 흘러들어갈 수 있는 거란다. 그러면 너도 인간의 행복을 누릴 수가 있지. 그 사람은 네게 영혼을 주었지만, 자신의 영혼도 갖고 있지. 하지만 그런 일은 절대로 일어날 수가 없단다! 여기 바닷속에서 그야말로 아름다운 것–네 물고기 꼬리 말이야.–을 저 위땅 위에 사는 사람들은 보기 흉하다고 생각하지. 그 사람들은 이해를 못 한단다. 그곳에서는 아름다워지려면 피둥피둥한 원기둥 두 개를 가져야 하지! 그걸 '다리'라고 부른단다."

할머니가 말했어요.

막내 인어 공주는 한숨을 쉬며 슬픈 얼굴로 자신의 꼬리를 바라보았어요.

할머니가 말했어요.

"우리, 마음을 즐겁게 먹자. 우리가 살 수 있는 300년 동안 껑충껑충 뛰자꾸나. 300년은 꽤 긴 시간이지. 아무렴! 그 뒤에는 무덤에서 훨씬 더 만족스럽게 쉴 수 있지. 오늘 밤엔 궁중 무도회가 열릴 거야!"

궁중 무도회는 땅 위에서는 절대로 볼 수 없는 것으로 엄청나게 호화찬란했어요. 널따란 무도회장의 벽과 천장은 두껍지만 투명하게 맑은 유리로 되어 있었어요. 분홍빛과 풀빛의 거대한 조개껍데기 수백 개가 활활 타오르는 푸른색 불꽃을 내뿜으면서 사방에 줄지어 늘어서 있었어요. 불꽃은 무도회장을 온통 환하게 밝히고 있었어요. 유리벽으로도 불꽃이 내비치어 궁전 밖의 바다까지 아주 밝았지요.

수없이 많은 물고기가 보였어요. 크고 작은 물고기들이 유리벽을 향해 헤엄쳐 왔지요. 어떤 물고기들의 비늘은 붉은 보랏빛이었는데 반짝반짝 빛이 났고, 또 어떤 물고기들의 비늘은 은빛과 금빛이 났어요. 무도회장 한가운데는 조류(*밀물과 썰물 때문에 일어나는 바닷물의 흐름.)가 흐르고 있었어요. 바로 이 조류 위에서 남녀 인어들이 자신들의 아름다운 목소리로 노래하며 춤을 추었어요. 땅 위에 사는 인간들은 이토록 아름다운 목소리를 갖고 있지 못하지요.

막내 인어 공주는 그 가운데에서도 가장 노래를 잘했어요. 모두들 막내 인어 공주에게 박수갈채를 보냈어요. 땅과 바다를 통틀어서 자기 목소리가 가장 아름답다는 것을 깨달은 막내 인어 공주는 한순간 뛸 듯이 기뻤어요.

하지만 이내 또다시 저 위에 있는 세상이 생각났어요. 막내 인어 공주는 그 아름다운 왕자도 잊을 수 없었고, 자신은 왕자처럼 불멸의 영혼을 갖고 있지 않다는 슬픈 현실도 잊을 수가 없었어요. 그래서 막내 인어 공주는 아버지의 궁전을 살그머니 빠져나와 자신의 작은 정원에서 슬픔에 젖은 얼굴로 앉아 있었어요. 궁전에서는 여전히 노랫소리와 흥겨움이 넘쳐나고 있었지요. 그때 사냥 나팔 소리가 바닷속까지 울려 퍼졌어요.

막내 인어 공주는 생각했어요.

'지금 그분이 배를 타고 가는 거야. 틀림없어. 내가 우리 아버지, 어머니보다 더 사랑하고, 자나 깨나 생각하고, 그 손 안에 내 삶의 행복을 송두리째 맡기고 싶은 바로 그분이 가고 있는 거야. 왕자님과 불멸의 영혼을 얻기 위해서는 무슨 짓이든 다 할 거야! 언니들이 아버지의 궁전에서 춤을 추고 있는 동안, 바다 마녀에게 가야지. 마녀는 언제나 무서웠지만, 마녀는 내게 충고도 해 주고 도와줄지도 모르잖아!'

막내 인어 공주는 자신의 정원을 떠나 부글부글 끓어오르는 소용돌이 쪽으로 갔어요. 소용돌이 뒤쪽에 마녀가 살고 있었지요. 막내 인어 공주는 지금껏 그 길로 가 본 적이 없었어요. 이곳에는 꽃도, 해초도 자라지 않았어요. 오로지 황량한 잿빛 모래흙만 소용돌이가 있는 곳까지 쭉 펼쳐져 있었어요. 소용돌이에서는 바닷물이 윙윙거리는 물레방아처럼 빙글빙글 돌고 있었는데, 그 안에 걸려드는 것은 모조리 바닷물 깊숙이 휙휙 끌어들이고 있었어요.

바다 마녀가 사는 곳에 닿으려면 모든 것을 죄다 으스러뜨리고 마는 이 소용돌이 한가운데를 뚫고 지나가야 했어요. 그런데 이곳에는 부글부글 끓어오르는 뜨거운 진흙탕 말고는 달리 길도 없었어요. 더구나 진흙탕을 오랫동안 가야 했어요. 마녀는 그 진흙탕을 자신의 '이탄지(*땅속에 묻힌 시간이 오래되지 못하여 채 석탄이 되지 못한 땅.)'라고 불렀지요.

이탄지 뒤쪽에는 기이하게 생긴 숲이 있었어요. 숲 한가운데에 마녀의 집이 있었지요. 나무와 덤불은 모두 반은 동물이고, 반은 식물인 해파리였어요. 나무와 덤불들은 마치 머리가 백 개나 달린 뱀들이 땅속에서 자라나 나온 것 같았어요. 나무와 덤불의 굵은 나뭇가지들은 모두 길고 끈적끈적한 팔이었어요. 그리고 그 팔에는 뱀처럼 구불구불 움직이는 손가락들이 달려 있었지요. 나무와 덤불들은 뿌리에서 제일 꼭대기까지 마디마디가 자유롭게 움직였어요. 해파리는 바닷속에서 한 번 확 잡아챈 것은 꼭 휘감아 절대로 놓아 주지 않았어요.

막내 인어 공주는 소스라치게 놀라 그 앞에 우뚝 서 있었어요. 두려운 마음에 가슴이 쿵쾅쿵쾅 뛰었어요. 뒤돌아서려고 하다가 왕자와 인간의 영혼을 떠올리고는 다시금 용기를 냈어요. 막내 인어 공주는 해파리가 자신의 흩날리는 긴 머리칼을 움켜쥐지 못하게 꽉 묶고, 두 손은 가슴에 모으고, 물고기가 물속을 잽싸게 헤엄치는 것처럼 흉측하게 생긴 해파리들 사이를 질주했어요. 해파리들은 막내 인어 공주 쪽으로 이리저리 잘 휘어지는 팔과 손가락을 쭉쭉 뻗었어요.

팔과 손들은 하나같이 자기네가 잡아챈 것을 그대로 꽉 움켜쥐고 있었어요. 백 개의 작은 팔들은 철로 만든 단단한 고리처럼 잡아챈 것을 움켜쥐고 있었지요. 바다에서 죽어 바닷속 깊이 가라앉은 사람들이 하얀 해골이 되어 해파리들의 팔들 사이에서 빼꼼히 내다보고 있었어요. 해파리들은 배의 노나 궤짝들을 움켜쥐고 있었어요. 육지 동물들의 해골과 한 어린 인어 소녀도 보였어요. 해파리들은 인어 소녀를 잡아 목 졸라 죽인 거예요. 정말 끔찍한 일이었지요.

드디어 막내 인어 공주는 숲 속의 미끈미끈하고 넓은 곳에 이르렀어요. 그곳에는 피둥피둥 살찐 커다란 바다뱀들이 이리저리 뒹굴면서 엷은 누런색의 흉측한 배를 벌러덩 드러내고 있었어요. 미끈미끈하고 너른 그 진흙탕 한가운데에 배가 난파하는 바람에 죽은 사람들의 하얀 뼈로 지은 집 한 채가 버젓이 서 있었어요. 마녀는 집 앞에 앉아 사람들이 어린 카나리아에게 설탕을 주듯이 두꺼비가 자기 입에서 먹이를 받아먹게 하고 있었어요. 마녀는 흉측하고 피둥피둥 살이 오른 바다뱀들을 '병아리'라고 부르며 자신의 크고, 흐물거리고, 잔뜩 부풀어 오른 가슴 위에서 구불구불 움직이고, 데굴데굴 뒹굴도록 했어요.

바다 마녀가 말했어요.

"난 네가 뭘 하고 싶은지 다 안다! 넌 참 멍청하구나! 무지무지 예쁜 공주님, 그래도 네 뜻대로 하게 내버려 둘밖에. 하지만 넌 불행해질 거야. 넌 네 물고기 꼬리를 떼어 내고, 그 자리에 사람처럼 걸어다닐 수 있는 그루터기 두 개를 갖고 싶은 거야. 그 젊은 왕자가 네게 홀딱 반하게 해서 왕자를 남편으로 맞이해 왕자와 함께 영원히 죽지 않는 영혼을 갖고 싶은 거지!"

마녀가 아주 흉측하고 큰 소리로 웃었어요. 그러자 두꺼비와 바다뱀들이 바닥으로 뚝뚝 떨어져 데굴데굴 굴렀어요.

마녀가 말했어요.

"때 맞춰서 마침 잘 왔다. 내일 아침에 해가 뜨면 난 너를 도와줄 수가 없어. 꼬박 일 년을 기다려야 하지. 물약을 한 병 만들어 줄게. 해가 뜨기 전에 뭍으로 헤엄쳐 가서 물가에 앉아 물약을 마셔야 해. 그러면 네 꼬리는 갈라지고 오그라들어 사람들이 예쁜 다리라고 부르는 걸로 변할 거야. 하지만 아플 거야. 예리한 칼이 네 몸 깊숙이 찌르는 것 같을 거야. 너를 보는 사람들은 누구나 자기네들이 본 사람들 중에서 네가 가장 아름다운 사람이라고 할 거야! 네 발걸음은 나비가 살랑살랑 나는 것처럼 사뿐사뿐할 거야. 그 어떤 무용수도 너처럼 걷지는 못하지. 하지만 네가 한 걸음 한 걸음 내디딜 때마다 너는 날이 시퍼런 칼날 위를 걸어 피가 흐르는 듯한 기분이 들 거야. 그래도 네가 이 모든 걸 참겠다면 도와주지!"

"참을게요."

막내 인어 공주는 떨리는 목소리로 말했어요. 그러고는 왕자와 불멸의 영혼을 떠올렸어요.

마녀가 말했어요.

"하지만 잊지 말렴. 네가 일단 인간의 모습을 갖게 되면, 너는 두 번 다시 인어는 될 수 없어! 너는 바닷속에 있는 네 언니들에게도 헤엄쳐서 갈 수 없고, 아버지의 궁전에도 갈 수 없어. 그리고 왕자가 너를 사랑해서 자기 아버지와 어머니를 완전히 잊어버리고, 성직자에게 네 손과 자신의 손을 마주 잡게 해서 부부가 되지 않으면, 너는 영원히 죽지 않는 영혼을 절대로 얻을 수 없어! 왕자가 다른 여자와 결혼식을 올리면, 그 이튿날 아침, 너는 가슴이 찢어질 듯이 아플 거야. 그리고 바닷물 위의 물거품이 되는 거지."

"그래도 괜찮아요."

막내 인어 공주가 말했어요.

막내 인어 공주는 죽은 사람처럼 얼굴이 창백해졌어요.

마녀가 말했어요.

"하지만 공짜가 아니야. 너는 대가를 치러야 해! 내가 요구하는 것은 절대로 소소한 게 아니야. 너는 바닷속 모래땅에서 가장 목소리가 아름다워. 너는 그 목소리로 왕자를 홀릴 수 있을 것이라고 믿고 있을 거야. 하지만 너는 네 목소리를 내게 줘야 해. 귀한 물약을 주니, 그 대신 네가 갖고 있는 것 중에서 가장 좋은 것을 갖고 싶다! 물약이 쌍날칼처럼 예리해지라고 내 피도 집어넣어야 하거든!"

막내 인어 공주가 말했어요.

"내게서 목소리를 가져가 버리면, 나한테는 뭐가 남죠?"

마녀가 말했어요.

"아름답고 우아한 모습, 나비가 살랑살랑 나는 것처럼 사뿐사뿐한 걸음걸이, 말을 하는 듯한 두 눈이 있잖아. 넌 그 두 눈만으로도 인간의 마음을 사로잡을 수 있을 거야. 자, 용기를 잃지는 않았겠지. 네 작은 혀를 쑥 내밀어 봐. 그럼 물약을 주는 대가로 혀를 싹둑 자를 거야. 그리고 약효가 뛰어난 물약을 줄게!"

청소년문학 보물창고 ❸

미용 학교에 간 하느님

신시아 라일런트 | 신형건 옮김 | 9,000원

하느님, 파마를 배우기 위해 미용 학교 수강생이 되다!

• 평소에는 상상할 수 없었던, 그럼에도 불구하고 친숙한 하느님의 모습이 인간적으로 그려졌다. 기독교인이 아닌 다른 종교를 가진 사람, 종교가 없는 독자도 충분히 공감할 수 있다. -〈독서신문〉

★〈혼북 매거진〉 팡파르 선정도서
★네이버 북리펀드 선정도서

청소년문학 보물창고 ❹

말해 봐

로리 할츠 앤더슨 | 고수미 옮김 | 11,000원

진실을 말하기보다는 침묵을 선택할 수밖에 없었던 가엾은 십대의 자화상.

• 섬세한 심리 묘사, 물 흐르듯 자연스러운 이야기 전개 속에 주인공이 왜 말문을 닫게 됐는지 그 이유가 기묘하게 숨겨져 있다. 현실에 용감하게 맞서며 힘겹지만 조금씩 변해 가는 주인공의 모습이 감동을 준다. -〈한겨레〉

★〈프린츠 상〉 수상작
★국립어린이청소년도서관 사서 추천도서
★어린이도서연구회 청소년 권장도서

청소년문학 보물창고 ❺

탠저린

에드워드 블루어 | 황윤영 옮김 | 13,000원

왜 어른들은 '모든 것을 잘 안다'고 큰소리치는가?

• 성장소설을 기본 바탕으로 스포츠소설로서의 흥미로운 스토리를 가미하고, 추리소설의 장치와 기법까지 더해 작품의 읽는 맛을 더했다.

★〈혼북 매거진〉 팡파르 선정도서
★네이버 북리펀드 선정도서
★경기도 학교도서관 사서협의회 권장도서

청소년문학 보물창고 ❻

니임의 비밀 로버트 오브라이언 | 최지현 옮김 | 10,000원

실험실을 탈출한 쥐들이 이제, 그들만의 문명 세계를 열어 간다!

• 동물 학대를 비판하는 판타지소설로 매력적인 캐릭터와 강한 흡인력, 날카로운 풍자가 돋보인다. –〈국민일보〉

• 과학의 윤리와 문명의 미래를 생각케 한다. –〈한국일보〉

• 날카로운 풍자를 갖춘, 10세 이상 모든 이들을 위한 보물과도 같은 책. –〈런던 타임즈〉

★〈뉴베리 상〉 수상작
★〈루이스 캐롤 상〉 수상작
★한우리독서문화운동본부 권장도서

청소년문학 보물창고 ❼

교환학생 샤론 크리치 | 최지현 옮김 | 11,000원

'납치를 당하듯' 낯선 나라의 학교로 보내진 소녀의 '판타스티코'한 성장기.

• 미국 아동문학상 〈뉴베리 상〉을 두 차례나 받는 등 영미 아동청소년 문학에서 가장 확고한 위치를 차지하고 있는 작가 샤론 크리치의 성장소설. –〈한겨레〉

• 자신의 의지와는 상관없이 낯선 나라의 학교에 다니게 된 열세 살 소녀가 새로운 환경을 서서히 받아들이고 성숙한 자아로 성장해 귀향하기까지의 과정이 흥미롭게 그려진다. –〈독서신문〉

청소년문학 보물창고 ⑬

그 여름의 끝 로이스 로리 | 고수미 옮김 | 9,800원

삶의 끝에서 발견하게 되는 것은 죽음일까, 영원일까?

• 열세 살 소녀가 언니의 갑작스러운 죽음을 통해 삶을 새롭게 성찰하고 성장해 나가는 과정을 그린 청소년소설. **–〈연합뉴스〉**

★〈혼북 매거진〉 선정 올해의 책
★어린이도서연구회 청소년 권장도서

청소년문학 보물창고 ⑭

뚱보 생활 지침서

캐롤린 매클러 | 이순미 옮김 | 12,000원

이 세상 모든 편견과의 전쟁을 선포한다!

• 10대 뚱보 소녀가 외모 콤플렉스를 극복하고 자아정체성을 찾아가는 과정을 재기발랄하게 그린 소설. **–〈동아일보〉**

★〈프린츠 상〉 수상작
★어린이도서연구회 청소년 권장도서

청소년문학 보물창고 ⑮

루비 홀러 샤론 크리치 | 이순미 옮김 | 11,800원

관계 맺기를 두려워하지 말라! 〈뉴베리 상〉 수상 작가가 전하는 따뜻하고도 강렬한 메시지.

• 사람들이 모두 저마다 부족한 점을 지닌 불완전한 존재라는 걸 깨닫고 나서야 말썽꾸러기 쌍둥이 남매와 루비 홀러에 사는 별난 노부부는 서로를 보듬으며 천천히 진정한 가족이 되어 간다. **–〈한겨레〉**

★〈카네기 상〉 수상작

NAIL
POLISH

"그렇게 하세요!"

막내 인어 공주가 말했어요.

마녀는 마법의 물약을 끓이기 위해 솥을 올려놓았어요.

마녀가 말했어요.

"깨끗한 게 좋지!"

마녀는 바다뱀들을 실몽당이처럼 돌돌 말아 솥을 쓱쓱 문질러 닦았어요. 그런 다음 자기 가슴을 제 손으로 할퀴어 상처를 내 시꺼먼 피를 솥에 똑똑 떨어뜨렸어요. 그러자 솥에서 이상야릇한 여러 가지 모양을 한 김이 무럭무럭 피어올랐어요. 보기만 해도 무서워서 등이 오싹해질 정도였지요. 마녀는 솥에 끊임없이 뭔가 새로운 것을 자꾸 집어넣었어요. 솥 안에 든 것들이 부글부글 끓어오르자, 악어가 줄줄 눈물을 흘리며 우는 듯한 소리가 났어요. 마침내 물약이 완성되었어요. 마법의 물약은 맑디맑은 물 같았어요.

"여기 물약이 있다!"

마녀가 말했어요. 그러고는 막내 인어 공주의 혀를 싹둑 잘랐어요.

이제 막내 인어 공주는 벙어리가 되었지요. 노래를 부를 수도, 말을 할 수도 없었어요.

마녀가 말했어요.

"내 숲을 가로질러 가다 해파리들이 널 잡으면, 이 물약을 딱 한 방울만 뿌려. 그러면 해파리들의 팔과 손가락이 모두 산산조각이 날 거야!"

하지만 그럴 필요가 없었어요. 해파리들은 막내 인어 공주가 손에 들고 있는 물약을 보자, 기겁을 하면서 뒤로 물러났어요. 물약은 희미하게 빛났지만, 막내 인어 공주의 손에서는 마치 별처럼 반짝반짝 빛났어요. 덕분에 막내 인어 공주는 숲과 늪, 부글부글 끓어오르는 소용돌이를 순식간에 빠져나갔어요.

막내 인어 공주의 눈에 아버지의 궁전이 보였어요. 널따란 무도회장의 횃불은 전부 꺼져 있었어요. 궁전 안에서는 모두 다 잠을 자고 있는 게 틀림없었어요. 하지만 막내 인어 공주는 가족을 만나 볼 엄두가 나지 않았어요. 이제는 말도 할 수 없고, 영원히 가족과 헤어질 생각이었기 때문이에요. 막내 인어 공주는 괴로워서 가슴이 찢어지는 것 같았어요. 막내 인어 공주는 정원으로 살며시 가서 언니들의 화단에서 꽃을 한 송이씩 꺾었어요. 그러고는 자기 손에 뽀뽀를 한 다음, 궁전을 향해 훅 불었지요. 그렇게 뽀뽀를 천 번 한 뒤에, 막내 인어 공주는 짙푸른 바다를 가로질러 헤엄쳐 바다 위로 올라갔어요.

막내 인어 공주가 왕자의 궁전을 보고 화려한 대리석 계단을 올라갔을 때는 아직 해가 뜨기도 전이었어요. 달빛이 대낮처럼 환하게 비추고 있었어요. 막내 인어 공주는 그 독한 물약을 마셨어요. 목이 타는 것처럼 화끈거리고, 쌍날칼이 자신의 가녀린 몸 한가운데를 뚫고 지나가는 것만 같았지요. 막내 인어 공주는 그만 정신을 잃고 쓰러졌어요. 죽은 듯이 그 자리에 누워 있었지요.

태양이 바다 위를 비출 즈음, 막내 인어 공주는 눈을 떴어요. 막내 인어 공주는 몸이 바짝바짝 타 들어가는 것만 같은 통증을 느꼈어요. 그런데 눈앞에 그 아름다운 젊은 왕자가 서 있었어요. 왕자가 포도알처럼 검은 눈으로 막내 인어 공주를 뚫어지게 바라보자, 막내 인어 공주는 눈을 내리깔았어요. 그러자 자신의 물고기 꼬리가 온데간데없이 사라지고 인간 소녀만이 가질 수 있는 눈부시게 아름다운 하얀 두 다리가 보였지요. 하지만 막내 인어 공주는 옷을 하나도 입고 있지 않았어요. 막내 인어 공주는 숱이 많은 자신의 긴 머리칼로 몸을 가렸어요.

왕자는 막내 인어 공주에게 누구인지, 그리고 어떻게 이곳에 왔는지를 물었어요. 막내 인어 공주는 짙푸른 눈으로 부드럽게, 하지만 아주 슬픈 눈빛으로 왕자를 지그시 바라보았어요. 막내 인어 공주는 말을 하지 못했어요. 그러자 왕자는 막내 인어 공주의 손을 잡고 궁전으로 데려갔어요. 막내 인어 공주는 한 걸음 한 걸음 내디딜 때마다 마녀가 예언한 것처럼, 가죽에 구멍을 뚫을 때 쓰는 뾰족한 송곳들과 날카로운 칼날 위를 걷는 것 같았지요. 하지만 막내 인어 공주는 기쁜 마음으로 꾹 참았어요. 막내 인어 공주는 왕자의 손을 잡고 물거품처럼 아주 가볍게 계단을 올랐고, 왕자와 사람들은 모두 막내 인어 공주의 우아하고 둥둥 떠가는 듯한 걸음걸이를 보고 감탄했지요.

막내 인어 공주는 비단과 모슬린으로 만든 값비싼 옷을 입었어요. 궁전에서 가장 아름다운 여자는 막내 인어 공주였어요. 하지만 막내 인어 공주는 벙어리였지요. 노래도 못 하고 말도 못 했어요. 비단옷과 황금빛 옷을 입은, 굉장히 아름다운 여자 노예들이 왕자와 왕자의 부모님 앞으로 와서 노래를 불렀어요. 그 가운데 한 노예가 다른 모든 노예들보다 노래를 훨씬 잘했어요. 왕자는 박수를 치며 그 노예에게 빙긋 웃음을 지어 보였어요. 막내 인어 공주는 슬펐어요. 예전에는 자신이 훨씬 아름다운 목소리로 노래를 불렀다는 걸 잘 알고 있었지요!

막내 인어 공주는 생각했어요.

'아, 내가 왕자님 곁에 있기 위해 내 목소리를 영원히 줘 버렸다는 사실을 왕자님이 꼭 아셔야 해!'

여자 노예들은 멋진 음악에 맞춰 우아하고 두둥실 떠다니는 듯한 춤들을 추었어요. 그러자 막내 인어 공주도 아름답고 하얀 두 팔을 들고 발끝으로 서서 홀을 가로질러 가며 춤을 추었어요. 그렇게 춤을 춘 사람은 한 명도 없었지요. 춤 동작 하나하나에 막내 인어 공주의 아름다움이 한층 더 돋보였어요. 막내 인어 공주의 두 눈은 노예들의 노래보다 훨씬 더 깊은 감동을 불러일으켰어요.

모두들 감탄했지요. 특히 막내 인어 공주를 '자신이 주워 온 작은 아이'라고 불렀던 왕자는 더욱더 그랬어요. 막내 인어 공주는 발이 바닥에 닿을 때마다 날카로운 칼날을 밟는 듯했지만, 더욱더 열심히 춤을 추었어요. 왕자는 막내 인어 공주에게 언제나 자신의 곁에 머물라고 했어요. 그러고는 자기 방 앞에서 우단으로 만든 요를 깔고 잠을 자도 좋다고 허락했지요.

왕자는 막내 인어 공주에게 남자 옷을 한 벌 지어 주라고 했어요. 말을 타러 갈 때 데려가고 싶었던 거예요. 두 사람은 향기가 그윽한 여러 숲 속을 말을 타고 달렸어요. 가느다란 푸른 나뭇가지들이 막내 인어 공주의 어깨를 살짝살짝 스치고, 작은 새들은 싱그러운 나뭇잎 뒤에서 노래를 부르고 있었지요. 막내 인어 공주는 왕자와 함께 높은 산에도 올랐어요. 가녀린 발에서 피가 흘러 다른 사람들 눈에 띄었는데도 막내 인어 공주는 아랑곳하지 않고 왕자 뒤를 따랐어요. 드디어 두 사람은 구름이 발밑에서 두둥실 흘러가는 곳에 이르렀어요. 구름은 먼 나라들로 날아가는 한 떼의 새들 같았어요.

왕자의 궁전에서 사람들이 모두 잠이 들면, 막내 인어 공주는 넓은 대리석 계단으로 나가 차가운 바닷물 속에 서서 따끔따끔하고 화끈거리는 두 발을 식혔어요. 그러고는 바닷속 그 깊은 곳을 떠올렸어요.

어느 날 밤, 막내 인어 공주의 언니들은 팔짱을 끼고 왔어요. 언니들은 바다 위에서 헤엄치면서 아주 구슬픈 목소리로 노래를 불렀어요. 막내 인어 공주가 언니들에게 손짓을 하자, 언니들은 동생을 알아보고는 막내 동생 때문에 자기네들 가슴이 얼마나 아픈지 모른다고 했지요. 그 뒤로 언니들은 매일 밤 막내 인어 공주를 찾아왔어요. 그리고 어느 날 밤에는 저 멀리에서 여러 해 동안 바다 위로 통 올라오지 않던 나이 많은 할머니와 머리에 왕관을 쓴 인어 임금님이 보였어요. 둘은 막내 인어 공주를 향해 손을 쭉 뻗었어요. 하지만 언니들처럼 육지 가까이로 올 엄두는 내지 못했지요.

하루하루 날이 갈수록 왕자는 막내 인어 공주가 좋아졌어요. 왕자는 착하고 귀여운 아이를 예뻐하듯이 막내 인어 공주를 사랑했어요. 하지만 막내 인어 공주를 왕비로 맞이할 생각은 조금도 없었어요. 그러나 막내 인어 공주는 꼭 왕자의 아내가 되어야 했지요. 그렇지 않으면 영원히 죽지 않는 영혼을 얻지 못하고, 왕자가 결혼식을 올리는 날 아침에 바다 위에서 물거품이 될 거예요.

"왕자님은 모든 사람들 중에서 저를 가장 사랑하시나요?"

왕자가 막내 인어 공주를 품에 안고 그 아름다운 이마에 뽀뽀를 하면, 막내 인어 공주의 두 눈은 그렇게 말하는 듯했어요.

왕자는 말했어요.

"그럼요. 나는 아가씨를 최고로 사랑해요. 아가씨는 그 누구보다도 마음씨가 고우니까요. 아가씨는 내게 각별히 잘해 주지요. 그런데 아가씨는 내가 예전에 보았던 어떤 아가씨하고 참 많이 닮았어요. 하지만 그 아가씨는 두 번 다시 보지 못할 거예요. 배를 타고 있었는데, 그 배가 그만 바닷속에 가라앉았지요. 나는 큰 파도에 밀려 뭍으로 갔어요. 그 근처에는 성스러운 사원이 하나 있었어요. 그곳에는 몇몇 아가씨들이 맡은 바 일을 하고 있었어요. 그 가운데 가장 나이 어린 아가씨가 바닷가에서 나를 발견하고는 내 목숨을 구해 줬어요. 난 그 아가씨를 딱 두 번밖에 보지 못했어요. 내가 이 세상에서 사랑할 수 있는 아가씨는 아마 그 아가씨밖에 없을 거예요. 하지만 아가씨는 그 아가씨하고 참 많이 닮았어요. 아가씨를 보면 내 마음속에 있는 그 아가씨 모습이 자꾸 흐릿하게 지워져요. 그 아가씨는 그 성스러운 사원을 떠나면 안 되는 사람이에요. 그래서 하늘이 아가씨를 내게 보내 준 거예요. 우리 절대로 헤어지지 마요!"

막내 인어 공주는 생각했어요.

'아, 왕자님은 내가 왕자님의 목숨을 구해 준 걸 모르네! 내가 왕자님을 바다 건너 사원이 있는 숲에 옮기고, 물거품 뒤에 앉아 사람들이 오는지 지켜보고 있었는데. 나도 그 예쁜 아가씨를 봤지. 왕자님은 그 아가씨를 나보다 더 사랑하는구나!'

막내 인어 공주는 깊이 한숨을 내쉬었어요. 하지만 눈물은 흘릴 수 없었지요.

막내 인어 공주는 생각했어요.

'"그 아가씨는 그 성스러운 사원을 떠나면 안 되는 사람이에요.'

왕자가 말했지. 그 아가씨는 세상 밖으로 나오지 않을 거야. 그 아가씨와 왕자님은 절대로 다시 만나지 못할 거야. 나는 왕자님 곁에 있지. 매일같이 왕자님을 보고. 나는 왕자님을 돌봐 드리고, 사랑하고, 왕자님에게 내 목숨도 바칠 거야!'

사람들이 말했어요.

"하지만 이제 왕자님은 결혼하실 거야. 이웃 나라 임금님의 아름다운 딸을 아내로 맞이하실 거야! 그래서 왕자님이 그토록 호화찬란하게 배를 꾸민 거야. 왕자님은 이웃 나라 임금님이 다스리는 나라들을 둘러보려고 배를 타고 여행을 떠나시는 거야. 시종이며 수행원도 많이 거느리고 가실 거래."

하지만 막내 인어 공주는 고개를 저으면서 웃었어요. 막내 인어 공주는 그 누구보다도 왕자의 마음을 잘 알고 있었지요.

왕자가 막내 인어 공주에게 말했어요.

"난 여행을 해야 해요! 예쁜 공주님을 만나 봐야 하거든요. 부모님들의 분부세요. 하지만 부모님은 제가 그 공주님을 꼭 아내로 삼으라고 강요하지는 않으십니다! 나는 그 공주님을 사랑할 수 없어요! 그 공주님은 사원에서 본 그 아름다운 아가씨를 닮지 않았어요. 그 아가씨를 닮은 건 아가씨지요. 언젠가 내가 신붓감을 골라야 한다면, 차라리 아가씨를 택하겠어요. 눈으로 말하는, 주워 온 내 벙어리 아가씨를요!"

왕자는 막내 인어 공주의 붉은 입술에 뽀뽀를 했어요. 그리고 막내 인어 공주의 긴 머리칼을 어루만지며 막내 인어 공주의 가슴에 얼굴을 묻었어요. 막내 인어 공주는 인간의 행복과 불멸의 영혼을 꿈꾸었어요.

왕자는 막내 인어 공주와 함께 그들을 이웃 나라 임금님의 여러 나라들로 데려다 줄 화려한 배 위에 서서 말했어요.

"벙어리 아가씨, 바다 안 무서워요?"

왕자는 막내 인어 공주에게 폭풍과 바람 한 점 없는 고요한 바다, 바닷속 깊은 곳에 살고 있는 이상야릇하게 생긴 물고기들, 그리고 잠수부들이 그곳에서 보았던 것에 대해 이야기를 들려주었어요. 막내 인어 공주는 왕자가 들려주는 이야기를 들으며 생긋 웃었어요. 막내 인어 공주는 해저에서 일어나는 일에 대해 그 누구보다도 잘 알고 있었지요.

달 밝은 밤, 배를 조종하는 키잡이까지 모두 잠이 들면, 막내 인어 공주는 배의 난간에 앉아 맑은 바닷물 속을 들여다보았어요. 그러자 아버지의 궁전이 보이는 것 같았어요. 궁전 꼭대기에 나이 많은 할머니가 은관을 쓰고 서서 급류 사이로 배의 바닥을 뚫어져라 올려다보고 있었지요. 그때 언니들이 물 위로 왔어요. 언니들은 막내 인어 공주를 수심이 그득한 눈빛으로 보며 하얀 손을 비볐어요. 막내 인어 공주는 언니들에게 손을 흔들어 인사를 하며 빙그레 웃었어요. 그리고 자기는 잘 지내고 있고, 행복하다고 말하려고 했어요. 하지만 한 수습 선원이 막내 인어 공주에게 가까이 오자, 언니들은 얼른 물속으로 들어갔어요. 수습 선원은 자기가 본 하얀 게 파도 위의 물거품인 줄 알았어요.

이튿날 아침, 배는 이웃 나라 임금님의 도시 앞에 있는 항구로 항해하고 있었어요. 교회 종들이 모두 울리고, 높은 탑들에서는 나팔 소리가 울려 퍼졌어요. 군인들은 펄럭이는 깃발과 번쩍이는 총검을 들고 서 있었지요. 매일같이 잔치가 벌어졌어요. 무도회와 파티도 잇달아 열렸지요. 하지만 공주의 모습은 아직 보이지 않았어요. 사람들은 공주가 멀리 떨어진 한 성스러운 사원에서 교육을 받고 있는데, 궁궐의 모든 미덕을 하나도 빠짐없이 다 배웠다고 했어요.

드디어 공주가 그곳으로 걸어 들어왔어요. 막내 인어 공주도 그곳에 서 있었어요. 막내 인어 공주는 그 공주가 얼마나 아름다운 사람인지 정말 보고 싶었어요. 막내 인어 공주는 그 공주가 아름답다는 걸 인정하지 않을 수가 없었어요. 그렇게 우아한 모습은 처음 보았지요. 공주의 피부는 아주 곱고 장밋빛이 났어요. 그리고 길고 검은 속눈썹 아래에는 진실하고 짙푸른 두 눈이 방실방실 웃고 있었어요!

왕자가 말했어요.

"공주님이 바로 그 아가씨군요. 바닷가에서 시체처럼 누워 있는 나를 구해 주신 아가씨!"

왕자는 얼굴을 붉히는 신부를 가슴에 와락 끌어안았어요. 그러고는 막내 인어 공주에게 말했어요.

"아, 나, 정말 행복해요! 꿈도 꿀 수 없었던, 최고로 좋은 일이 이루어졌어요. 아가씨도 내 행복을 기뻐해 주세요. 아가씨는 나를 가장 사랑하니까요!"

막내 인어 공주는 왕자의 손에 입을 맞추었어요. 막내 인어 공주는 심장이 터질 것만 같았어요. 왕자가 결혼식을 올리는 날 아침에 자신은 죽어서 바다 위의 물거품으로 변하겠지요.

교회 종들이 일제히 울리고, 전령관들이 말을 타고 거리를 돌며 왕자의 약혼 소식을 알렸어요. 모든 교회의 제단 위에 놓인 값비싼 은 등잔에서는 향긋한 기름이 호르르 타올랐어요. 성직자들은 향로를 흔들고, 신랑과 신부는 서로 손을 내밀고 주교의 축복을 받았어요. 막내 인어 공주는 비단과 황금으로 만든 옷을 입고 그 옆에 서서 신부의 긴 옷자락을 받들고 있었어요. 하지만 장중하고 화려한 축제 음악도 귀에 들리지 않고, 경건하고 성스러운 예식도 눈에 들어오지 않았어요. 막내 인어 공주는 자신이 죽음을 맞이하게 될 밤과 자신이 이 세상에서 잃어버린 그 모든 것을 생각하고 있었어요.

그날 저녁, 신랑과 신부는 배의 갑판으로 갔어요. 대포들이 울리고, 수없이 많은 깃발이 휘날렸어요. 배 한복판에 황금빛과 보랏빛의 왕실 천막이 쳐졌어요. 천막 안에는 이루 말할 수 없이 아름다운 침대와 커다란 쿠션들이 놓여 있었어요. 고요하고 시원한 밤에 신랑 신부는 이곳에서 잠을 자는 것이지요.

바람이 불자, 돛은 잔뜩 부풀어 오르고, 배는 가볍게 흔들리며 거울같이 맑은 바닷물 위를 스르르 미끄러져 갔어요.

날이 어두워지자, 뱃사람들은 알록달록한 색색의 등불을 켜고 갑판 위에서 흥겨운 춤을 추었어요. 막내 인어 공주는 맨 처음 바다 위로 올라왔던 기억이 떠올랐어요. 그때도 오늘처럼 화려한 축제가 열리고, 사람들은 무척 기뻐했었지요.

막내 인어 공주는 빙글빙글 돌며 춤을 추었어요. 제비가 무언가에 쫓길 때처럼 둥실둥실 떠돌면서요. 모두들 막내 인어 공주의 춤 솜씨에 감탄해 환호성을 질렀어요.

막내 인어 공주가 이토록 멋지게 춤을 춘 적은 없었어요. 여리디여린 두 발에 예리한 칼 여러 자루가 깊이깊이 파고드는 것 같았지만, 막내 인어 공주는 아무것도 느끼지 못했지요. 찢어질 듯 고통스러운 것은 가슴이었어요. 막내 인어 공주는 오늘 밤이 왕자를 보는 마지막 밤이라는 걸 잘 알고 있었어요. 바로 그 왕자를 보기 위해 가족과 고향을 떠나고, 이루 말할 수 없이 아름다운 자신의 목소리도 줘 버리고, 매일같이 끝없는 고통에 시달려야 했지요. 하지만 왕자는 그런 생각은 눈곱만큼도 하지 못했어요.

오늘 밤이 막내 인어 공주가 살아서 숨을 쉬는 마지막 밤이었어요. 왕자와 똑같이 숨을 들이마시고, 또한 깊은 바다와 별이 총총 떠 있는 밤하늘을 바라보는 것도 오늘 밤이 마지막이었지요. 생각이나 꿈 같은 것은 일절 없는, 영원한 밤이 막내 인어 공주를 기다리고 있었지요. 영혼을 갖고 있지도 않고, 노력해서 영혼을 얻을 수도 없는 막내 인어 공주를요.

한밤중이 한참 넘어서까지 배 위에서는 오로지 기쁨과 즐거움밖에 없었지요. 막내 인어 공주는 마음속으로 죽음을 생각하면서 웃기도 하고 춤도 추었어요. 왕자는 사랑스러운 신부에게 뽀뽀를 했고, 신부는 왕자의 검은 머리카락을 어루만졌어요. 두 사람은 잠을 자기 위해 팔짱을 끼고 화려한 천막 안으로 들어갔어요.

배 위는 아주 고요해졌어요. 키잡이 한 사람만 배를 조종하고 있었고, 막내 인어 공주는 하얀 두 팔을 배의 난간 위에 올리고 아침놀이 물들기 시작하는 동쪽을 바라보고 있었어요. 태양의 첫 번째 빛줄기가 자신을 죽일 것이라는 사실을 막내 인어 공주는 잘 알고 있었어요. 그때 언니들이 바닷물 위로 올라오는 게 보였어요. 언니들은 막내 인어 공주만큼 핼쑥했어요. 바람이 부는데도 언니들의 머리칼은 흩날리지 않았어요. 탐스럽고 긴 머리칼을 모두 삭둑 자른 거예요.

"마녀한테 머리카락을 줘 버렸어. 네가 오늘 밤 죽지 않게 마녀한테 도와달라고 했거든! 마녀가 우리에게 칼을 줬어. 여기 있다! 얼마나 날카로운지 너도 보이지? 해가 뜨기 전에 이 칼을 왕자의 심장에 찔러야 해. 왕자의 뜨거운 피가 튀어 네 두 발을 적시면, 다리가 붙어서 물고기 꼬리가 될 거야. 그러면 너는 다시 인어가 되어 바닷속에 있는 우리에게 돌아와서 소금기가 있고 죽어 버린 물거품으로 변할 때까지 300년을 살 수 있어. 어서 서둘러! 해가 뜨기 전에 왕자든 너든 누군가 한 명은 죽어야 해! 나이 많으신 우리 할머니는 얼마나 걱정을 하셨던지 흰머리가 많이 빠졌단다. 우리의 머리카락이 마녀의 가위에 싹둑싹둑 잘려 나간 것처럼 말이야. 왕자를 죽이고 어서 빨리 돌아와! 서둘러. 하늘에 붉은 선이 보이지 않니? 몇 분만 있으면 해가 떠오를 거야. 그럼 너는 죽어!"

언니들은 참으로 기이하다 싶을 정도로 깊은 한숨을 내쉬고는 파도 속으로 사라졌어요.

막내 인어 공주는 천막의 보랏빛 커튼을 젖혔어요. 사랑스러운 신부가 왕자의 가슴에 머리를 묻고 곤히 잠을 자고 있었어요. 막내 인어 공주는 몸을 굽혀 왕자의 아름다운 이마에 입을 맞춘 다음, 하늘을 올려다보았어요. 아침놀이 점점 더 밝게 빛나고 있었어요. 막내 인어 공주는 시퍼런 칼을 내려다보다가 다시 왕자의 눈을 뚫어져라 바라보았어요. 왕자는 꿈결에 신부의 이름을 불렀어요. 왕자의 마음속에는 오로지 신부밖에 없었던 것이지요. 막내 인어 공주의 손 안에 있던 칼이 부르르 떨렸어요. 하지만 막내 인어 공주는 칼을 멀리 파도 속으로 던져 버렸어요. 그러자 파도는 시뻘겋게 빛났어요. 바다에서 피가 퐁퐁 솟아 나오는 것 같았어요. 막내 인어 공주는 벌써 반쯤 흐릿해진 눈으로 왕자를 한 번 더 바라보았어요. 그러고는 바다로 풍덩 뛰어내렸어요. 막내 인어 공주는 자신의 몸이 스르르 녹아 물거품이 되는 것을 느꼈어요.

그때 태양이 바다에서 떠올랐어요. 햇살은 죽음과도 같이 차가운 그 바다 거품 위로 부드럽고 따스한 빛을 비추어 주었어요. 막내 인어 공주는 죽음이라는 게 전혀 느껴지지 않았어요. 막내 인어 공주는 밝고 화사한 태양을 보았어요. 태양 위에는 수백 개의 투명하고 사랑스러운 어떤 것들이 둥실둥실 떠돌고 있었어요. 투명한 그것들을 통해 배의 하얀 돛과 하늘의 붉은 구름들이 보였어요. 그것들의 목소리는 바로 음악 그 자체였지요. 하지만 초자연적인 것이라 인간의 귀에는 들리지 않았지요. 지상에 사는 생물들의 눈에 그것들이 보이지 않는 것과 꼭 마찬가지로요. 그것들은 아주 가벼워서 날개가 없어도 하늘을 둥실둥실 떠다녔어요. 막내 인어 공주는 자신이 그것들과 똑같이 생긴 몸을 갖게 되었다는 사실을 깨달았어요. 막내 인어 공주의 몸은 물거품에서 빠져 나와 점점 더 위로 올라갔어요.

"내가 지금 어디로 가고 있는 거지?"

막내 인어 공주가 물었어요. 막내 인어 공주의 목소리는 그 투명한 것들과 마찬가지로 숨결같이 들렸어요. 초자연적인 영혼의 소리였지요. 그래서 지상의 어떤 음악도 그 목소리를 흉내 낼 수 없었어요.

"공기의 딸들에게 가는 거야!"

다른 투명한 것들이 대꾸했어요.

"인어 아가씨는 영원히 죽지 않는 영혼이 없어. 한 인간의 사랑을 얻지 못하면, 절대로 영혼을 갖지 못하지! 인어 아가씨가 영원한 생명을 얻으려면 어떤 다른 힘이 도와줘야 해. 공기의 딸들도 영원한 영혼을 갖고 있지 않아. 하지만 착한 일과 좋은 일을 하면, 영혼을 얻을 수 있어. 우리는 더운 나라들로 날아가. 그곳에서는 흑사병균이 떠다니고 있는 후텁지근한 공기가 사람들을 죽인단다. 우리는 그곳에서 시원한 바람을 불게 해 주지. 또 우리는 꽃향기를 공기 중에 흩뿌려 모든 살아 있는 것들에게 생기를 불어넣고, 치유력을 보내지. 우리가 300년 동안 힘닿는 대로 좋은 일을 하려고 애쓰면, 우리는 영원히 죽지 않는 영혼을 얻게 되어 인간처럼 영원한 생명을 갖게 돼. 불쌍한 꼬마 인어 공주님, 공주님도 우리처럼 온 마음을 다해 노력했지. 공주님은 고통스러워했지만 잘 참았어. 공주님은 공기의 정령들이 사는 세계로 올라왔어. 착한 일을 계속하면 300년 뒤에는 불멸의 영혼을 갖게 될 거야."

막내 인어 공주는 투명한 두 팔을 하느님의 태양을 향해 높이 쳐들었어요. 막내 인어 공주는 처음으로 눈물을 느꼈어요.

배 위에서는 또다시 한바탕 난리가 났어요. 막내 인어 공주는 왕자가 아름다운 신부와 함께 자신을 찾는 모습을 보았어요. 두 사람은 아주 슬픈 눈으로 파도 위에 떠 있는 물거품을 뚫어지게 바라보았어요. 막내 인어 공주는 아무도 모르게 살짝 신부의 이마에 뽀뽀를 하고, 왕자에게도 빙긋 웃음을 지어 보이고는 공기의 딸들과 함께 하늘에 두둥실 떠가는 장밋빛 구름 위로 올라갔어요.

"300년 뒤에 우리는 하느님의 나라에 들어가는 거야!"

한 공기의 딸이 소곤거렸어요.

"그보다 더 빨리 들어갈 수도 있어! 우리는 인간의 아이들이 있는 집 안으로 아무도 모르게 살짝 둥실둥실 떠서 들어갈 수 있어. 거기서 매일같이 엄마 아빠의 마음을 기쁘게 해 주고, 사랑 받아 마땅한 행동을 하는 착한 아이를 한 명씩 발견할 때마다 하느님은 우리의 시험 기간을 줄여 주셔. 아이들은 우리가 언제 방 안을 날아다니는지 알지 못해. 마음이 예쁜 아이를 보고 우리가 기뻐서 빙긋 웃으면, 300년 중 일 년이 줄어들어. 하지만 못되고 심술궂은 아이를 보면, 우리는 슬픔의 눈물을 흘리고 말지. 한 번 울 때마다 시험 기간은 하루씩 늘어난단다."

돼지치기 하인

옛날 옛적에 한 가난뱅이 왕자가 살았어요. 왕자의 왕국은 아주 작았지만, 결혼을 할 수 있기에는 충분히 컸지요. 왕자는 장가를 가고 싶었어요.

왕자가 황제님의 딸에게 가서 "저랑 결혼해 주실래요?" 하고 묻는 건 물론 좀 뻔뻔한 일이긴 했어요. 하지만 못할 것도 없었지요. 왕자의 이름이 널리 알려져 있어서 "네, 그럴게요. 고마워요." 하고 말할 공주들이 수백 명이나 있었거든요. 하지만 과연 황제님의 딸도 그렇게 말할까요?

자, 이제 그 이야기를 들어 보기로 해요.

왕자의 아버지 무덤 위에는 장미나무 한 그루가 자라고 있었어요. 아, 참으로 아름다운 나무였지요! 장미나무는 5년에 딱 한 번만 꽃을 피웠어요. 꽃도 딱 한 송이만 피었고요. 하지만 장미꽃 향기가 어찌나 달콤한지 그 향기를 맡으면 누구든 근심 걱정일랑 까말게 잊었지요.

왕자는 또 밤꾀꼬리도 한 마리 갖고 있었어요. 밤꾀꼬리는 고 작은 목구멍 안에 이루 말할 수 없이 아름다운 가락이 죄다 들어 있는지 노래를 참 잘도 했어요. 이 장미꽃과 밤꾀꼬리는 마땅히 공주가 가져야 했어요. 그래서 왕자는 그 두 가지를 커다란 은 상자에 담아 공주에게 보냈어요.

황제님은 은 상자를 커다란 홀로 갖고 오게 했어요. 그곳에서는 공주가 시녀들과 함께 '손님 놀이'를 하고 있었어요. 공주와 시녀들은 손님 놀이 이외의 것은 하지 않았어요. 공주는 선물이 담긴 커다란 상자를 보고는 좋아하며 손뼉을 쳤어요.

공주가 말했어요.

"조그만 야옹이였으면 좋겠다!"

하지만 아름다운 장미꽃이 나왔지요.

"어머! 어쩜 저렇게 예쁘게 만들었을까! 환상적이야!"

시녀들이 한목소리로 말했어요.

하지만 공주는 장미꽃을 만져 보더니 금세 울먹울먹했어요.

공주가 말했어요.

"흥, 아빠! 이건 사람이 만든 게 아니라, 진짜 장미꽃이잖아!"

"흥! 저건 진짜 장미꽃이야!"

황궁 사람들이 입을 모아 말했어요.

"우리, 화부터 내지 말고 다른 상자에 뭐가 들어 있는지 한번 보자!"

황제님이 말했어요.

상자에서는 밤꾀꼬리가 나왔어요. 어찌나 아름답게 노래를 하던지 아무도 선뜻 타박을 놓지 못했어요.

시녀들이 말했어요.

"쉬뻬르브!(*숨 막힐 정도로 아름답네요!) 샤르망!(*아이, 귀여워!)"

시녀들은 모두 프랑스 어로 말했지요. 하지만 프랑스 어 실력은 너 나 할 것 없이 모두 형편없었어요.

한 늙은 시종이 말했어요.

"이 새를 보니 돌아가신 황후마마의 음악상자가 떠오르네요! 음색도 똑같고, 노래하는 방식도 똑같군요!"

"그렇군!"

황제님이 말했어요. 그러고는 어린아이처럼 엉엉 울었어요.

공주가 말했어요.

"설마 진짜 새는 아니겠지?"

"이 새는 살아 있는 진짜 새입니다."

밤꾀꼬리를 가져 온 사람들이 말했어요.

"알았어. 그럼 새를 날려 보내!"

공주가 말했어요.

공주는 왕자가 찾아오는 것을 절대로 허락하지 않았어요.

하지만 왕자는 낙담하지 않았어요. 왕자는 얼굴에 갈색과 검은색으로 얼룩얼룩 칠을 하고, 챙 없는 모자를 이마 깊숙이 내려 쓰고 성문을 두드렸어요.

"황제 폐하, 안녕하세요? 이 성에서 일 좀 할 수 없을까요?"

"할 수 있어. 이곳엔 일하고 싶다는 사람이 많이 와. 하지만 생각 좀 해 보지! 돼지를 돌볼 남자가 하나 필요해! 우리는 돼지가 많거든!"

황제님이 말했어요.

그래서 왕자는 황실 돼지치기 하인으로 고용되었어요. 왕자는 돼지우리 옆에 있는 작고 누추한 방 한 칸을 얻었어요. 이곳에서 왕자는 머물러야 했어요. 하지만 왕자는 온종일 방 안에 들어앉아 일을 했어요. 저녁이 되자, 왕자는 작고 귀여운 냄비 한 개를 완성했어요. 냄비 주위에는 작은 방울들이 달랑달랑 달려 있었는데, 냄비 안의 음식이 보글보글 끓기 시작하면, 방울들이 곧바로 아주 아름다운 소리로 오래된 가락을 연주했어요!

아, 사랑스러운 아우구스틴.
전부 다 끝났어. 끝났어. 끝났어!

하지만 더더욱 놀랍고 신기한 건 냄비에서 뿜어져 나오는 김 속에 손가락을 대고 있으면, 그 도시에 있는 모든 아궁이에서 어떤 음식을 요리하고 있는지 곧바로 냄새가 풍겨 온다는 점이었어요. 모두들 잘 보셨죠? 그건 물론 장미꽃 향기와는 달랐지요.

시녀들을 모두 거느리고 산책을 하던 공주는 냄비에서 흘러나오는 노랫소리를 듣고는 발걸음을 멈추었어요. 공주는 아주 기뻐하는 것 같았어요. 〈아, 귀여운 아우구스틴〉은 공주도 연주할 수 있었기 때문이에요. 그건 공주가 연주할 수 있는 유일한 곡이었어요. 하지만 공주는 피아노를 한 손가락으로 연주했지요.

“나도 저거 할 수 있어! 돼지치기가 교양이 있나 보군! 얘들아! 들어가서 악기 값이 얼마인지 돼지치기에게 물어보고 와.”

시녀 중 한 명이 달려갔어요. 물론 나막신으로 갈아 신고요.

시녀가 말했어요.
"그 냄비, 얼마면 팔 거니?"
"공주님이 뽀뽀 열 번 해 주면 팔게요!"
돼지치기 하인이 말했어요.
"어머, 세상에!"
시녀가 말했어요.
"그 밑으로는 못 팔아요!"
돼지치기 하인이 말했어요.
"그래, 돼지치기가 뭐라고 하던?"
공주가 물었어요.
"말씀 못 드려요! 너무 해괴망측해요!"
시녀가 말했어요.
"그럼 내 귀에 대고 속삭이렴!"
시녀가 소곤거렸어요.
"무례하기 짝이 없구나!"
공주가 말했어요.
그러고는 곧바로 발걸음을 옮겼어요. 하지만 채 몇 걸음을 떼기도 전에 방울 소리가 더없이 아름답게 울려 퍼졌어요.

아, 사랑스러운 아우구스틴.
전부 다 끝났어. 끝났어. 끝났어!

공주가 말했어요.
"얘들아, 돼지치기한테 가서 공주님의 시녀들이 뽀뽀를 열 번

해 주면 안 되냐고 물어봐!"

"그건 사양하겠습니다! 공주님이 뽀뽀를 열 번 해 주시지 않으면 냄비는 드릴 수 없습니다."

돼지치기 하인이 말했어요.

"아이, 화딱지 나! 하지만 할 수 없지. 아무도 보지 못하게 너희가 내 앞에 죽 서 봐!"

공주의 말에 시녀들은 모두 공주 앞에 서서 치마를 활짝 펼쳤어요. 돼지치기 하인은 뽀뽀를 열 번 받았어요. 그리고 공주는 냄비를 얻었지요.

모두들 기뻐했어요! 냄비에서는 밤이나 낮이나 뭔가가 뽀글뽀글 끓고 있었어요. 공주와 시녀들은 어느 집 아궁이에서 어떤 음식이

지글지글 끓고 있는지 전부 알고 있었어요. 시종장네 아궁이든, 구두장이네 아궁이든 그 도시의 모든 아궁이에 대해 훤히 알고 있었지요. 시녀들은 둥그렇게 둘러서서 춤을 추며 손뼉을 쳤어요.

"누가 과일 수프와 팬케이크를 먹는지 우리는 다 알아! 누가 귀리죽과 커틀릿을 먹는지도 우리는 다 알아! 정말 재미있다!"

"정말 재미있네요!"

공주의 여선생이 말했어요.

"그래, 재미있다. 하지만 아무한테도 말하면 안 돼. 난 황제의 딸이니까!"

"물론이죠!"

모두들 입을 모아 말했어요.

돼지치기 하인, 그러니까 왕자는 –사람들은 모두 돼지치기 하인이 왕자인 줄은 까맣게 모르고 있었지요.– 하루도 빠짐없이 뭔가를 했어요. 이번엔 사육제 때 어른들이 쓰는 딸랑이를 만들었어요. 그 딸랑이를 흔들면 이 세상이 시작되면서부터 사람들이 알고 있던 모든 종류의 왈츠(*4분의 3박자의 경쾌한 춤곡.), 빠른 춤곡, 폴카(*4분의2 박자의 경쾌한 춤곡.)가 흘러나왔어요.

"그거 정말 쉬빼르브하네! 이렇게 아름다운 곡들은 처음이야. 얘들아! 가서 그 악기가 얼마인지 물어보렴. 하지만 난 돼지치기에게 뽀뽀는 안 할 거야!"

그곳을 지나가던 공주가 말했어요.

"공주님이 뽀뽀를 백 번 해 주셔야 한대요!"

돼지치기 방에 갔다 온 시녀가 말했어요.

"미쳤나 보군!"

공주는 이렇게 말하며 그냥 갔어요. 하지만 몇 걸음 가지 않아 우뚝 멈추어 섰어요.

"예술은 후원해 줘야 해. 난 황제의 딸이야! 돼지치기한테 가서 어제와 똑같이 뽀뽀를 열 번 해 준다고 해. 나머지는 내 시녀들이 한다고 하고!"

"네. 하지만 저희는 그러고 싶지 않아요!"

시녀들이 말했어요.

"말도 안 되는 소리! 내가 할 수 있으면 너희도 할 수 있는 거야! 너희를 먹여 주고, 재워 주고, 봉급 주는 사람은 나야. 잊지 마!"

공주가 말했어요.

시녀는 다시 돼지치기의 방으로 들어갔어요.

돼지치기 하인이 말했어요.

"공주님이 뽀뽀를 백 번 안 해 주면, 딸랑이는 어림도 없어요!"

공주가 시녀들에게 말했어요.

"모두들 내 앞에 서!"

시녀들이 모두 공주 앞에 서자, 돼지치기는 공주에게 뽀뽀를 했어요.

발코니에 나가 있던 황제님이 말했어요.

"저 아래 돼지우리 옆에 웬 사람들이 저렇게 모여 있담!"

황제님은 눈을 비비고 안경을 썼어요.

"시녀들이 바보 같은 장난을 치고 있군! 직접 내려가 봐야겠다!"

황제님은 슬리퍼처럼 신고 다니던 신발 뒤축을 잡아당겨 올렸어요. 황제님은 신을 구겨 신고 다녔거든요.

세상에! 황제님은 전속력으로 걸어갔어요!

뜰에 내려온 황제님은 살금살금 발걸음을 옮겼어요. 시녀들은 뽀뽀하는 횟수가 더도 덜도 아닌 딱 그 만큼만 되게 하려고 숫자를 세는 일에 정신이 팔려 있었어요. 시녀들은 황제님이 온 줄도 몰랐어요. 황제님은 까치발을 했어요.

두 사람이 뽀뽀하는 모습을 본 황제님이 말했어요.

"이게 무슨 짓이야!"

공주가 여든여섯 번째 뽀뽀를 한 바로 그때, 황제님은 신발 한 짝을 벗어서 둘의 머리를 때렸어요.

"여기서 나가!"

불같이 화가 난 황제님이 말했어요.

공주와 돼지치기 하인은 나란히 황제님의 제국에서 쫓겨났어요.

공주는 걸을 생각도 하지 않고 서서 엉엉 울고, 돼지치기 하인은 공주를 꾸짖고, 비는 억수같이 퍼부었어요.

"아, 난 정말 불행한 사람이야! 그 잘생긴 왕자와 결혼할 걸 그랬어. 아, 이렇게 불행할 수가!"

돼지치기 하인은 나무 뒤로 가서 얼굴에 칠한 검은색과 갈색 얼룩을 지우고, 보기 흉한 옷도 모두 벗어 버리고, 왕자의 복장을 하고 공주 앞에 나타났어요. 그 모습이 어찌나 아름다운지 공주는 그만 무릎을 굽혀 절을 했지요.

"공주가 정말 경멸스러워요! 공주는 믿을 만하고 정직한 왕자를 남편으로 삼지 않으려 했어요! 장미꽃과 밤꾀꼬리에 대해서도 아는 게 하나도 없고요. 하지만 음악상자를 가질 욕심에 돼지치기 하인한테는 뽀뽀도 하더군요. 그 결과가 어떤 건지 이젠 잘 알겠죠. 잘 가요!"

왕자는 자기 왕국으로 돌아가 성문을 닫고 빗장을 질렀어요. 공주는 성문 밖에 서서 노래를 불렀지요.

아, 사랑스러운 아우구스틴.
전부 다 끝났어. 끝났어. 끝났어!

부시통

한 병사가 시골길을 행진하고 있었어요. 하나, 둘! 하나, 둘! 병사는 등에 군대에서 사용하던 배낭을 메고, 허리에는 칼을 차고 있었어요. 전쟁터에 나갔었거든요. 병사는 지금 집으로 돌아가고 있었어요. 그런데 시골길에서 늙은 마녀를 만났어요. 마녀는 엄청나게 흉측했어요. 아랫입술이 가슴까지 축 늘어져 있었지요.

마녀가 말했어요.

"병사 양반, 안녕하신가! 멋진 칼과 커다란 군인 배낭을 갖고 있군. 진짜 군인다운걸! 이제는 원하는 만큼 많은 돈을 가져야지!"

병사가 말했어요.

"파파 마녀, 고마워요!"

마녀가 말했어요.

"저기 큰 나무 보이지?"

마녀는 병사 옆에 서 있는 나무를 가리켰어요.

"저 나무는 속이 텅 비었어! 이제 자네가 나무 꼭대기에 기어 올라가게. 그럼 구멍이 하나 보일 거야. 거기서 미끄럼을 타면 나무 깊숙이까지 갈 수 있어. 자네 몸에 밧줄을 묶어 줄게. 나를 부르면 내가 얼른 끌어올려 줄게!"

"나무 밑에서 내가 뭘 해야 하는데요?"

병사가 물었어요.

마녀가 말했어요.

"돈을 가져와! 나무 밑동에 가면 넓은 복도가 나올 거야. 그곳은 아주 밝아. 등이 백 개도 더 되거든. 거기 문이 세 개 보일 거야. 자네는 그 문들을 모두 열 수 있어. 열쇠가 꽂혀 있거든. 첫 번째 방으로 들어가면 방 한가운데에 커다란 궤짝이 보일 거야. 그 위에는 개가 한 마리 앉아 있지. 그 개는 눈이 두 개인데, 눈이 찻잔만 해. 하지만 신경 쓰지 않아도 돼! 내가 자네에게 푸른색 체크무늬 앞치마를 줄게. 그 앞치마를 바닥에 좍 펼쳐. 그리고 재빨리 궤짝으로 간 다음 개를 번쩍 들어서 내 앞치마 위에 올려놓아. 그리고 궤짝을 열고 자네가 갖고 싶은 만큼 동전을 꺼내 가져. 그건 모두 구리 동전이야. 하지만 은화를 갖고 싶으면, 다음 방으로 가. 그 방에도 개가 한 마리 앉아 있어. 그 개는 물레바퀴만 한 눈이 두 개 있지. 하지만 신경 쓰지 않아도 돼! 자네는 그 개를 내 앞치마 위에 올려놓고 돈을 가지면 돼! 하지만 금화를 갖고 싶으면, 그것도 가질 수 있어. 세 번째 방에 가면 돼. 자네가 갖고 갈 수 있을 만큼 많이 가져. 하지만 그 방 돈 궤짝 위에 앉아 있는 개는 둥근 탑(*코펜하겐 시내 중심부에 위치한 높이 34.8미터, 지름 15미터의 원기둥 모양의 탑. 유럽의 가장 오래된 관측소다.)만큼 커다란 눈을 두 개 갖고 있어. 그건 진짜 개야. 내 말 믿어도 돼! 하지만 신경 쓰지 않아도 돼! 그 개를 내 앞치마 위에 올려놓기만 해. 그럼 개가 자네에게 아무 짓도 하지 않을 거야. 궤짝에서 자네가 갖고 싶은 만큼 금을 꺼내 가져!"

병사가 말했어요.

"뭐, 나쁘지 않네요! 하지만 파파 마녀, 나는 마녀한테 뭘 줘야 하는 거죠? 마녀도 뭔가 갖고 싶을 것 같은데요!"

마녀가 말했어요.

"그렇지 않아. 동전 한 닢 안 가질 거야. 자네는 나한테 낡은 부싯돌 하나만 갖다 주면 돼. 우리 할머니가 요전에 나무 밑에 내려갔다가 그만 깜박 잊고 두고 오셨거든!"

"어련하시겠어요! 그럼 내 몸에 밧줄을 묶으세요!"

병사가 말했어요.

"여기 있네! 내 푸른색 체크무늬 앞치마도 있고."

마녀가 말했어요.

병사는 곧 나무 위로 기어 올라가 구멍 속으로 들어갔어요. 그리고 아래로 쿵 뛰어내렸어요. 마녀가 말한 대로 병사는 넓은 복도에 서 있었어요. 복도에는 수백 개의 등잔불이 켜져 있었어요.

병사는 첫 번째 문을 열었어요. 아이고, 놀래라! 그곳에는 눈이 찻잔만 한 개가 쭈그리고 앉아서 병사를 빤히 노려보고 있었어요.

병사가 말했어요.

"착하지!".

병사는 개를 마녀의 앞치마 위에 올려놓고 주머니에 구리 동전을 가득가득 채워 넣었어요. 그러고는 궤짝을 닫고 개를 다시 그

위에 올려놓은 뒤, 두 번째 방으로 갔어요. 아이고, 놀래라! 그곳에는 눈이 물레바퀴만 한 개가 떡하니 앉아 있었어요.

병사가 말했어요.

"그렇게 빤히 쳐다보면 안 되지! 자꾸 그러면 눈이 아플걸!"

병사는 개를 마녀의 앞치마 위에 올려놓았어요. 하지만 궤짝 속에 가득 들어 있는 은화를 보자, 갖고 있던 구리 동전을 죄다 던져 버리고 주머니와 배낭을 은화로 그득그득 채웠어요. 그런 다음 세 번째 방으로 갔어요! 세상에, 너무너무 끔찍했답니다! 그 방에 있는 개는 정말로 눈이 둥근 탑만 했어요! 두 눈은 바퀴처럼 빙글빙글 돌아가고 있었지요!

병사가 말했어요.

"안녕!"

병사는 개에게 인사를 하려고 쓰고 있던 테 없는 모자를 쥐었어요. 그런 개는 지금껏 본 적이 없었기 때문이에요. 하지만 병사는 개를 잠시 동안 빤히 쳐다보다가 이제는 괜찮겠지, 싶은 생각이 들었을 때, 개를 얼른 바닥에 내려놓고 궤짝을 열었어요. 세상에 이럴 수가! 궤짝 속에는 엄청나게 많은 금이 있었어요! 그렇게 금이 많이 있으면 코펜하겐도 통째로 사고, 케이크를 만드는 여자들의 아기돼지설탕과자도 사고, 이 세상에 있는 모든 주석 병정과 채찍과 흔들 목마도 몽땅 살 수 있을 거예요! 그래요, 그건 진짜 금화였어요!

병사는 주머니와 배낭을 그득 채우고 있던 은화를 몽땅 집어던지고, 대신 금화로 가득가득 채웠어요. 옷에 있는 모든 주머니, 배낭, 모자, 장화를 금화로 꽉꽉 채워 넣었지요. 병사는 한 발자국도 옮길 수 없었어요! 이제 병사는 돈이 생긴 거예요! 병사는 개를 다시 궤짝 위에 앉히고 문을 닫은 뒤, 나무 위를 향해 외쳤어요.

"파파 마녀, 나를 끌어올려 주세요!"

마녀가 물었어요.

"부시통도 챙겼어?"

병사가 말했어요.

"아, 참! 깜박했네요."

병사는 다시 가서 부시통을 가져왔어요. 마녀는 병사의 몸에 묶어 놓은 밧줄을 끌어올렸어요. 잠시 뒤 병사는 다시 시골길 위에 섰어요. 양쪽 주머니, 장화, 배낭, 모자에 돈이 잔뜩 들어 있었지요.

병사가 물었어요.

"이 부시통으로 뭘 할 거예요?"
마녀가 말했어요.
"자네하고 아무 관계 없는 일이야! 이제 자네는 돈이 생겼잖아! 부시통이나 내놔!"
병사가 말했어요.
"허튼소리! 그걸로 뭘 할 건지 지금 당장 말하지 않으면, 칼을 뽑아서 당신 머리를 베어 버릴 거야!"
"안 돼!"
그 순간, 병사는 마녀의 머리를 뎅강 베어 버렸어요. 마녀는 땅바닥에 쓰러졌지요! 병사는 금화를 전부 마녀의 앞치마에 싸서 꾸러미처럼 등에 둘러메고, 부시통은 주머니에 넣고는 곧장 도시로 갔어요.
그 도시는 참으로 아름다운 곳이었어요. 병사는 최고로 멋진 여관에 들어갔어요. 그러고는 가장 좋은 방들과 제일 좋아하는 음식을 달라고 했어요. 이제는 돈이 엄청나게 많은 부자였으니까요.
병사의 장화를 닦아야 했던 여관의 하인은 생각했어요. 저렇게 부자 나리가 왜 이렇게 낡은 장화를 신을까, 하고요. 병사는 아직 새 장화를 사지 않았던 거예요. 이튿날 병사는 나들이용 장화와 우아하고 세련된 옷을 몇 벌 샀어요. 이제 병사는 기품 있는 귀족처럼 보였어요. 사람들은 병사에게 자기네가 살고 있는 그 도시의 온갖 호화찬란한 볼거리에 대해 이야기해 주었어요. 사람들은 임금님 이야기도 들려주고, 임금님의 딸이 눈부시게 아름답다는 말도 해 주었어요.
병사가 물었어요.

"어디로 가야 공주님을 볼 수 있나요?"

모두들 입을 모아 말했어요.

"공주님은 볼 수 없어요! 공주님은 구리로 만든 커다란 성에 살고 있어요. 수없이 많은 담과 탑이 성 주위를 쫙 에워싸고 있어요! 임금님 딱 한 분만 공주님이 있는 성에 드나들 수 있어요. 공주님이 평범하기 짝이 없는 한 병사와 결혼할 거라는 예언을 들었는데, 그 예언이 임금님 마음에 들지 않았던 거예요."

병사는 생각했어요.

'공주님을 꼭 만나 봐야겠다!'

하지만 병사는 공주를 만나도 좋다는 허락을 받지 못했어요.

이제 병사는 정말 신 나고 즐겁게 살았어요. 극장에도 가고, 마차를 타고 임금님의 정원에도 가고, 가난한 사람들에게 돈도 듬뿍듬뿍 나누어 주었어요. 병사는 마음이 고운 사람이었어요! 돈 한 푼 없다는 게 얼마나 힘든 일인지 겪어 봐서 잘 알고 있었지요! 병사는 이제 부자가 되었어요. 우아한 옷도 입고, 친구도 많이 생겼지요. 그 친구들은 병사가 사람 좋고, 진짜 귀족이라고 한결같이 말했어요. 물론 그런 말은 병사의 마음에 쏙 들었지요!

하지만 병사는 매일같이 돈을 쓰기만 하고 한 푼도 벌어들이지는 않았기 때문에 결국에는 달랑 2실링밖에 남지 않았어요. 그래서 그동안 묵었던 멋진 방들에서 나와 지붕 바로 밑에 있는 코딱지만 한 방으로 옮겨야 했어요. 장화도 손수 닦고, 짜깁기 바늘로 장화도 직접 꿰매야 했어요. 친구들은 한 명도 찾아오지 않았어요. 계단을 하염없이 걸어 올라가야 했거든요.

아주 어두운 어느 날 저녁이었어요. 병사는 초 한 자루 살 돈도 없었어요. 하지만 타다 남은 초 한 토막이 부시통 속에 있던 기억이 퍼뜩 살아났어요. 마녀가 도와줘서 속이 텅 빈 나무 밑으로 내려가서 가져온 그 부시통 말이에요. 병사는 부시통과 양초 동강이를 꺼냈어요. 그러고는 부싯돌을 쳐서 불을 댕겼지요. 불꽃이 부시통에서 튀기가 무섭게 방문이 홱 열리고 눈이 찻잔만 한 개가 병사 앞에 나타나 말했어요.

"주인님, 분부만 내리십시오!"

병사가 중얼거렸어요.

"이게 웬일이야? 재미있는 부시통이네. 내가 갖고 싶은 걸 이렇게 쉽게 손에 넣을 수 있단 말이야?"

병사가 개에게 말했어요.

"나한테 돈을 갖다 줘!"

휙! 개가 사라졌어요. 그러더니 휙, 개가 다시 나타났어요. 개는 동전이 그득 든 커다란 자루를 입에 물고 있었어요.

이제 병사는 그 부시통이 얼마나 신기하고 놀라운 부시통이라는 걸 알게 되었어요! 부싯돌을 한 번 치면 구리 동전이 담긴 궤짝 위에 앉아 있던 개가 나타나고, 두 번 치면 은화를 갖고 있던 개가 나타나고, 세 번 치면 금화를 갖고 있던 개가 나타났지요. 이제 병사는 다시 멋진 방들로 옮기고, 좋은 옷도 입었어요. 그러자 곧 병사의 친구들이 다시 병사를 아는 척했어요. 그 친구들은 병사를 무척 좋아했지요.

어느 날 병사는 생각에 잠겼어요.

'공주님을 볼 수 없다니 그거 참 희한한 일이로다! 모두들 공주님이 엄청나게 아름답다고 했지! 하지만 공주님이 늘 수많은 탑에 둘러싸인 커다란 구리 성 안에 틀어박혀 있다면, 도대체 그게 무슨 소용이람? 그럼 나는 공주님을 볼 수 없단 말이야? 내 부시통 어디 있지?'

병사는 부싯돌을 쳤어요. 그러자 휙, 눈이 찻잔만 한 개가 나타났어요.

병사가 말했어요.

"지금은 물론 한밤중이야. 하지만 나는 공주님이 보고 싶어 미칠 것 같아. 한순간만이라도 보고 싶어!"

개는 곧바로 문 밖으로 나갔어요. 그러고는 눈 깜짝할 사이에 공주와 함께 나타났어요. 공주는 개의 등 위에 올라탄 채 쌔근쌔근 잠을 자고 있었어요. 공주는 눈부시게 아름다웠어요. 누가 봐도 진짜 공주 같았지요. 병사는 자기도 모르게 그만 공주에게 뽀뽀를 했어요. 진짜 병사였거든요.

개는 공주와 함께 다시 돌아갔어요.

이튿날 아침, 임금님과 왕비가 차를 마시고 있을 때, 공주는 지난밤에 참으로 이상야릇한 꿈을 꾸었다고 했어요. 자신은 어떤 개를 타고 달렸고, 한 병사가 자신에게 입맞춤을 했다고 했어요.

왕비가 말했어요.

"멋진 이야기구나!"

그날 밤, 늙은 시녀들 중 한 명이 공주의 침대 옆에서 자지 않고 지켜야 했어요. 공주가 말한 게 진짜 꿈인지, 아니면 다른 무슨 일이 일어난 건지 알아보기 위해서였지요.

병사는 아름다운 공주가 너무너무 보고 싶었어요. 그래서 그날 밤도 개가 성으로 가서 공주를 데리고 여관을 향해 전속력으로 달렸어요. 하지만 늙은 시녀는 방수 장화를 신고 쏜살같이 뒤쫓았지요. 시녀는 개와 공주가 어느 커다란 집으로 들어가는 걸 보고는 이렇게 생각했어요.

'어디로 가는지 이제 알겠다.'

시녀는 분필로 대문에 커다란 십자 표시를 그려 놓았어요. 그런 다음 구리 성으로 돌아가 잠자리에 들었어요. 개 역시 공주와 함께 성으로 돌아왔어요. 하지만 개는 병사가 머물고 있는 여관 대문에 십자 표시가 그려져 있는 것을 보고는 분필로 그 도시에 있는 모든 집들의 대문에 십자 표시를 한 개씩 그려 놓았어요. 총기 있게 아주 잘한 일이었지요. 시녀는 병사가 있는 집의 대문을 찾지 못했어요. 모든 문에 십자가가 있었거든요.

다음날 아침, 임금님과 왕비는 늙은 시녀와 모든 장교들을 거느리고 공주가 도대체 어디에 있었는지 알아보려고 왔어요.

첫 번째 집 대문에 십자 표시가 그려져 있는 걸 본 왕이 말했어요.

"저 집이다!"

두 번째 집 대문에 십자 표시가 그려져 있는 걸 본 왕비가 말했어요.

"아니에요. 전하, 저쪽에 십자 표시가 있어요!"

모두들 말했어요.

"하지만 저기도 있고, 저기도 있는데요!"

어디를 보나 대문마다 십자 표시가 있었지요. 임금님, 왕비, 늙은 시녀, 그리고 장교들은 아무리 열심히 찾아봐야 아무 소용이 없다는 걸 알게 되었어요.

하지만 왕비는 매우 똑똑한 사람이었어요. 왕비는 마부가 모는 마차를 타고 가는 것만 할 수 있는 사람이 아니었어요. 왕비는 자신의 커다란 황금 가위를 집어 들고는 비단 헝겊 조각을 큼지막하게 잘라 낸 다음, 작고 예쁜 자루를 손바느질했어요. 왕비는 작고 고운 메밀로 자루를 가득 채운 다음, 공주의 등에 묶어 놓았어요. 그러고는 자루 안에 작은 구멍 한 개를 뚫어 놓았어요. 공주가 어디로 가든 길에 메밀이 솔솔 뿌려지라고요.

밤이 되자, 개는 또다시 와서 공주를 등에 태우고 병사에게 달려갔어요. 공주를 너무나도 사랑해서 공주를 아내로 삼을 수 있게 왕자가 되기만 하면 정말 소원이 없겠다, 하고 생각하는 그 병사에게로요.

개는 메밀 알이 성에서부터 병사가 묵고 있는 방의 창문까지 새어 나오고 있다는 것을 전혀 눈치채지 못했어요. 개는 공주를 등에 태운 채 여관집 담을 훽 뛰어넘었어요.

아침이 되자, 임금님과 왕비는 자기네 딸이 지난밤에 어디에 있었는지 알 수 있었어요. 임금님과 왕비는 병사를 붙잡아 감옥에 처넣었어요.

병사는 감옥에 앉아 있었어요. 아, 이곳은 어쩌면 이렇게 어두컴컴하고 따분할까요!

간수들은 병사에게 말했어요.

"내일 너는 교수형에 처해질 거야."

그런 말을 듣는 건 하나도 즐거운 일이 아니었어요. 병사는 부시통을 자기 여관방에 두고 왔지요. 이튿날 병사는 작은 창문의 쇠창살 사이로 밖을 내다볼 수 있었어요. 병사가 교수형을 당하는 광경을 보기 위해 사람들이 그 도시를 서둘러 빠져나가고 있는 모습이 보였지요. 여러 개의 북소리도 들리고, 병사들이 행진하는 소리도 들렸어요. 사람들은 일제히 그곳으로 후닥닥 뛰어갔어요. 그중에는 제화공들이 입는 가죽 앞치마를 두르고, 슬리퍼를 신은, 한 구둣방 수습공도 있었어요. 소년은 너무 빨리 달리다가 그만 슬리퍼 한 짝이 벗겨졌어요. 슬리퍼는 병사가 쇠창살 사이로 내다보고 있던 감옥의 담 쪽으로 휙 날아갔어요.

병사가 소년에게 말했어요.

"어이, 구둣방 수습공! 그렇게 바삐 가지 않아도 돼. 내가 가기 전에는 시작하지 않을 테니까! 하지만 너, 내가 살던 여관에 뛰어가서 내 부시통 좀 갖다 주지 않을래? 그거 갖고 오면 4실링 줄게. 하지만 무지 빨리 갔다 와야 해!"

구둣방 수습공은 4실링이 정말 갖고 싶었어요. 그래서 부시통을 가지러 부리나케 달려가 병사에게 갖다 주었어요. 자, 이제 그럼 어떻게 되었는지 우리 한번 들어 보기로 해요.

그 도시 밖에서는 커다란 교수대가 세워졌어요. 그 주위에는 병사들과 수십만 명의 사람들이 빙 둘러 서 있었어요. 임금님과 왕비는 아주 멋진 옥좌에 앉아 있었고, 그 맞은편에는 재판관들과 고문관 전원이 앉아 있었어요.

병사는 이미 사닥다리 위에 서 있었어요. 하지만 그들이 병사의 목에 교수형 올가미를 씌우려고 하자, 병사가 말했어요. 무릇 죄인은 벌을 받기 전에 간단한 소원 한 가지씩은 들어주는 법이라고요. 자신은 담배 한 대를 피우고 싶다고 했어요. 이 세상에서 피우게 되는 마지막 담배라면서요.

임금님은 안 된다는 말을 하고 싶지 않았어요. 병사는 자신의 부시통을 꺼내 부싯돌을 탁 쳤어요. 하나, 둘, 셋! 그러자 눈이 찻잔만한 개와 물레바퀴만 한 개와 둥근 탑만 한 개가 모두 나타나 병사 앞에 서 있었어요.

병사가 말했어요.

"내가 교수형을 당하지 않게 도와줘!"

그러자 개들은 재판관들과 고문관들을 향해 쏜살같이 달려갔어요. 그러고는 어떤 사람의 다리를, 또 다른 사람의 코를 물고는 공중에 아주 높이 집어던졌어요. 모두들 땅바닥에 떨어져 완전히 박살이 났지요.

임금님이 말했어요.

"난 더 살고 싶어!"

하지만 가장 커다란 개가 임금님과 왕비를 물더니 신하들 뒤로 휙 집어던졌어요. 그러자 병사들은 기겁을 했어요.

사람들은 일제히 외쳤어요.

"졸병 양반, 우리 임금님이 되셔서 아름다운 공주님을 아내로 삼으셔야 합니다!"

사람들은 병사를 임금님의 마차에 태웠어요. 그러자 개 세 마리는 춤을 추는 듯한 발걸음으로 앞장서서 가며 외쳤어요.

"만세!"

남자아이들은 입에 손가락을 대고 휘파람을 불고, 병사들은 받들어총을 했어요. 공주는 구리 성에서 나와 왕비가 되었어요. 공주는 아주 흡족했어요! 결혼 잔치는 일주일 동안 계속되었어요. 개들은 휘둥그레진 눈으로 사람들과 함께 식탁에 앉아 있었지요.

백조 왕자들

여기에서 한참 떨어진 곳, 그러니까 우리나라가 겨울이 되면 제비들이 날아가는 아주 먼 곳에 한 임금님이 살고 있었어요. 임금님에게는 열한 명의 아들과 '엘리자'라는 딸이 하나 있었어요. 11형제는 모두 왕자들이었어요. 왕자들은 가슴에 별을 달고, 허리에는 칼을 차고 학교에 다녔어요. 왕자들은 황금 칠판에 다이아몬드 석필로 글씨를 쓰고, 배운 것을 줄줄 외웠어요. 그 소리를 들으면 누구나 그 아이들이 왕자란 걸 알았지요. 여동생 엘리자는 등받이 없는 작은 수정 의자에 앉아 그 왕국의 절반을 주고 산 그림책을 들고 있었어요.

아, 그 아이들은 무척 행복했어요. 하지만 그 행복은 영원하지 못했어요.

아이들의 아버지, 곧 온 나라를 다스리는 임금님은 사악한 왕비와 결혼을 했어요. 왕비는 그 불쌍한 아이들에게 조금도 친절하지 않았어요. 이미 첫날부터 아이들은 왕비가 그렇다는 걸 알아챌 수 있었어요. 궁전에서 성대한 파티가 열리고, 아이들은 손님 놀이를 하고 놀았지요. 하지만 파티 때면 듬뿍 받곤 하던 케이크와 구운 사과 대신, 왕비는 아이들에게 찻잔 한 개에 모래를 담아 주면서 말했어요. 그게 모래가 아니라 먹을 것이라고 생각하라고요.

그 다음 주에 왕비는 막내 여동생인 엘리자를 시골의 한 농부 집에 주어 버렸어요. 그리고 얼마 지나지 않아 왕비는 임금님에게 불쌍한 왕자들에 대해 구시렁구시렁 나쁜 소리를 늘어놓았어요. 임금님은 왕자들을 더는 돌보지 않았어요.

"너희 모두 세상에 나가 혼자 힘으로 살아들 봐! 목소리가 안 나오는 큰 새들이 되어 다들 날아가 버려!"

사악한 왕비가 말했어요. 하지만 왕비는 자기가 바라는 무시무시한 일을 꾸미지는 못했어요. 왕자들은 눈부시게 아름다운 열한 마리의 야생 백조로 변했어요. 백조들은 이상야릇한 소리를 내며 궁전 창문 밖으로 날아가 엄청나게 커다란 정원과 숲을 지나 계속 날아갔어요.

아주 이른 아침, 백조들은 한 농부의 집을 지나갔어요. 그 농가에서는 누이동생인 엘리자가 누워서 곤히 잠을 자고 있었지요. 백조들은 그 집 지붕 위를 떠돌며 긴 목을 이리저리 돌리기도 하고, 날개를 퍼덕거리기도 했지만, 그 소리를 듣는 이도, 그 모습을 보는 이도 없었지요. 백조들은 다시금 구름 높이 날아올라가 크고 어두운 숲 속으로 가야 했어요. 그 숲은 바닷가까지 뻗어 있었어요.

불쌍한 어린 엘리자는 농부의 방에서 일어나 초록색 나뭇잎을

가지고 놀았어요. 다른 장난감은 없었지요. 엘리자는 이파리에 구멍을 한 개 뚫어 그 틈으로 해님을 쳐다보았어요. 그러면 오빠들의 총명한 눈을 보고 있는 것만 같았어요. 그리고 따스한 햇살이 엘리자의 두 뺨을 비추어 줄 때면, 엘리자는 오빠들이 해 주던 입맞춤이 떠올랐지요.

그렇게 하루하루가 지나갔어요. 바람이 농부의 집 앞에 있는 장미 덤불 사이로 지나가다가 장미들에게 소곤거렸어요.

"너희보다 더 예쁜 사람은 누구니?"

장미들은 고개를 절레절레 흔들며 말했어요.

"엘리자!"

일요일에 그 집 할머니가 문가에 앉아 찬송가 책을 읽고 있노라면, 바람이 책장을 넘기며 찬송가 책에게 말했어요.

"너보다 더 믿음이 깊은 사람은 누구니?"

"엘리자!"

찬송가 책은 말했어요.

장미들과 찬송가 책이 말한 것은 모두 사실이었어요.

엘리자는 열다섯 살이 되자, 궁전으로 돌아가야 했어요. 왕비는 무척 아름다운 엘리자를 보고는 불같이 화를 내며 미워했어요. 왕비는 엘리자를 그 오빠들처럼 당장이라도 야생 백조로 만들어 버리고 싶었어요. 하지만 임금님이 딸을 보고 싶어 했기 때문에 감히 그런 짓은 하지 못했어요.

이른 아침, 왕비는 대리석으로 짓고, 부드러운 쿠션과 매우 아름다운 양탄자로 장식된 욕실에 갔어요. 왕비는 두꺼비 세 마리를 집어 들고 뽀뽀를 한 다음, 그 중 한 두꺼비에게 말했어요.

"엘리자가 욕실에 들어오면 그 애 머리에 올라가 앉아. 너처럼 멀뚱멀뚱 멍해지게!"

왕비는 두 번째 두꺼비에게 말했어요.

"넌 엘리자의 이마 위에 가서 앉아. 그 애가 너처럼 흉측해져서 제 아비가 알아보지 못하게!"

왕비는 세 번째 두꺼비에게 속삭였어요.

"너는 그 애의 가슴에 앉아. 마음이 사악해져서 괴로워하게!"

왕비는 두꺼비들을 욕조의 맑은 물속에 풀어 놓았어요. 그러자 물은 곧바로 초록빛으로 변했어요. 왕비는 엘리자를 불러 옷을 벗긴 뒤, 물속에 들어가라고 했어요. 엘리자가 물속에 몸을 담그자, 한 두꺼비가 엘리자의 머리카락에, 두 번째 두꺼비는 이마에, 그리고 세 번째 두꺼비는 가슴에 앉았어요. 하지만 엘리자는 전혀 눈치를 채지 못하는 것 같았어요. 엘리자가 일어서자, 빨간 양귀비꽃 세 송이가 물 위에 둥실둥실 떠다니고 있었어요. 두꺼비들이 독이 없는 두꺼비들이었다면, 마녀가 입을 맞추었다 해도 붉은 장미꽃으로 변했을 거예요. 하지만 그래도 꽃으로 변한 건 두꺼비들이 엘리자의 머리와 가슴에 앉아 있었기 때문이지요. 엘리자는 신앙심이 무척 깊고, 티 없이 맑고 순수해서 마법이 그 힘을 발휘하지 못했던 거예요.

이러한 사실을 알게 된 사악한 왕비는 엘리자의 온몸에 호두즙을 벅벅 문질러 발랐어요. 엘리자는 완전히 흑갈색이 되었지요. 왕비는 또 엘리자의 고운 얼굴에 고약한 냄새가 나는 연고를 발라주고, 눈부시게 아름다운 머리칼은 마구 헝클어뜨렸어요. 아리따운 엘리자의 모습은 온데간데없었지요.

엘리자의 아버지는 엘리자를 보고는 기겁을 하며 자기 딸이 아니라고 했어요. 사슬에 매여 있는 개와 제비들만 엘리자를 알아보았어요. 하지만 개와 제비들은 아무런 힘도 쓰지 못했어요.

가엾은 엘리자는 엉엉 울었어요. 엘리자는 어디론가 떠나 버린 열한 명의 오빠들을 생각했어요. 슬픔에 잠긴 엘리자는 궁전을 살그머니 빠져나와 온종일 들판과 늪을 지나 너른 숲 속으로 들어갔어요. 엘리자는 도대체 어디로 가야 할지 몰랐어요. 이루 말할 수 없이 슬펐지요. 엘리자는 오빠들이 너무너무 보고 싶었어요. 틀림없이 오빠들도 엘리자와 똑같이 바깥세상으로 쫓겨난 거예요. 엘리자는 오빠들을 찾고 싶었어요.

숲에 간 지 얼마 되지 않아 곧 밤이 되었어요. 길을 잃은 엘리자는 보드라운 이끼 위에 누워 저녁 기도를 올린 다음, 나무 그루터기에 머리를 기댔어요. 주위는 무척 고요하고, 바람 한 점 없이 포근했지요. 풀밭과 이끼 주위에는 수백 마리의 개똥벌레들이 초록색 불빛처럼 반짝거렸어요. 엘리자가 가느다란 나뭇가지 한 개를 살며시 만지자, 반짝반짝 빛나는 그 곤충들은 별똥별처럼 엘리자 위에 하늘하늘 떨어졌어요.

밤새도록 엘리자는 오빠들 꿈을 꾸었어요. 오빠들은 다시 아이들이 되어 황금 칠판에 다이아몬드 석필로 글씨를 쓰고, 왕국의 절반을 주고 산, 굉장히 멋진 그림책을 주의 깊게 보았어요. 하지만 오빠들은 칠판에 예전처럼 숫자 0을 쓰거나 선을 그리지 않고, 용감무쌍한 여러 가지 행동에 대해 썼어요. 모두 오빠들이 직접 체험하고 두 눈으로 본 것들이었지요. 그리고 그림책에서는 모든 게 살아 있었어요. 새들은 노래하고, 사람들은 책에서 걸어 나와 엘리자와 오빠들과 함께 이야기를 나누었어요. 하지만 엘리자가 책장을 넘기자, 얼른 다시 책 속으로 후닥닥 뛰어들어갔어요. 그림들이 뒤죽박죽이 되면 안 되니까요.

엘리자가 잠에서 깨어 눈을 떴을 때, 해는 이미 아주 높이 떠 있었어요. 물론 해는 보이지 않았어요. 높은 나무들은 굵은 가지를 빽빽하게 뻗고 있었지만, 햇살은 나무 바깥쪽에서 살랑살랑 흔들리는 황금 베일처럼 눈부시게 빛났어요. 녹색을 띤 모든 것들에서는 향기가 물씬 풍겨 나오고, 새들은 엘리자의 양어깨 가까이 와 앉고 싶어 했어요. 어디선가 졸졸졸 흐르는 물소리가 들렸어요.

이곳에는 커다란 샘이 많았어요. 샘은 모두 아주 아름다운 모래흙이 있는 연못으로 흘러들었어요. 물론 연못 주위에는 덤불이 빽빽이 우거져 있었어요. 하지만 사슴들이 만들어 놓은 커다란 통로가 하나 있었어요. 엘리자는 이 통로를 지나 연못가로 갔어요. 연못 물은 어찌나 맑은지 바람이 가느다란 나뭇가지와 덤불을 건드려 움직이게만 하지 않았다면, 엘리자는 나뭇가지와 덤불이 모두 연못 바닥에 그려져 있는 줄 알았을 거예요. 햇빛을 받는 잎이건 완전히 그늘에 가려진 잎이건 모두 연못에 또렷이 비쳤지요.

엘리자는 물에 비친 자기 얼굴을 보고 소스라치게 놀랐어요. 온통 갈색인 데다 아주 못생긴 얼굴이었지요. 하지만 손에 물을 적셔 눈과 이마를 문지르자, 하얀 피부가 말끔히 드러났어요. 엘리자는 옷을 모두 벗고 시원한 물속으로 들어갔어요. 이 세상에 엘리자보다 더 아름다운 공주는 없었지요.

엘리자는 다시 옷을 입고 긴 머리를 쫑쫑 땋은 뒤, 퐁퐁 솟아오르는 샘물가로 가서 손으로 물을 떠 마시고는 숲 속 깊이 걸어 들어갔어요. 어디로 가고 있는지 스스로도 몰랐지요. 엘리자는 오빠들 생각도 하고, 한량없이 선하신 하느님 생각도 했어요. 하느님은 절대로 엘리자 곁을 떠나지 않을 거예요. 하느님은 굶주린 사람들을 배불리 먹이려고 야생 능금을 자라게 했지요. 하느님은 엘리자에게 야생 능금이 주렁주렁 달린 나무 한 그루를 보여 주었어요. 엘리자는 점심으로 야생 능금을 먹었어요. 그리고 굵은 나뭇가지 밑에 버팀목을 세워 준 다음, 숲 속에서 가장 어두운 곳으로 걸어 들어갔어요. 어찌나 고요한지 엘리자의 귀에 자신의 발소리, 그리고 발밑에서 마른 잎이 바스락거리는 소리가 들렸어요.

새 한 마리 보이지 않고, 커다랗고 빽빽한 나뭇가지들 사이로 햇살 한 줄기 내리쬐지 않았어요. 키 큰 나무줄기들이 너무나도 가까이 붙어 있어서 엘리자는 앞을 똑바로 보면, 나무로 만든 울타리가 자신을 빙 둘러싸고 있는 것만 같았어요. 아, 엘리자는 이렇게 쓸쓸한 곳은 처음 보았지요.

칠흑 같은 밤이었어요. 이끼 위에는 반딧불이 하나 반짝거리지 않았어요. 슬픔에 잠긴 엘리자는 잠을 자려고 바닥에 누웠어요. 그런데 엘리자는 자기 위쪽에 드리워진 굵은 나뭇가지들이 양쪽으로 갈라지며 하느님이 부드러운 눈빛을 하고 자신을 굽어보고 있는 것 같았어요. 천사들은 하느님의 머리 위와 팔 밑에서 빼꼼 내다보고 있었고요.

이튿날 아침, 잠에서 깬 엘리자는 지난밤의 일이 꿈인지, 아니면 실제로 일어난 일인지 알 수 없었어요.

그곳을 떠나 몇 걸음 걷던 엘리자는 딸기 바구니를 들고 가는 할머니를 만났어요. 할머니는 엘리자에게 딸기 몇 알을 주었어요. 엘리자는 할머니에게 왕자 열한 명이 말을 타고 숲을 지나가는 걸 보았냐고 물었어요.

"못 봤어. 하지만 어제 백조 열한 마리가 머리에 황금 관을 쓰고 이 근처 시내에서 헤엄치는 건 봤어!"

할머니는 엘리자를 조금 떨어진 언덕까지 데려다 주었어요. 언덕 아래쪽에는 시내가 굽이굽이 휘돌아 흐르고 있었어요. 시냇가 나무들은 잎이 무성한 긴 가지를 서로를 향해 쭉쭉 내뻗고 있었고, 서로 닿을 수 없게 자란 나무들은 뿌리가 있는 땅속의 흙을 좀 밀어내고, 시냇물 위로 몸을 굽혀 가지가 서로 얼키설키 뒤얽혀 있었어요.

엘리자는 할머니에게 작별 인사를 하고 시내를 따라 걸었어요.

마침내 넓고 탁 트인 바닷가에 이르렀지요.

눈부시게 아름다운 바다가 그 어린 여자아이 앞에 펼쳐져 있었어요. 하지만 돛단배도 그보다 큰 배도 보이지 않았어요. 어떻게 가야 하는 걸까요? 엘리자는 셀 수 없이 많은 바닷가 돌멩이를 찬찬히 바라보았어요. 바닷물이 돌멩이들을 동글동글하고 매끌매끌하게 깎아 주었지요. 유리나 쇠붙이, 돌, 그리고 물결에 이곳으로 밀려온 그 모든 것들은 모두 물 덕분에 지금의 모양을 띠게 된 거예요. 엘리자의 고운 손보다 훨씬 부드러운 물 덕분이지요.

"끊임없이 구르고, 또 구르는 거야. 그렇게 해서 딱딱하던 것도 매끄러워지는 거야. 나도 절대로 지치지 않을 거야! 끊임없이 넘실넘실 밀려오는 맑은 파도야, 가르침을 줘서 고마워! 너희는 언젠가 나를 우리 오빠들에게 데려다 줄 거야. 내 마음이 내게 그렇게 말하고 있단다!"

파도에 떠밀려 온 바닷말에는 하얀 백조 깃털 열한 개가 놓여 있었어요. 엘리자는 깃털을 모아 꽃다발을 만들었어요. 열한 개의 깃털 위에는 물방울이 방울방울 맺혀 있었어요. 이슬인지 눈물인지 아무도 알 수 없었지요. 바닷가는 쓸쓸했지만, 엘리자는 그런 걸 전혀 느끼지 못했어요. 바다는 한순간도 똑같은 모습을 보여주지 않고 끊임없이 변화했기 때문이에요. 바다는 뭍에 있는 민물 호수가 꼬박 일 년 동안 보여 줄 수 있는 것보다 훨씬 많은 것을 불과 몇 시간 안에 뚝딱 보여 주었지요.

커다란 먹구름 하나가 몰려오면, 바다는 이렇게 말하고 싶어 하는 것 같았어요.

"나도 시커멓게 될 수 있어."

바다가 그렇게 마음을 먹으면 바람이 불고, 큰 파도가 새하얀 물마루를 파도 위로 휙휙 올려 버렸어요. 하지만 구름들이 붉게 물들고, 바람이 자면 바다는 장미 꽃잎같이 되었지요. 바다는 초록빛을 띠었다가 금세 새하얗게 변하기도 했어요. 바다가 아무리 잔잔해도 바닷가는 언제나 찰랑찰랑 잔물결이 일었지요. 물결은 쌔근쌔근 잠을 자고 있는 어린아이의 가슴처럼 살짝살짝 오르락내리락했어요.

해가 막 지기 시작할 때, 엘리자는 머리에 황금 관을 쓴 야생 백조 열한 마리가 뭍으로 날아가는 것을 보았어요. 길게 줄을 지어 날고 있는 백조들은 하얗고 긴 끈 같았어요. 엘리자는 언덕 위로 올라가 덤불 뒤에 몸을 숨겼어요. 백조들은 엘리자 가까이로 내려와 크고 하얀 날개를 퍼덕거렸어요.

해가 바닷속으로 가라앉자, 갑자기 백조들의 깃털이 투두둑 떨어졌어요. 백조들은 간데없고 아름다운 왕자 열한 명이 그곳에 서 있었어요. 바로 엘리자의 오빠들이었지요. 엘리자는 빽 소리를 질렀어요. 비록 겉모습은 달라졌지만, 엘리자는 그 왕자들이 오빠들이란 걸 그 누구보다도 잘 알고 있었거든요. 틀림없이 오빠들이라고 엘리자는 생각했어요. 엘리자는 오빠들의 품 안으로 와락 뛰어들어 오빠들의 이름을 하나하나 불렀어요. 오빠들은 막내 여동생을 알아보고는 뛸 듯이 기뻐했어요. 엘리자는 키도 많이 크고 아름다워졌어요. 오빠들과 엘리자는 함께 웃고 울었어요. 그리고 곧바로 새어머니가 열두 형제자매에게 얼마나 못되게 굴었는지도 서로 이야기했어요.

큰오빠가 말했어요.

"우리는 하늘에 떠 있는 동안에는 야생 백조가 되어 날아다녀. 해가 지면 다시 원래의 우리 모습으로 돌아오고. 그래서 해가 질 때면 발 디딜 곳을 찾는 일에 신경을 써야 해. 해가 지는데도 계속 구름 속을 날다가는 인간이 되어 아래로 한없이 떨어지고 말 거야. 우리는 이곳에서 살지 않아. 바다 너머에 이곳만큼 아름다운 나라가 있어. 하지만 그곳은 아주 멀어. 드넓은 바다를 건너야 하고, 도중에 밤을 지낼 수 있는 작은 섬 하나 없단다. 바다 한가운데에 작은 바위 한 개가 홀로 외롭게 삐죽 솟아 있을 뿐이야. 바위가 작아서 우리가 다닥다닥 붙어야 겨우 쉴 수 있어. 파도가 거센 날이면 물보라가 우리 머리 위에 퍼부어지지. 그래도 우리는 그 바위를 주신 하느님께 감사해. 그곳에서 우리는 다시 사람이 되어 밤을 보낸단다. 그 바위가 없었다면 사랑하는 고국을 절대로 다시 보지 못했을 거야. 우리는 일 년 중 가장 해가 긴 이틀 동안 날아가야 하거든. 우리는 일 년에 딱 한 번만 고향을 찾아갈 수 있어. 열하루 동안 머물 수 있지. 우리는 숲 위를 날아다닌단다. 그곳에서는 우리가 태어나고 우리 아버지가 살고 계시는 궁전이 보인단다. 우리 어머니가 잠들어 계신 교회의 높은 탑도 보이지. 거기 있으면 나무도, 덤불도 모두 우리 친척같이 느껴져. 이곳에서는 우리가 어렸을 적 보았던 야생마들이 평야를 내달리고, 숯쟁이가 옛날 노래를 부르지. 우리가 꼬마들이었을 때, 그 노래에 맞춰 춤을 췄단다. 여기는 우리나라야. 우리 마음은 언제나 고향에 와 있지. 더군다나 여기서 사랑스러운 막내 여동생을 만났잖아! 이틀 동안은 여기 있을 수 있어. 그 다음엔 바다를 건너 아름다운 나라로 가야 해. 하지만 우리나라는 아니지! 어떻게 하면 너를 데려갈 수 있을까?

우리는 배도 보트도 없어!"

"어떻게 하면 내가 오빠들을 구해 줄 수 있을까?"

여동생이 말했어요.

열두 형제자매는 거의 밤을 새다시피 하며 이야기를 나누다가 겨우 두서너 시간쯤만 눈을 붙였어요.

엘리자는 자기 위쪽에서 백조들이 퍼덕퍼덕 날갯짓을 하는 소리에 잠이 깼어요. 다시 백조로 변한 오빠들은 하늘에 커다란 원을 여러 개 그리더니 마침내 멀리 날아가 버렸어요. 하지만 막내 오빠는 엘리자 곁에 남아 있었어요. 막내 오빠 백조는 엘리자의 무릎에 머리를 기댔어요. 엘리자는 백조의 하얀 날개를 살며시 쓰다듬어 주었어요. 백조와 엘리자는 온종일 함께 있었어요.

저녁이 되자, 백조들이 돌아왔어요. 그리고 해가 저물자, 원래의 모습으로 돌아왔어요.

"우리는 내일 여기를 떠난단다. 일 년이 지나야 다시 돌아올 수 있어. 하지만 널 혼자 두고 떠날 수는 없어. 용기를 내서 우리랑 함께 가지 않을래? 내 팔은 너를 안고 숲을 지날 수 있을 만큼 힘이 세단다. 그러니까 우리 열한 명의 날개는 너와 함께 바다를 건널 수 있을 만큼 충분히 튼튼하지 않을까?"

"알았어. 나도 데려가 줘!"

엘리자가 말했어요.

열두 남매는 밤새 나긋나긋한 버드나무 껍질과 질긴 갈대를 엮어 그물을 떴어요. 그물은 크고 튼튼했어요. 엘리자는 그물 위에 몸을 눕혔어요. 드디어 해가 떠오르자, 오빠들은 야생 백조로 변했어요. 백조들은 부리로 그물을 꼭 물고 아직 새근새근 잠을 자고 있는 귀여운 누이동생과 함께 구름을 향해 하늘 높이 날아올랐어요. 햇살이 엘리자의 얼굴에 내리쬐자, 한 백조가 엘리자 머리 위로 날며 커다란 두 날개로 그늘을 만들어 주었어요.

열두 남매가 그 나라를 떠나 멀리 갔을 즈음, 엘리자는 잠에서 깨어났어요. 엘리자는 아직도 꿈을 꾸고 있는 것만 같았어요. 바다 위에서 하늘을 가로질러 그물을 타고 가는 건 참으로 묘한 기분이었지요. 엘리자 옆쪽에는 먹음직스럽게 잘 익은 딸기가 오종종 달린 가지와 맛 좋은 뿌리 다발이 한 개씩 놓여 있었어요. 그건 막내 오빠가 마련해서 동생 곁에 둔 것이었어요. 엘리자는 고마운 마음에 막내 오빠에게 생긋 웃음을 지어 보였어요. 자기 머리 바로 위를 날며 두 날개로 그늘을 만들어 주는 백조가 막내 오빠라는 걸 알아챘거든요.

열두 남매는 하늘 높이높이 날아갔어요. 하늘을 나는 열두 남매 눈에 제일 먼저 들어온 배는 마치 바다 위에 동동 떠 있는 하얀 갈매기 같았어요. 남매들 뒤에는 커다란 구름 하나가 있었어요. 꼭 산 같았지요. 엘리자는 그 산에 드리워진 백조들의 그림자와 자신의 그림자를 보았어요. 엄청나게 큰 백조들이 날아가고 있었지요. 마치 한 폭의 그림 같았어요. 지금껏 엘리자가 보았던 그 어떤 그림들보다도 화려하고 멋진 그림이었어요. 하지만 태양이 점차 높이 떠오르고 구름은 그 자리에 그대로 머물러 있었기 때문에 하늘을 날고 있던 그림자들은 사라져 버렸어요.

열두 남매는 온종일 쌩쌩 날아가는 화살처럼 하늘을 날아갔지만, 누이동생을 데리고 가느라 평소보다는 느렸어요. 폭풍우가 휘몰아치려는지 아래쪽에서 그 기운이 느껴졌어요. 저녁이 찾아들고 있었어요. 잔뜩 겁에 질린 엘리자는 해가 지는 광경을 바라보았어요. 바다에 오도카니 홀로 있다는 그 바위는 아직 보이지 않았어요. 엘리자가 보기에 백조들은 아까보다 훨씬 더 세차게 날갯짓을 하는 것 같았어요. 아! 백조들이 마음껏 빨리 나아가지 못하는 건 다 엘리자 때문이었어요. 해가 완전히 지면 백조들은 모두 사람으로 변해 바다 저 아래쪽으로 뚝뚝 떨어져 익사하고 말 거예요. 엘리자는 온 마음을 다해 하느님에게 기도를 올렸어요. 하지만 여전히 그 작은 바위는 보이지 않았어요. 먹구름이 가까이 다가오고 거센 돌풍이 부는 걸 보니 곧 폭풍우가 몰아칠 것 같았어요. 먹구름은 납덩이처럼 단단한 모습으로 앞으로, 앞으로 나아가고 있었어요. 하늘에서 그 열두 남매를 위협하는 큰 파도는 바로 그 먹구름이었어요. 번개가 연달아 번뜩였어요.

해는 수평선 바로 위에 걸쳐 있었어요. 엘리자는 가슴이 콩콩 뛰었어요. 백조들이 갑자기 아래로 쏜살같이 내려갔어요. 어찌나 빨리 움직이는지 엘리자는 뚝 떨어지는 줄 알았어요. 하지만 백조들은 곧 다시 훨훨 날았어요. 해가 반쯤 물에 잠겨들었을 즈음, 비로소 엘리자는 저 아래 있는 작은 바위를 보았어요. 그 바위는 물 밖으로 고개를 쏙 내민 바다표범만 했어요. 해는 아주 빠른 속도로 지고 있었어요. 이제 해는 딱 별 한 개 크기밖에 되지 않았어요. 바로 그때, 엘리자의 한 발이 단단한 바닥에 닿았어요. 해는 불타고 있는 종이의 마지막 불꽃이 스러지듯이 완전히 사라져 버렸어요.

오빠들은 팔짱을 끼고 엘리자 주위로 빙 둘러섰어요. 그렇게 해야 엘리자와 열한 명의 오빠들이 간신히 그곳에 서 있을 수 있었지요. 바다는 그 작은 바위를 힘껏 때리더니 열두 남매 위로 소나기를 퍼붓듯 물을 좍 뿌렸어요. 하늘은 끊임없이 활활 타오르는 불처럼 번쩍거렸고, 천둥은 우르릉 쾅 우르릉 쾅쾅 계속 울렸어요. 하지만 누이동생과 오빠들은 손을 꼭 잡고 찬송가를 불렀어요. 그러자 마음이 위로되면서 용기가 솟았지요.

새벽녘이 되자, 하늘은 맑게 개고 바람도 잦아들었어요. 해가 떠오르자, 백조들은 엘리자와 함께 곧바로 섬을 떠나 날아올랐어요. 바다는 여전히 심하게 요동치고 있었어요. 하늘 높이 오르자, 바다의 새하얀 물거품은 마치 바다에서 헤엄치는 수백만 마리의 백조들같이 보였어요.

해가 좀 더 높이 떠오르자, 엘리자의 눈앞에 하늘에 반쯤 붕 떠 있는 듯한 어느 나라가 나타났어요. 온통 산으로 된 그 나라는 어디든 반짝반짝 빛나는 얼음덩어리가 있었지요. 산 한복판에는 몇 킬로미터나 됨직한 성이 길게 이어져 있었어요. 그리고 성의 복도에는 놀라울 정도로 우람한 둥근 기둥이 늘어서 있었지요. 또 성 아래쪽에는 종려나무 숲과 이루 말할 수 없이 아름답고 물레방아 바퀴처럼 큰 꽃들이 있었어요. 종려나무들과 꽃들은 바람에 살랑살랑 흔들렸어요.

가려고 했던 나라가 이곳이냐고 엘리자가 묻자, 백조들은 고개를 저었어요. 엘리자가 본 것은 황홀할 정도로 아름답지만, 끊임없이 그 모습이 변하는 신기루였지요. 신기루가 만든 그 구름의 성에 백조들은 인간을 데리고 갈 수 없었어요. 엘리자는 구름의 성을 뚫어지게 바라보고 있었어요. 그런데 갑자기 그 많은 산과 숲과 성이 모두 우르르 무너져 내리더니 바로 그 자리에 화려한 교회 스무 채가 우뚝 서 있었어요. 스무 채 모두 똑같이 생겼고, 높은 탑과 뾰족한 창문이 있었지요. 엘리자는 파이프오르간 소리가 울려 퍼지는 것 같았어요. 하지만 그건 엘리자의 귓가에 들려오는 바닷소리였어요. 엘리자가 교회 옆으로 바싹 다가가자, 교회 스무 채는 일제히 함대로 변해 버렸어요. 함대는 바다 저 아래에서 항해하고 있었지요. 엘리자는 바다를 내려다보았어요. 그런데 함대는 바다 위를 이리저리 떠도는 바다 안개였어요. 엘리자의 눈앞에 끊임없이 변화하는 광경이 펼쳐진 것이지요.

마침내 엘리자는 열두 남매가 가고 싶어 했던, 바로 그 나라를 보았어요. 그곳에는 아름다운 푸른 산들이 우뚝우뚝 솟아 있었어요. 산에는 히말라야삼나무 숲과 도시와 성이 여럿 있었어요. 해가 지려면 아직 한참 남았어요. 엘리자는 커다란 동굴 앞에 있는 바위 위에 앉았어요. 보들보들한 초록빛 덩굴 식물이 온통 동굴을 뒤덮고 있었어요. 한 땀 한 땀 수를 놓은 양탄자 같았지요.

"오늘 밤 이곳에서 네가 무슨 꿈을 꿀지 우리 모두 궁금한걸!"

막내 오빠가 말했어요. 그러고는 엘리자에게 침실을 보여 주었어요.

"어떻게 하면 오빠들을 구할 수 있는지 알 수 있는 꿈을 꿨으면 좋겠어!"

엘리자가 말했어요. 엘리자는 온 마음으로 그 생각을 계속했어요. 엘리자는 하느님에게 도와달라고 간절히 기도했어요. 콜콜 잠을 자면서도 기도를 멈추지 않았어요. 그런데 어느 순간, 하늘 높이 붕 날아올라가 신기루가 만들어 놓은 구름 성에 간 듯한 기분이 들었어요. 굉장히 아름답고 화사하게 빛나는 요정이 엘리자에게 다가왔지요. 그런데 요정은 숲 속에서 엘리자에게 딸기를 주며 황금 관을 쓴 백조들 이야기를 들려주었던 그 나이 많은 할머니와 너무나 닮아 있었어요.

"네 오빠들을 구할 수 있단다! 하지만 너는 용기와 인내심이 있니? 바다는 네 고운 손보다 더 부드럽지만 딱딱한 돌의 모양을 바꾸지. 하지만 바다는 네 손가락과는 달리 아픔을 못 느낀단다. 바다는 심장이 없거든. 그래서 네가 겪어야 하는 두려움과 괴로움을 모른단다. 내가 손에 쥐고 있는 이 쐐기풀 보이지? 쐐기풀은 네가 지금 잠자고 있는 동굴 주위에 많이 자라고 있어. 동굴에 있는 쐐기풀과 교회 묘지의 무덤 위에서 자라고 있는 쐐기풀, 딱 그 두 가지만 쓸모가 있단다. 명심하렴. 넌 쐐기풀을 꺾어야 해. 손에 물집이 생겨서 따끔따끔하고 화끈거려도 그렇게 해야 한단다. 쐐기풀을 발로 짓밟으면 아마 섬유가 만들어질 거야. 그걸로 실을 꼰 다음 엮어서 소매가 긴 쇠사슬 갑옷 열한 벌을 만들어야 해. 그런 다음 갑옷을 백조들의 몸 위에 휙 집어던져. 그러면 마법이 풀릴 거야. 하지만 꼭 명심해야 한다. 네가 이 일을 시작하는 순간부터 완전히 마칠 때까지, 설사 몇 년이 걸린다 해도 절대로 말을 하면 안 돼. 입을 열면 그 첫 마디가 비수가 되어 네 오빠들의 심장을 찌를 거야. 네 오빠들의 목숨은 다 네 혀에 달려 있단다. 내 말을 절대 잊지 마!"

요정은 말을 마치기가 무섭게 쐐기풀을 엘리자의 한 손에 살짝 갖다 댔어요. 쐐기풀은 활활 타오르는 불 같았어요.

엘리자는 꿈에서 퍼뜩 깨어났어요. 아직 훤한 대낮이었어요. 엘리자가 잠들었던 곳 바로 옆에 꿈속에서 본 것과 똑같은 쐐기풀

한 줄기가 놓여 있었어요. 엘리자는 무릎을 꿇고 하느님에게 감사의 기도를 올린 뒤, 동굴 밖으로 나와 일을 시작했어요.

엘리자는 곱고 보들보들한 두 손으로 보기 흉한 쐐기풀 아래쪽을 꽉 움켜쥐었어요. 쐐기풀은 불처럼 뜨거웠어요. 커다란 물집이 손과 팔에 여기저기 생겨 화끈거렸지만, 오빠들만 구할 수 있다면, 하고 생각하면서 꾹 참기로 했어요. 엘리자는 쐐기풀 한 줄기 한 줄기를 맨발로 짓이겨 초록빛 실을 꼬았어요.

해가 뉘엿뉘엿 지자, 오빠들이 돌아왔어요. 오빠들은 엘리자가 말 못하는 벙어리가 되어 버린 것을 알고는 소스라치게 놀랐어요. 오빠들은 사악한 새어머니가 또다시 마법을 부렸다고 생각했어요.

하지만 엘리자의 손을 보고는 엘리자가 오빠들을 위해 뭔가를 하고 있다는 사실을 깨달았어요. 막내 오빠는 엉엉 울었어요. 막내 오빠가 흘린 눈물이 엘리자의 손과 팔에 떨어지자, 통증이 씻은 듯이 사라졌어요. 그리고 화끈거리던 물집도 말끔히 사라졌지요.

엘리자는 밤에도 일을 했어요. 사랑하는 오빠들을 구하기 전에는 편히 쉴 수 없었지요. 이튿날 백조들이 나가고 없는 사이, 엘리자는 꼬박 홀로 앉아 종일토록 일을 했어요. 하지만 여태껏 지금처럼 시간이 빨리 갔던 적은 없었지요. 쇠사슬 갑옷 한 벌이 완성되었어요. 엘리자는 두 번째 갑옷을 짓기 시작했어요.

그때 산과 산 사이에서 사냥 호루라기 소리가 울려 퍼졌어요. 엘리자는 겁이 덜컥 났어요. 호루라기 소리가 점점 더 가까워지고, 개들이 짖는 소리도 들렸어요. 화들짝 놀란 엘리자는 동굴 속으로 얼른 들어가 그동안 모아서 빗질해 둔 쐐기풀을 다발로 묶어 그 위에 앉았어요.

그때 커다란 개 한 마리가 덤불에서 불쑥 뛰어나왔어요. 연이어 한 마리가 더 뛰어나오고, 또다시 한 마리가 뛰어나왔어요. 개들은 요란하게 짖어 대며 아까 있던 곳으로 껑충껑충 뛰어갔다가 다시 돌아왔어요. 잠시 뒤에 사냥꾼들은 모두 동굴 밖에 서 있었어요. 그 가운데 가장 잘생긴 사람은 그 나라의 임금님이었어요. 임금님은 엘리자에게 다가왔어요. 임금님은 여태껏 이렇게 아름다운 소녀는 본 적이 없었지요.

"사랑스러운 아가씨! 어디에서 왔나요?"

임금님이 말했어요.

엘리자는 고개를 살래살래 흔들었어요. 오빠들을 구하기 위해선 한마디도 하면 안 되었지요! 엘리자는 손을 앞치마 밑으로 감추었어요. 자신이 얼마나 고통스러워하는지 임금님이 알지 못하게 하기 위해서였지요.

"나와 함께 가시지요! 아가씨는 이런 곳에 계시면 안 됩니다! 아가씨 마음이 얼굴만큼 곱다면, 나는 아가씨에게 우단옷을 입혀 주고, 머리에는 황금 관을 씌워 주겠어요. 최고로 호화로운 내 성에서 함께 살아요. 고향에 돌아온 기분이 들 거예요!"

임금님은 말을 마친 뒤, 엘리자를 번쩍 안아 올려 빠르게 잘 달리는 자기 말 위에 태웠어요. 엘리자는 눈물을 흘렸어요. 당황한 마음에 손도 비볐지요.

하지만 임금님은 말했어요.

"나는 오직 아가씨의 행복만을 바랍니다! 언젠가 아가씨도 고마워할 거예요!"

임금님은 엘리자를 자기 앞자리에 태우고 그곳을 떠나 산과 산 사이로 말을 빨리 달렸어요. 사냥꾼들은 임금님 뒤를 따랐지요.

해가 뉘엿뉘엿 기울 무렵, 그들 앞에는 호화찬란한 도시가 나타났어요. 임금님의 도시인 그곳에는 교회가 많았어요. 교회에는 둥근 지붕과 둥근 탑이 많았지요. 임금님은 엘리자를 성안으로 데려갔어요. 그곳에는 천장이 높은 대리석 홀이 여럿 있었어요. 대리석 홀에 있는 커다란 분수에서는 찰싹찰싹 물소리가 나고, 벽과 천장에 있는 그림들은 눈에 확 띄었지요. 하지만 엘리자의 눈에는 아무것도 들어오지 않았어요. 하염없이 눈물을 흘리며 슬퍼했거든요. 엘리자는 시녀들이 왕실 의복을 입히고, 진주를 머리 곳곳에 장식하며 머리를 땋고, 고급스러운 장갑을 쐐기풀에 찔려 얼얼한 손에

끼워도 그냥 내버려 두었어요.

휘황찬란하게 치장을 마친 엘리자는 눈부시게 아름다웠어요. 신하들은 엘리자 앞에 한층 더 깊숙이 허리를 굽히고, 임금님은 엘리자를 신부로 맞이하기로 했어요. 물론 대주교는 고개를 절레절레 흔들며 속삭였지요. 숲에서 온 저 아리따운 소녀는 마녀가 분명하며, 거기 있는 사람들의 눈을 멀게 할 것이고, 임금님의 마음을 완전히 홀려 댈 것이라고요.

하지만 임금님은 그 말에 귀를 기울이지 않았어요. 임금님은 음악을 울려 퍼지게 하라고 일렀어요. 진귀한 음식도 식탁에 올리고, 매우 우아하고 아름다운 처녀들에게도 엘리자 주위에서 춤을 추라고 일렀지요. 엘리자는 향기가 그득한 정원을 지나 화려하고 멋진 홀로 안내되었어요. 하지만 엘리자의 입가와 눈가에는 미소가 어리지 않았어요. 엘리자의 얼굴에는 이 세상 끝날 때까지 계속될 것만 같은 슬픔과 괴로움이 드리워져 있었어요.

임금님은 바로 그 옆에 있는 작은 방의 문을 열었어요. 그 방은 엘리자가 잠을 잘 방이었어요. 그곳은 값비싼 초록빛 양탄자로 꾸며져 있어서 엘리자가 있었던 동굴과 완전히 똑같았어요. 방바닥에는 엘리자가 쐐기풀로 자은 작은 아마 다발이 한 개 놓여 있고, 천장에는 이미 완성된 쇠사슬 갑옷 한 벌이 걸려 있었어요. 이것들을 기이하게 여긴 사냥꾼들 중 한 명이 갖고 온 것이었지요.

"이곳에 있으면 예전에 살던 집을 꿈꿀 수 있을 거예요. 여기 아가씨가 옛집에서 하던 일감도 있어요. 자, 이젠 화려하게 몸단장을 하고 그 시절을 돌아보는 것도 즐거울 거예요."

임금님이 말했어요.

마음속 깊이 있던 그 물건들을 보자, 엘리자의 입가엔 미소가 떠올랐어요. 볼에도 화사하게 핏기가 되살아났지요. 엘리자는 오빠들을 구해야 한다는 생각을 하면서 임금님의 손에 입을 맞추었어요. 임금님은 엘리자를 품에 꼭 끌어안고는 교회의 종을 모두 울리게 해서 결혼 소식을 알렸어요. 숲에서 온 사랑스러운 벙어리 소녀는 그 나라의 여왕님이 된 거예요.

대주교는 임금님의 귀에 엘리자의 험담을 속삭였어요. 하지만 그런 말은 임금님의 가슴에 와 닿지 않았어요. 드디어 결혼식이 시작되었어요. 대주교는 엘리자의 머리에 직접 여왕의 관을 씌워 주어야 했어요. 대주교는 엘리자에게 고통을 주기 위해 일부러 테두리가 좁은 관을 골라 엘리자의 이마에 꽉 내리눌렀어요. 하지만 이보다 훨씬 더 좁은 고리가 엘리자의 마음을 옥죄고 있었어요. 그건 바로 오빠들 걱정이었지요. 엘리자는 아무런 통증도 느끼지 못했어요.

엘리자의 입은 굳게 닫혀 있었어요. 입을 벌리고 한마디만 해도 오빠들이 모두 목숨을 잃으니까요. 하지만 엘리자의 눈빛엔 자신을 기쁘게 해 주기 위해 모든 것을 해 주는, 마음도 얼굴도 아름다운 임금님에 대한 깊은 사랑이 듬뿍 담겨 있었어요.

하루하루 날이 갈수록 엘리자는 임금님에게 잘해 주었어요. 아, 엘리자가 임금님에게 자신의 괴로운 심정을 털어놓을 수만 있으면 얼마나 좋을까요! 하지만 엘리자는 입을 꼭 다물고 있어야 했지요. 그리고 말없이 조용히 하던 일을 끝마쳐야 했지요. 그래서 엘리자는 밤이 되면 임금님 곁을 살그머니 빠져나와 동굴과 꼭 같이 꾸며진 그 작은 방으로 갔어요. 그러고는 갑옷을 한 벌 한 벌

완성시켰어요. 그런데 일곱 번째 갑옷을 막 짜려고 할 때, 아마가 똑 떨어졌어요.

갑옷을 짤 수 있는 쐐기풀은 교회 묘지에서 자라고 있다는 것을 엘리자는 잘 알고 있었어요. 하지만 쐐기풀은 엘리자가 직접 뜯어야 했지요. 그런데 어떻게 그곳에 닿을 수 있을까요!

'아, 내 마음속 괴로움에 비하면 손가락의 고통은 아무것도 아냐! 아픔쯤은 참고 갔다 와야 해! 하느님은 나를 저버리지 않으실 거야!'

엘리자는 생각했어요.

엘리자는 마치 나쁜 짓을 꾸미는 사람처럼 조마조마한 마음으로 휘영청 달 밝은 밤에 정원으로 살그머니 가서 기다란 가로수 길을 지나 아무도 없는 호젓한 길로 나와 드디어 교회 묘지에 이르렀어요. 엘리자는 한 넓은 비석 위에 괴물 한 패거리가 앉아 있는 광경을 보았어요. 어린아이들의 피를 빨아먹는다는 흉측한 마녀들이었지요. 마녀들은 목욕이라도 하려는 듯 걸치고 있던 누더기를 훌렁훌렁 벗어던지더니 뼈만 남은 긴 손가락으로 만든 지 얼마 안 되는 무덤들을 파헤쳐 시체를 꺼낸 다음, 살을 아귀아귀 먹어 댔어요.

엘리자는 바로 그 옆을 지나가야 했어요. 마녀들은 사악한 눈빛으로 줄곧 엘리자를 뚫어지게 바라보았어요. 하지만 엘리자는 속으로 계속 기도를 하면서 손에 닿으면 따끔따끔 아픈 쐐기풀을 뜯어 성으로 돌아갔어요.

그런데 몰래 숨어서 엘리자를 엿보고 있던 사람이 딱 한 명 있었어요. 바로 대주교였어요. 남들이 다 자고 있을 때, 혼자 깨어 있었던 거예요. 대주교는 자기의 짐작이 옳았다고 생각했어요. 왕비가 왠지 왕비답지 않다, 왕비는 마녀다, 그러니까 임금님과 백성들을 홀린 것이다, 라고 대주교는 추측했던 거예요.

대주교는 고해실에서 임금님에게 자신이 본 것과 심히 우려되는 바를 말했어요. 대주교의 입에서 너무나도 심한 말이 나오자, 성자의 조각상들은 모두 고개를 절레절레 저었어요. 꼭 이렇게 말하고 싶어 하는 듯했어요.

"그렇지 않아! 엘리자는 아무 죄도 없어!"

하지만 대주교는 조각상들의 고갯짓을 자기 멋대로 해석했어요. 조각상들은 엘리자가 죄를 저질렀기 때문에 고개를 흔든 것이라고 했지요. 굵은 눈물방울 두 개가 임금님의 뺨을 타고 주르르 흘러내렸어요. 임금님은 잔뜩 의심을 품은 채 성으로 돌아갔어요.

그날 밤, 임금님은 잠을 자고 있는 척했어요. 하지만 좀처럼 편히 잠을 이룰 수가 없었어요. 임금님은 엘리자가 잠자리에서 일어나는 것을 눈치챘어요. 엘리자는 매일 밤 그렇게 했어요. 임금님은 번번이 살금살금 엘리자의 뒤를 밟았어요. 그리고 엘리자가 자신의 작은 방으로 사라져 버리는 것을 두 눈으로 똑똑히 보았지요.

하루하루 날이 갈수록 임금님의 얼굴은 어두워졌어요. 엘리자는 그러한 사실을 알고 있었어요. 하지만 도대체 왜 그런지 그 까닭을 몰랐지요. 엘리자는 걱정이 되기 시작했어요. 가뜩이나 오빠들 때문에 마음이 괴로운데 말이에요! 엘리자의 뜨거운 눈물방울이 보랏빛 왕실 의상에 뚝뚝 떨어져 다이아몬드처럼 반짝반짝 빛나자, 그 황홀한 모습을 본 사람은 누구나 왕비가 되고 싶어 했지요.

그러는 사이, 엘리자가 하던 일은 거의 끝나 가고 있었어요. 갑옷 한 벌만 지으면 되었지요. 하지만 아마가 다 떨어졌어요. 쐐기풀 한 줄기도 남아 있지 않았지요. 그래서 엘리자는 마지막으로 딱 한 번만 더 교회 묘지로 가서 쐐기풀을 한 움큼만 꺾어 와야 했어요. 홀로 외롭게 그곳으로 가고, 또 무시무시한 괴물들을 보아야 한다고 생각하자, 엘리자는 온몸에 오돌토돌 소름이 돋았어요. 하지만 엘리자의 결심은 하느님에 대한 믿음만큼이나 확고했어요.

엘리자는 길을 떠났어요. 하지만 임금님과 대주교는 엘리자를 뒤쫓았어요. 둘은 엘리자가 교회 묘지의 격자문을 지나 홀연히 사라져 버리는 모습을 보았어요. 교회 묘지 가까이 갔을 때, 비석 위에는 마녀들이 앉아 있었어요. 엘리자가 보았던 바로 그 마녀들이었지요. 임금님은 몸을 홱 돌렸어요. 그날 저녁에도 자신의 가슴에 얼굴을 파묻던 바로 그 여인이 그 마녀들 가운데 있다고 생각했기 때문이에요.

임금님이 말했어요.

"백성들이 왕비를 심판할 것이다!"

백성들은 왕비를 시뻘건 불길 속에서 불살라 죽이라고 판결을 내렸어요.

엘리자는 화려한 홀로부터 어둡고 습기로 가득 찬 감옥으로 옮겨졌어요. 격자 창문으로 바람이 쌩쌩 들어왔어요. 사람들은 엘리자에게 우단과 비단 대신 엘리자가 그동안 모아 두었던 쐐기풀 다발을 휙 집어던졌어요. 엘리자는 그 위에 머리를 누일 수 있었지요. 엘리자가 그동안 짠, 거칠고 화끈화끈 쏘는 갑옷들은 침대와 이불로 쓰고요. 하지만 이보다 더 좋은 선물은 없었지요. 엘리자는 일감을 다시 집어 들고 하느님에게 기도를 드렸어요. 감옥 밖에서는 불량소년들이 엘리자를 조롱하는 노래를 불렀어요. 다정한 말로 엘리자를 위로해 주는 사람은 단 한 사람도 없었지요.

저녁 무렵, 창문 바로 앞에서 백조들이 퍼덕퍼덕 날갯짓하는 소리가 들렸어요. 그건 바로 막내 오빠였어요. 막내 오빠가 마침내 누이동생을 찾아낸 거예요. 엘리자는 오늘 밤이 목숨이 붙어 있는 마지막 밤이 될지도 모른다는 사실을 잘 알고 있었으면서도 기쁨에 겨워 꺼이꺼이 흐느꼈어요. 하지만 옷 짜는 일은 거의 다 끝나 가고 있었고, 오빠들도 왔지요.

대주교는 엘리자를 찾아왔어요. 임금님에게 약속한 대로 엘리자의 마지막 시간을 엘리자 곁에서 함께하기 위해서였지요. 하지만 엘리자는 고개를 저으며 눈짓과 표정으로 제발 나가 달라고 애원했어요. 오늘 밤이 가기 전에 일을 다 마쳐야 했거든요. 그렇지 않으면 모든 것이 헛일이 되어 버리지요. 고통, 눈물, 뜬눈으로 지센 지난 밤들, 이 모든 게 한순간에 물거품으로 사라지는 거예요. 대주교는 엘리자에게 험한 말을 하면서 그곳을 떠났어요. 하지만 불쌍한 엘리자는 자신이 죄가 없다는 것을 알고 있었어요. 엘리자는 일을 계속했어요.

작은 생쥐들이 바닥을 이리저리 돌아다니며 쐐기풀을 엘리자의 발 앞에 끌어다 주었어요. 조금이나마 힘을 보태기 위해서였지요. 지빠귀는 격자 창문 바로 옆에 앉아 밤새도록 노래를 불렀어요. 엘리자가 용기를 잃지 않도록 최대한 명랑한 목소리로 불렀지요.

아직은 새벽 녘이었어요. 해가 뜨려면 한 시간은 더 있어야 했어요. 열한 명의 오빠들은 성문 앞에 서서 임금님 앞으로 데려다 달라고 요구했어요. 하지만 아직 밤이라 임금님께서 주무시고 계시니 깨울 수 없으므로 그렇게는 안 된다는 대답만 들었지요. 오빠들은 부탁을 하기도 하고, 으름장을 놓기도 했어요. 그러자 문지기가 왔지요. 임금님도 나와 도대체 무슨 일이 일어난 거냐고 물었어요. 바로 그 순간, 태양이 떠올랐어요. 오빠들의 모습은 온데간데없이 사라졌지요. 하지만 성 위로 새하얀 백조 열한 마리가 날아가고 있었어요.

온 백성이 성문을 빠져나와 우르르 몰려들었어요. 마녀가 화형을 당하는 모습을 보기 위해서였지요. 엘리자는 여윈 말 한 필이 끄는 바퀴 하나짜리 짐수레에 앉아 있었어요. 사람들은 엘리자에게 꺼끌꺼끌한 작은 포대로 만든 덧옷을 입혔어요. 윤기 나고 탐스러운 엘리자의 머리털은 아름다운 머리와 얼굴 주위로 온통 흩어진 채였고, 두 볼은 죽은 사람처럼 핼쑥했으며, 입술은 달싹달싹했어요. 하지만 열 손가락은 초록빛 아마로 옷을 짜고 있었어요. 엘리자는 사형장으로 가는 길에서도 단 한 번도 손을 놓지 않았어요. 갑옷 열 벌이 엘리자의 발 앞에 놓여 있었고, 열한 번째 옷은 지금 막 짜고 있었지요. 성난 백성들이 여왕을 손가락질하며 비웃었어요.

"모두 저 마녀를 보세요! 뭐라고 계속 중얼거리고 있네요. 손에 찬송가 책도 들고 있지 않아요. 마녀는 불쾌하기 짝이 없는 마술 나부랭이를 들고 있어요. 당장 저걸 뺏어서 발기발기 찢어 버려요!"

모두 엘리자 주위로 우르르 몰려들어 쐐기풀 옷을 찢어 버리려고 했어요. 그때 새하얀 백조 열한 마리가 날아와 짐수레 위에 내려앉았어요. 그러고는 엘리자를 에워싼 다음, 커다란 날개를 퍼덕거렸어요. 그러자 사람들은 기겁을 하며 모두 뒤로 물러났어요.

"이건 하늘의 계시야! 왕비님은 죄가 없으신 게 확실해!"

많은 사람들이 소곤거렸어요. 아무도 감히 큰 소리로 말하지는 못했지요.

사형집행관이 엘리자의 손을 잡았어요. 바로 그 순간, 엘리자는 갑옷 열한 벌을 백조들 위로 휙 집어던졌어요. 그러자 그 자리에는 백조들 대신 이루 말할 수 없이 아름다운 왕자 열한 명이 서 있었어요. 하지만 막내 오빠의 한쪽 팔은 여전히 백조 날개였어요. 막내 오빠의 갑옷에는 소매 한 개가 모자랐거든요. 엘리자가 미처 끝내지 못한 거예요.

"나, 이젠 말을 해도 돼요! 나는 죄가 없어요!"

엘리자가 말했어요.

이 모든 것을 지켜본 백성들은 성자에게 하듯 엘리자에게 허리를 굽혀 절을 했어요. 하지만 엘리자는 오빠들의 품에 쓰러지다시피 폭 안겼어요. 숨이 다한 것 같았지요. 그동안 너무너무 긴장하고, 너무너무 무섭고, 너무너무 고통스러웠기 때문이에요.

"맞아요. 엘리자는 아무 죄도 없어요!"

첫째 오빠가 말했어요. 첫째 오빠는 지금까지 있었던 일을 낱낱이 들려주었어요. 첫째 오빠가 말하는 내내 수백만 송이의 장미에서 풍겨 나오는 듯한 향기가 그득히 감돌았어요. 장작더미를 이루고 있던 장작 하나하나가 뿌리를 내리고 잔가지를 뻗어 향기가 그득한 덤불이 하나 생긴 거예요. 매우 높고 넓은 그 덤불에는 빨간 장미꽃이 활짝 피어 있었지요. 그리고 맨 꼭대기에는 하얗고 빛나는 장미 한 송이가 있었어요. 그 장미는 별처럼 반짝였지요. 임금님이 그 꽃을 꺾어 엘리자의 가슴께에 꽂았어요. 그러자 엘리자의 가슴속에 평화와 행복의 기운이 감돌았어요. 엘리자는 눈을 떴어요.

교회 종들이 저절로 움직이더니 종소리가 일제히 울려 퍼졌어요. 새들도 무리지어 날아왔어요. 결혼식 행렬이 성으로 이어지고 있었어요. 이 세상 그 어떤 임금님도 본 적이 없는 멋진 행렬이었지요.

밤꾀꼬리

중국의 -중국이라는 나라는 모두 알 거예요.- 황제님은 중국 사람이지요. 황제님 주위에 있는 사람들 역시 모두 중국 사람이고요. 그 이야기는 오래된 이야기지만, 바로 그런 이유로 지금 들려주는 게 좋답니다. 그 이야기가 잊히기 전에요.

황제님의 궁궐은 이 세상에서 가장 화려하고 아름다웠어요. 온통 고급 도자기로 되어 있었지요. 무척이나 값비싼 이 도자기들은 자칫 잘못하면 깨지기 때문에 굉장히 조심해야 했어요. 정원에는 이루 말할 수 없이 아름답고 신기한 꽃들이 피어 있었어요. 그 가운데서도 가장 화려한 꽃들에는 은 종이 달랑달랑 매달려 있었어요. 은 종들은 사람들이 꽃들 옆을 무심코 그냥 지나치지 못하도록 잘랑잘랑 소리를 냈어요.

그래요, 황제님의 정원에 있는 것들은 하나에서 열까지 모두 세심하게 고안해 낸 것이었어요. 정원은 어찌나 넓은지 정원사조차도 정원의 끝이 도대체 어디인지 알 수 없을 정도였지요. 정원을 계속 가다 보면 키 큰 나무들과 깊은 호수가 여럿 나타났어요. 숲은 푸르고 깊은 바다까지 이어져 있었어요. 커다란 배들은 굵은 나뭇가지 바로 아래까지 다닐 수 있었어요. 그런데 바로 이 나뭇가지들 어딘가에서 밤꾀꼬리 한 마리가 살고 있었어요. 밤꾀꼬리는 어찌나 노래를 잘 불렀던지 밤에 가난한 어부가 그물을 걷어 올리려고 그곳에 와서는 할 일이 태산 같은데도 그냥 누워서 밤꾀꼬리의 노랫소리에 귀를 기울였지요.

"세상에, 어쩜 저렇게 아름다울까!"

어부가 말했어요. 하지만 어부는 다시금 자기 일을 해야 했어요. 어부는 밤꾀꼬리를 까맣게 잊었어요. 하지만 이튿날 밤, 밤꾀꼬리가 또다시 노래를 하면, 그곳에 온 어부는 똑같은 말을 했지요.

"세상에, 어쩜 저렇게 아름다울까!"

전 세계의 모든 나라에서 사람들이 황제님의 도시에 여행을 왔어요. 모두 그 도시와 황궁과 정원을 보고 감탄했어요. 하지만 밤꾀꼬리의 노랫소리를 들으면, 한결같이 이렇게들 말했지요.

"뭐니 뭐니 해도 밤꾀꼬리 노래가 가장 아름다워!"

여행객들은 집에 돌아가서 밤꾀꼬리 이야기를 들려주었어요. 그리고 학자들은 그 도시와 황궁과 정원에 대해 많은 책을 썼어요. 물론 밤꾀꼬리 이야기도 잊지 않았어요. 학자들은 밤꾀꼬리 이야기를 제일 먼저 했어요. 시를 지을 수 있는 사람들은 너 나 할 것 없이 모두 가장 아름다운 시를 지었어요. 한결같이 깊은 호숫가 옆, 숲 속에 사는 밤꾀꼬리에 대한 시를 지었지요.

그 책들은 온 세계로 퍼져 나갔어요. 그 가운데 몇 권은 마침내 황제님의 손에도 들어왔어요. 황제님는 황금 의자에 앉아 그 책들을 읽고, 또 읽었어요. 황제님은 연방 고개를 끄덕였어요. 자기가 살고 있는 도시와 황궁과 정원이 아주 멋지게 표현되어 있었거든요.

하지만 뭐니 뭐니 해도 밤꾀꼬리가 최고다!

이렇게 쓰여 있었지요.

황제님이 말했어요.

"아니, 이게 무슨 말이야? 밤꾀꼬리라니! 나는 밤꾀꼬리 같은 건 모르는데! 내 제국에 그런 새가 살고 있다고? 그것도 내 정원에? 난 처음 듣는 이야기인데! 그런 이야기를 책을 읽고 비로소 알다니!"

황제님은 시종장을 불렀어요. 시종장은 지체 높은 집안 출신이라 자신보다 조금이라도 신분이 낮은 사람이 감히 용기를 내어 말을 걸거나 뭔가를 물어보려고 하면, 대꾸는 하지 않고 "흥!" 하고 콧방귀만 뀌었어요. 물론 그건 아무 뜻도 없었어요.

황제님이 말했어요.

"내 제국에 참으로 특이한 새가 한 마리 있다고 한다! 내 큰 제국에서 그 새가 최고라고 한다! 왜 내게 그런 이야기를 한 번도 하지 않았는가?"

"저는 들어 본 적이 없사옵니다! 그런 새는 황궁에 나타난 적이 없사옵니다!"

시종장이 말했어요.

"오늘 저녁에 그 새가 내 앞에서 노래를 부르게 하라! 내가 갖고 있는 것을 온 세상 사람들이 아는데 나만 모르고 있었다니!"

황제님이 말했어요.

"저는 그 새의 노랫소리를 들어 본 적이 없습니다! 하지만 꼭 찾아서 데려오겠습니다!"

시종장이 말했어요.

하지만 그 새를 어디에서 찾을 수 있을까요? 시종장은 계단을 올라가고 내려가고, 또 올라가고 내려간 다음, 홀과 복도를 뛰어갔어요. 그러나 새에 대해 말해 주는 사람은 한 사람도 만나지 못했지요. 시종장은 황제님에게 다시 달려가 책을 쓴 사람들이 만들어 낸 이야기가 틀림없을 것이라고 했어요.

"황제 폐하께서는 책에 쓰인 내용을 믿으시면 안 됩니다! 그건 모두 꾸며 낸 이야기입니다. 사람들이 '마법'이라고 부르는 것이지요!"

"하지만 내가 읽은 책은 일본의 위대한 황제가 보내 주신 것이다. 그러니 그 이야기는 거짓일 리가 없다. 난 밤꾀꼬리의 노랫소리를 기필코 들어야겠다! 저녁때까지 밤꾀꼬리를 이리로 데려오너라! 나는 그 새에게 최고의 은총을 내릴 것이다! 만일 그 새를 데려오지 않으면 신하들이 저녁 식사를 마치자마자, 한 사람도 빠짐없이 신하들의 배를 두들길 것이다!"

"칭-페!"

시종장이 말했어요. 그러고는 또다시 계단이란 계단은 죄다 올라가고 내려가고, 또 올라가고 내려간 다음, 홀과 복도를 하나도 남김없이 내달렸어요. 신하들의 절반도 시종장과 함께 뛰었지요.

배를 맞고 싶지 않았거든요. 그들은 온 세계가 다 알고 있는데 정작 궁정에서는 한 사람도 모르는, 그 신비한 밤꾀꼬리에 대해 사람들에게 묻고, 또 물었어요.

마침내 그들은 부엌에서 한 가난하고 어린 하녀를 만났어요.

하녀가 말했어요.

"아, 그 밤꾀꼬리! 저 그 새, 잘 알아요! 맞아요, 얼마나 노래를 잘하는데요! 매일 저녁, 저는 허락을 받고 식탁에 남은 음식을 가난하고 병든 어머니에게 조금씩 가져다 드려요. 어머니는 바닷가에서 살고 계세요. 집에 갔다 다시 황궁으로 돌아가려면 피곤해서 숲 속에서 쉬지요. 그럴 때면 으레 밤꾀꼬리 노랫소리가 들려요! 두 눈에서 눈물이 주르르 흐르지요. 꼭 우리 어머니가 제게 뽀뽀를 해 주시는 것 같아요!"

"어린 부엌 하녀야! 황제 폐하께서 오늘 저녁까지 그 밤꾀꼬리를 가져오라고 하셨다! 네가 우리를 그 밤꾀꼬리가 있는 곳으로 데려다 주면, 네게 부엌에 정식 일자리를 마련해 주고, 또 황제 폐하께서 식사하시는 것을 보도록 허락하겠다!"

시종장이 말했어요.

이렇게 해서 모두 함께 밤꾀꼬리가 노래를 부르는 숲으로 갔어요. 신하들의 절반이 함께 갔지요. 그들이 전속력으로 행진을 하고 있는데, 암소 한 마리가 음매 울기 시작했어요.

"오! 이제 찾았다! 저렇게 작은 동물의 몸 안에 그토록 신기한 힘이 있다니! 예전에 분명히 들어 본 적이 있어요!"

시종들이 말했어요.

"아니에요. 저건 암소가 우는 소리예요! 아직 가려면 멀었어요!"

부엌 하녀가 말했어요.

늪에서 개구리들이 개굴개굴 울어 댔어요.

"아, 아름답다! 밤꾀꼬리 노랫소리네. 사찰의 작은 종들이 울리는 것 같군."

황궁의 최고 승려가 말했어요.

"아니에요. 저건 개구리 소리예요! 하지만 조금만 있으면 밤꾀꼬리 소리를 들으실 수 있을 거예요!"

어린 부엌 하녀가 말했어요.

그때 밤꾀꼬리가 노래하기 시작했어요.

어린 부엌 하녀가 말했어요.

"저거예요! 잘 들어 보세요! 잘 들어 보세요! 저기 앉아 있어요!"

어린 부엌 하녀는 높은 나뭇가지들 사이에 앉아 있는 조그만 잿빛 새를 가리켰어요.

"아니, 이럴 수가! 저렇게 생겼으리라고는 상상도 못 했는데! 어쩌면 저렇게 평범하게 생겼을까! 제 빛깔을 잃은 게 분명해. 자기 앞에 고귀한 사람들이 있으니 그럴밖에!"

시종장이 말했어요.

어린 부엌 하녀가 큰 소리로 외쳤어요.

"작은 밤꾀꼬리야! 자비로우신 우리 황제님께서 네 노래를 듣고 싶어 하셔!"

"기꺼이 그렇게 할게!"

밤꾀꼬리가 말했어요.

사람들은 노랫소리를 듣고 무한한 기쁨을 느꼈어요.

시종장이 말했어요.

"꼭 유리 종 같은 소리가 나네! 노래하려고 애쓰는 저 작은 목 좀 보세요! 우리가 여태껏 이 노랫소리를 들어 보지 못한 게 도리어 이상할 정도네요! 밤꾀꼬리는 황궁에서 큰 성공을 거둘 겁니다!"

밤꾀꼬리가 물었어요.

"황제님 앞에서 한 번 더 노래를 불러야 하나요?"

밤꾀꼬리는 황제님도 그곳에 함께 왔다고 생각한 거예요.

"자그마하지만 대단히 훌륭하신 밤꾀꼬리님이시여, 밤꾀꼬리님을 오늘 저녁 황궁에서 열리는 연회에 기꺼이 초대하고자 합니다. 그곳에서 밤꾀꼬리님은 그 매혹적인 노래로 밤꾀꼬리님께 자비를 베푸신 황제 폐하를 깊이 감동시키실 겁니다!"

시종장이 말했어요.

"제 노래는 푸른 숲 속에서 가장 아름답게 들려요!"

밤꾀꼬리가 말했어요.

하지만 밤꾀꼬리는 황제님의 소원이라는 말을 듣고는 기꺼이 따라나섰어요.

황궁은 하나에서 열까지 모두 멋지게 꾸며져 있었어요. 도자기로 된 벽과 바닥은 수천 개나 되는 황금 등잔의 불빛을 받아 번쩍번쩍 빛이 났어요. 복도에는 맑은 종소리가 잘랑잘랑 나는, 무척 아름다운 꽃들이 놓여 있었어요. 누군가 뛰어간다거나 바람이라도 한 줄기 불면, 그 작은 종들은 일제히 잘랑거렸어요. 사람들은 자기가 말하는 소리도 귀에 들리지 않았지요.

황제님이 앉아 있는 커다란 홀 한가운데에는 황금 막대가 세워져 있었어요. 바로 밤꾀꼬리가 올라앉을 홰였지요. 대소 신하들이 한 사람도 빠짐없이 그곳에 모여 있었어요. 어린 부엌 하녀는 문 뒤에 서 있어도 좋다는 허락을 받았어요. 이제는 정식 요리사가 되었기 때문이지요. 모두들 갖고 있는 옷 중에서 최고로 화려한 옷을 차려입고 황제님이 연방 고개를 끄덕이며 바라보는 그 작은 잿빛 새를 주의 깊게 지켜보았어요.

밤꾀꼬리가 노래를 너무나 잘 부르자, 황제님의 두 눈에는 눈물이 글썽였어요. 눈물방울이 뺨으로 주르르 흘러내렸지요. 밤꾀꼬리는 한층 더 아름다운 목소리로 노래했어요. 모두들 가슴 깊이 감동을 받았지요. 황제님은 무척 기뻐하며 밤꾀꼬리에게 자신의 황금 슬리퍼 한 짝을 줄 테니 목에 걸고 다니라고 했어요. 하지만 밤꾀꼬리는 이미 사례는 충분히 받았다며 사양했어요.

"저는 황제님의 두 눈에 맺힌 눈물을 보았습니다. 그건 제게는 이 세상 그 무엇보다도 귀한 보물입니다! 황제님들의 눈물은 참으로 신비로운 힘을 지니지요! 정말이에요! 저는 충분히 보답을 받았습니다!"

밤꾀꼬리는 또다시 달콤한 천상의 목소리로 노래를 불렀어요.

"저렇게 사랑스럽게 애교를 부리는 건 처음 봐!"

주위에 있던 귀부인들과 상류층 집안의 아가씨들이 말했어요. 그들은 누군가 자신들에게 말을 걸면, 얼른 입가에 물을 가져갔어요. 물이 목으로 꼴깍꼴깍 넘어가는 소리를 내려고요. 자기네들도 밤꾀꼬리라고 생각한 거예요. 하인들과 시녀들은 자신들 역시 만족스럽다고 다른 사람을 통해 말했어요. 그건 정말 대단한 일이었어요. 하인들과 시녀들을 만족시키는 것만큼 어려운 일은 세상에 또 없었거든요. 그래요, 밤꾀꼬리는 모두로부터 찬사를 받았어요.

밤꾀꼬리는 이제 궁전에 머물러야 했어요. 새장도 생기고, 낮에 두 번, 밤에 한 번 산책도 갈 수 있었지요. 하인도 열두 명 생겼고요. 하인들은 모두 밤꾀꼬리의 다리에 비단 끈을 한 개씩 묶고는 꽉 쥐고 있었어요. 그런 식으로 산책을 간다는 것은 하나도 즐겁지 않았지요.

온 도시가 그 특이한 새에 대해 이야기를 했어요. 두 사람이 만나면, 한 사람은 딱 한마디만 했어요.

"밤!"

그러면 다른 한 사람은 "꾀꼬리!"라고(*'밤꾀꼬리'를 뜻하는 덴마크 어를 두 부분으로 나눌 경우, '밤'이란 단어와 '미친', '엄청난'이란 단어가 됨.) 대꾸했지요. 둘은 푸- 한숨을 내쉬었어요. 서로 마음이 통한 거예요. 코딱지만 한 식료품 가게의 아이들 열한 명은 모두 '밤꾀꼬리'로 이름 지어졌어요. 하지만 그 가운데 노래를 잘하는 아이는 한 명도 없었지요.

어느 날 황제님 앞으로 커다란 소포가 왔어요. 소포에는 '밤꾀꼬리'라고 쓰여 있었어요.

황제님이 말했어요.

"드디어 우리의 유명한 새에 대한 새로운 책이 나왔군!"

하지만 그건 책이 아니었어요. 상자 안에는 조그만 세공품이 들어 있었어요. 그건 인조 밤꾀꼬리였어요. 생김은 살아 있는 밤꾀꼬리와 똑같았는데, 온몸에 다이아몬드와 루비와 사파이어가 잔뜩 뒤덮여 있었지요. 이 인조 새는 태엽을 감으면, 진짜 밤꾀꼬리가 부른 노래 중 한 곡을 곧바로 부를 수 있었지요. 노래가 끝나면 꼬리가 위아래로 움직였어요. 꼬리에는 은과 금으로 번쩍이는 작은 띠가 한 개 걸려 있었는데, 거기에는 이렇게 쓰여 있었어요.

일본 황제의 밤꾀꼬리는 중국 황제의 밤꾀꼬리에 비하면 초라하다.

"정말 멋지다!"

모두 말했어요.

가짜 밤꾀꼬리를 가져온 사람은 그 자리에서 '황실 밤꾀꼬리 수석 전달자'라는 칭호를 얻었어요.

"이제부터는 둘이 함께 노래를 하는 거야. 기가 막힌 이중창이 되겠다!"

사람들이 말했어요.

그래서 둘은 함께 노래를 불러야 했어요. 하지만 잘 맞지 않았어요. 진짜 밤꾀꼬리는 자기 식으로 불렀고, 가짜 밤꾀꼬리는 태엽 상자에서 흘러나오는 노래를 불렀기 때문이에요.

"인조 새는 아무 잘못이 없습니다. 박자도 아주 잘 맞추고, 내가 가르치는 것과 꼭 같이 하네요!"

악단 단장이 말했어요.

이번에는 가짜 새 혼자 노래를 불러야 했어요. 가짜 새는 진짜 새만큼 큰 성공을 거두었어요. 게다가 겉모습은 훨씬 더 아름다웠지요. 가짜 새는 팔찌나 브로치처럼 반짝반짝 빛났어요.

가짜 새는 똑같은 노래를 서른세 번 불렀어요. 그런데도 조금도 피곤해하지 않았지요. 사람들은 그 새의 노래를 한 번 더 듣고 싶어 했어요. 그러나 황제님은 살아 있는 밤꾀꼬리 역시 조금만이라도 노래를 불러야 한다고 했어요. 하지만 밤꾀꼬리는 어디로 가 버린 걸까요? 아무도 그 새가 열린 창을 통해 자기가 살던 푸른 숲으로 날아간 걸 눈치채지 못했어요.

"아니, 이게 대체 어찌 된 일이냐?"

황제님이 말했어요.

황궁 사람들은 모두 욕을 하면서 밤꾀꼬리가 은혜를 너무 모르는 동물이라고 생각했어요.

"하지만 우리에게는 최고의 새가 있잖아요!"

황궁 사람들이 말했어요.

가짜 새는 한 번 더 노래를 불러야 했어요. 사람들은 무려 서른 네 번이나 똑같은 노래를 들었지요. 하지만 그 노래를 외울 수는 없었어요. 노래가 너무나 어려웠기 때문이에요. 악단 단장은 입에 침이 마르도록 인조 새를 칭찬했어요. 악단 단장은 가짜 밤꾀꼬리가 진짜 밤꾀꼬리보다 훨씬 낫다고 힘주어 말했어요. 옷이며 눈부시게 아름다운 다이아몬드만 그런 게 아니고 몸속도 그렇다고 했지요.

"여러분, 특히 황제 폐하! 제 말씀 좀 들어 보시기 바랍니다. 진짜 밤꾀꼬리의 경우에는 무슨 노래를 부를지 미리 알 수가 없는데, 인조 새의 경우에는 모든 게 정해져 있습니다! 단 한 번의 예외도 없이 언제나 그렇습니다! 모든 걸 명확하게 설명할 수 있지요. 새의 뱃속을 열어서 이 인조 새를 발명한 사람이 과연 그것을 어떻게 만들었는지를 알아보면 됩니다. 태엽 상자가 어떤 식으로 그 안에 들어 있는지, 태엽이 어떻게 움직이는지, 또 한 음, 한 음이 어떻게 이어져 나오는지를 말이에요!"

"내 생각하고 똑같네!"

사람들이 입을 모아 말했어요.

악단 단장은 다음 일요일에 인조 새를 백성들에게 보여 주어도 좋다는 허락을 받았어요. 황제님은 백성들에게 인조 새의 노랫소리를 들려주라고 했어요. 백성들은 인조 새가 부르는 노래를 듣고 무척 기분이 좋았어요. 차를 마시고 그 맛에 그만 도취한 것 같았지요. 안 그러면 중국인이 아니지요.

모두 똑같이 말했어요.

"아!"

백성들은 '맛보기꾼'이나 '주전부리꾼'이라고 불리는 손가락을 높이 쳐들고 고개를 끄덕였어요.

하지만 진짜 밤꾀꼬리 노랫소리를 들었던 가난한 어부들은 이렇게 말했지요.

"목소리가 참 곱네. 진짜 밤꾀꼬리와 비슷하기도 하고. 하지만 뭔가가 부족해. 잘은 모르겠지만 말이야!"

진짜 밤꾀꼬리는 그 나라에서 쫓겨나고 말았어요.

인조 새가 늘 있는 자리는 황제님 침대 바로 옆에 있는 비단 쿠션이었어요. 인조 새 주위에는 선물로 받은 황금과 보석이 주르르 놓여 있었어요. 인조 새는 '황제의 침대 옆 탁자 수석 가수'라는 직위를 맡게 되었어요. 황제님 왼쪽 첫 번째 자리에 오른 것이지요. 왜냐하면 황제님은 심장이 있는 쪽을 가장 고귀하다고 여겼기 때문이에요. 물론 황제님의 심장도 왼쪽에 있었지요.

악단 단장은 인조 새에 대한 책을 무려 25권이나 썼어요. 그 책들은 너무나도 유식하고, 너무나도 두껍고, 처음부터 끝까지 온통 최고로 어려운 한자로 쓰여 있었어요. 그런데도 사람들은 한결같이 말했지요. 자기네들은 그 책들을 다 읽었고, 무슨 말인지 다 알아들었다고요. 안 그러면 바보 취급을 당하고 배를 맞을 테니까요.

그렇게 1년이 지나갔어요. 황제님과 신하들과 백성들은 인조 새가 아무리 작은 소리로 꼬르륵거려도 모조리 외울 수 있었어요. 바로 이런 까닭에 인조 새는 사람들 마음에 쏙 들었지요. 사람들은 새와 함께 노래를 할 수 있었어요. 실제로 그렇게들 했지요.

길거리의 불량소년들은 이렇게 노래했어요.

"치치치! 꼬르륵-꼬르륵-꼬르륵!"

황제님도 똑같은 노래를 불렀어요. 아, 정말 모두들 기분이 참 좋았지요!

그러던 어느 날 저녁이었어요. 인조 새가 여느 때처럼 노래를 멋들어지게 하고, 황제님은 침대에 누워 그 노랫소리를 듣고 있었어요. 그런데 바로 그때 새의 몸속에서 "딸깍!" 소리가 났어요. 뭔가가 잡아당겨지면서 툭 끊어진 거예요!

"떼그르르르르!"

톱니바퀴들이 마구 헛돌더니 음악이 뚝 끊겼어요.

황제님은 침대에서 벌떡 일어나 황제 담당 주치의를 불러오라고 했어요. 하지만 의사가 무슨 말을 할 수 있었겠어요! 그러자 그들은 시계 수리공을 데려오라고 했어요. 시계 수리공은 이러쿵저러쿵 한참 말을 늘어놓고, 인조 새를 오랫동안 들여다본 뒤에 어느 정도 손을 보았어요. 하지만 앞으로는 인조 새를 조심조심 다루어야 한다고 했지요. 새 안에 있는 회전축 끝이 모두 닳아 버렸는데, 노래가 다시 나오도록 회전축을 새로 갈 수는 없다고 했어요. 모두 슬픔에 잠겼지요!

그 뒤로 인조 새의 노래는 일 년에 딱 한 번만 듣기로 했어요. 하지만 그것도 너무 자주 듣는 것이었지요. 그러나 악단 단장은 어려운 말을 잔뜩 쓰면서 한 차례 짤막하게 연설을 한 뒤, 말했어요. 예전과 다를 바가 하나도 없다고요. 사실 악단 단장의 말대로였어요.

5년이란 세월이 흘렀어요. 온 나라가 크나큰 슬픔에 잠겼어요. 왜냐하면 백성들은 황제님을 마음속 깊이 사랑했는데, 황제님이 아파서 오래 살지 못할 거라는 말이 돌았기 때문이에요. 새 황제도 이미 정해 놓았지요. 백성들은 길거리에 서서 시종장에게 황제님의 건강이 어떠냐고 물었어요.

"흥!"

시종장은 콧방귀를 뀌며 고개를 저었어요.

황제님은 차가운 몸에 창백한 얼굴로 크고 호화스러운 침대에 누워 있었어요. 신하들은 모두 황제님이 죽었다고 생각했어요. 그러고는 일제히 새로운 황제님에게 달려갔어요. 인사를 하려고요. 하인들은 수다를 떨기 위해 밖으로 뛰어나갔고, 시녀들은 모두 모여 커피를 마시면서 한바탕 신 나게 수다를 떨었어요.

발소리도 나지 않도록 모든 홀과 복도 주변에는 커다란 천을 깔아 놓았어요. 사방이 쥐 죽은 듯 고요했지요. 하지만 황제님은 아직 죽지 않았어요. 황제님은 창백한 얼굴로 기다란 우단 커튼과 두꺼운 금술이 북슬북슬 달린 화려한 침대에 누워 있었어요. 얼굴은 핼쑥하고, 몸은 장작처럼 뻣뻣했어요. 높은 창문 한 개가 열려 있었어요. 달빛이 그 사이로 들어와 황제님과 인조 새를 비추었어요.

불쌍한 황제님은 거의 숨을 쉴 수가 없었어요. 뭔가가 가슴 위에 올라타 앉아 있는 것 같았지요. 황제님은 눈을 떴어요. 죽음이 자기 가슴 위에 떡하니 앉아 있었지요. 죽음은 황제님의 황금 관을 쓰고, 한 손엔 황제님의 황금 칼을, 또 다른 손엔 황제님의 화려한 깃발을 들고 있었어요. 침대를 빙 둘러 드리워진 커다란 우단 커튼의 주름 사이사이에서는 이상하게 생긴 머리 여러 개가 쑥쑥 튀어나와 있었어요. 그 중 몇 개는 아주 흉측하게 생겼고, 나머지는 사랑스러울 정도로 온화해 보였어요. 그것들은 황제님이 지금

까지 했던 착한 일과 나쁜 일이었어요. 그것들은 모두 황제님을 내려다보고 있었어요. 죽음이 황제님의 심장 위에 앉아 있는 바로 지금요.

"너, 그거 생각나니? 아직도 기억나?"

착한 일들과 나쁜 일들 중의 하나가 다른 하나에게 속삭였어요. 착한 일들과 나쁜 일들은 황제님에게 아주 많은 이야기를 들려주었어요. 황제님의 이마에서는 식은땀이 주르르 흘러내렸어요.

"난 하나도 모르는 얘기야!"

황제님이 말했어요. 그러고는 외쳤어요.

"음악을 들려줘. 음악을! 중국의 큰 북을 울려라! 이놈들 말소리가 내 귀에 안 들리게!"

하지만 착한 일들과 나쁜 일들은 계속 떠들어 댔어요. 죽음은 그것들이 말할 때마다 고개를 끄덕였어요. 꼭 중국 사람 같았지요.

"음악! 음악!"

황제님이 외쳤어요.

"조그만 황금 새야, 노래 좀 불러! 노래를 하라고! 난 네게 금과 보석을 줬어. 네 목에 내 황금 슬리퍼도 걸어 줬고. 노래를 불러. 노래해!"

하지만 그 새는 가만히 있었어요. 태엽을 감아 줄 사람은 한 사람도 없었지요. 태엽을 감아 주지 않으면, 인조 새는 노래를 부르지 않았어요. 하지만 죽음은 커다랗고 텅 빈 듯한 퀭한 눈으로 황제님을 계속 뚫어져라 쳐다보았어요. 주위는 너무나도 고요했어요. 끔찍할 정도로 고요했지요.

바로 그 순간, 창문 바로 가까이에서 황홀할 정도로 아름다운 노랫소리가 들렸어요. 그건 살아서 숨 쉬는 조그만 밤꾀꼬리였어요. 굵은 나뭇가지 위에 앉아 있었지요. 밤꾀꼬리는 황제님이 몹시 아프다는 소식을 듣고 황제님에게 위로와 희망을 줄 수 있는 노래를 불러 주기 위해 그곳에 온 거예요. 노래가 이어질수록 그 이상한 형상들은 조금씩 조금씩 희미해졌어요. 황제님의 쇠약한 몸속에서 피가 다시 강물처럼 활기차게 흘렀어요. 죽음도 밤꾀꼬리의 노래를 귀 기울여 듣더니 말했어요.

"조그만 밤꾀꼬리야, 계속 불러! 더 불러!"

"알았어. 그럼 나한테 화려한 황금 칼을 줄 거야? 호화로운 깃발을 줄 거야? 황제님의 황금 관을 줄 거야?"

죽음은 밤꾀꼬리가 노래를 한 곡씩 부를 때마다 보물을 하나씩 선물했어요. 밤꾀꼬리는 계속 노래를 불렀어요. 밤꾀꼬리는 고요한 묘지에 대한 노래도 했어요. 그곳에는 새하얀 장미가 피고, 라일락 향기가 그득했어요. 그리고 파릇파릇한 풀은 유가족들이 흘리는 눈물에 촉촉하게 젖어들었지요. 죽음은 자기 정원에 가고 싶은 마음이 불같이 일었어요. 죽음은 차가운 하얀 안개처럼 둥실 떠서 창밖으로 휙 날아갔어요.

황제님이 말했어요.

"고마워, 고마워! 너무나도 아름다운 작은 새야, 난 너를 잘 알지! 내가 너를 내 땅과 내 제국에서 내쫓았었지! 그런데도 너는 노래로 내 침대에서 그 흉측한 얼굴들을 몰아냈구나. 내 가슴에 올라타고 있던 죽음을 쫓아 버린 거야! 네게 어떻게 사례를 할까?"

밤꾀꼬리가 말했어요.

"사례는 이미 하셨어요! 제가 처음에 노래했을 때, 황제님의 눈에 눈물이 고였잖아요. 그 눈물은 절대로 잊지 않을 거예요! 그 눈물이야말로 노래하는 이의 가슴을 기쁘게 하는 보석이지요! 하지만 이제는 눈 좀 붙이세요. 다시 기운도 차리고 건강해지세요! 노래를 불러 드릴게요!"

밤꾀꼬리는 노래를 불렀어요. 황제님은 달콤한 잠에 빠져들었어요. 아! 꿀같이 달콤하고 포근한 잠이었어요!

원기가 회복되고 건강을 되찾은 황제님이 잠에서 깨어나 눈을 뜨자, 창으로 햇살이 들어와 황제님을 비추었어요. 황제님의 하인들 중 돌아온 하인은 한 명도 없었어요. 모두 황제님이 죽었다고 생각한 거예요. 하지만 밤꾀꼬리는 여전히 황제님 곁에 앉아 노래를 불렀어요.

"늘 내 곁에 있어야 해! 노래는 네가 하고 싶을 때만 하면 돼. 가짜 새는 산산조각을 내 버릴 거야."

황제님이 말했어요.

"그러지 마세요! 그 새는 최선을 다했잖아요! 그러니까 그냥 두세요! 저는 이곳에 와 둥지를 틀고 살 수 없어요. 하지만 제가 오고 싶을 때는 언제든 올게요. 저녁 때 창가 나뭇가지에 앉아 황제님께 노래를 들려드릴게요. 황제님이 기분도 좋아지시고 사색에 잠기실 수 있도록이요. 저는 행복한 사람들에 대한 노래와 괴로워하는 사람들에 대한 노래를 할 거예요. 또 황제님 주위에 꼭꼭 숨어 있는 선과 악에 대한 노래도 부를 거예요! 고운 소리로 지저귀는 작은 새는 멀리 두루두루 날아다닐 거예요. 가난한 어부들에게도 가고, 농부들의 집에도 가고, 황제님과 황궁에서 멀리 떨어진 곳에 사는 그 모든 사람들에게도 갈 거예요. 저는 황제님이 쓰고 계신 황제관보다 황제님의 마음씨를 훨씬 더 사랑해요. 그런데 황제관 주위에서 왠지 거룩하고 성스러운 향기가 느껴져요! 황제님께 와서 꼭 노래 불러 드릴게요! 하지만 한 가지 약속해 주세요!"

"뭐든지 다 약속할게!"

황제님이 말했어요. 그러고는 자기 손으로 직접 옷을 입고 일어서더니 금으로 만들어진 무거운 칼을 잡았어요. 황제님은 가슴 쪽으로 가져갔어요.

"한 가지만 부탁드릴게요! 황제님에게 뭐든지 다 말하는 작은 새를 갖고 계시다는 말은 아무한테도 하지 마세요. 그러면 아무 문제 없으실 거예요!"

그렇게 말한 뒤, 밤꾀꼬리는 날아갔어요.

죽은 황제님을 보기 위해 하인들이 들어왔어요. 저런, 하인들은 그만 그 자리에 우뚝 멈춰 섰어요.

황제님이 말했어요.

"잘들 잤나?"

길동무

불쌍한 요한네스는 무척 슬펐어요. 아버지가 깊은 병에 걸려 죽게 되었거든요. 작은 방에는 딱 두 사람밖에 없었어요. 탁자 위에 놓인 등잔불은 거의 꺼져 가고 있었어요. 밤이 이슥했어요.

아버지가 말했어요.

"요한네스, 너는 착한 아들이야! 네가 앞으로 세상살이 할 때도 하느님이 꼭 도와주실 거야!"

아버지는 진지하면서도 부드러운 눈빛으로 요한네스를 지그시 바라보면서 숨을 깊이 들이쉬더니 돌아가셨어요. 꼭 잠을 자는 것 같았어요. 요한네스는 엉엉 울었어요. 이제 요한네스는 이 세상에서 달랑 혼자였어요. 아버지도, 어머니도, 누이도, 형제도 없었지요. 불쌍한 요한네스! 요한네스는 침대 가장자리에서 무릎을 꿇고 죽은 아버지의 손에 입을 맞추었어요. 요한네스는 뜨거운 눈물을 하염없이 흘렸어요. 하지만 마침내 두 눈이 감기면서 딱딱한 나무 침대 모서리에 머리를 올려놓은 채 스르르 잠이 들었어요.

요한네스는 참으로 이상야릇한 꿈을 꾸었어요. 해와 달이 요한네스 앞에서 몸을 굽혀 절을 했지요. 그리고 아버지가 다시 활기차고 건강한 모습으로 소리 내어 웃었어요. 기분이 무척 좋을 때면 늘 그랬었지요. 그리고 길고 탐스러운 머리칼에 황금 관을 쓴 한 아름다운 소녀가 요한네스에게 손을 내밀었어요.

그러자 아버지가 말했어요.

"네가 어떤 아가씨를 신부로 맞이했는지 좀 보렴! 네 신부는 이 세상에서 가장 아름답단다!"

그 순간, 요한네스는 잠에서 깨어났어요. 그 모든 아름다운 것은 죄다 사라져 버렸어요. 숨을 거둔 아버지는 싸늘한 몸으로 침대에 누워 있었어요. 그 집에는 아무도 없었지요.

그 다음 주에 요한네스의 아버지는 땅에 묻혔어요. 요한네스는 관 바로 뒤를 따랐어요. 요한네스는 자신을 그토록 사랑했던, 마음씨 고운 아버지를 다시는 볼 수 없었지요. 요한네스는 사람들이 관 위로 흙을 뿌리는 소리를 들었어요. 그리고 관의 마지막 한 귀퉁이도 보았지요. 하지만 삽질을 한 번 더 하자, 관은 완전히 사라져 버렸어요. 요한네스는 가슴이 갈가리 찢어지는 것 같았어요. 요한네스는 한없이 슬펐어요. 요한네스 주위에 있던 사람들이 찬송가를 한 곡 불렀어요. 노래가 너무나도 아름다워서 요한네스의 눈에 눈물이 맺혔어요. 요한네스는 울었어요. 그랬더니 슬픈 마음이 조금 안정되었어요. 태양이 푸른 나무들 위를 화사하게 비추고 있었어요. 해님은 이렇게 말하고 싶어 하는 것 같았어요.

"요한네스, 그렇게 슬퍼하면 안 돼! 하늘이 얼마나 아름다운지 보이지? 지금 저 위에 네 아버지가 계셔. 아버지는 하느님에게 네가 늘 잘 지내게 해 달라고 부탁드리신단다!"

요한네스가 말했어요.

"나는 언제나 착한 마음으로 살 거야. 그러면 나도 하늘에 계신 우리 아버지에게 갈 수 있을 거야. 우리가 다시 만나면 정말 기쁠 거야! 아버지에게 이야기해 드릴 게 정말 많을 거야. 그리고 아버지는 하늘나라에 있는 멋진 것들을 하나도 빠짐없이 나한테 가르쳐 주실 거야. 이 땅에서 살아 계실 때처럼 말이야. 아, 정말 기쁠 거야!"

요한네스는 아버지와 만날 일을 머릿속에 또렷이 그려 보았어요. 그러자 두 뺨 위로 눈물이 흘러내리면서도 입가에는 절로 미소가 피어났어요. 작은 새들은 여러 그루의 밤나무 높은 곳에 앉아 지저귀었어요.

"짹짹! 짹짹!"

작은 새들은 장례식을 보고 있었으면서도 기쁨에 넘쳤어요. 하지만 작은 새들은 그 죽은 남자가 이제는 저 위 하늘에 있고, 자기네 날개보다 훨씬 멋지고 큰 날개를 갖고 있다는 걸 잘 알고 있었어요. 또 그 남자가 이제는 행복하다는 것도 알고 있었고요. 그 남자는 이 땅에서 착하게 살고, 그 사실에 기뻐하고 만족했기 때문이지요. 작은 새들은 푸른 나무들을 떠나 세상을 향해 멀리 날아갔어요. 요한네스도 작은 새들과 함께 멀리 날아가고 싶은 마음이 굴뚝같았어요. 하지만 요한네스는 우선 아버지의 무덤에 세울 커다란 나무 십자가를 깎아 만들었어요.

저녁 무렵, 요한네스가 나무 십자가를 무덤가에 들고 갔더니 무덤이 모래와 꽃들로 꾸며져 있었어요. 그건 다른 사람들이 만들어 놓은 거였어요. 이제는 죽고 없는 선량한 아버지를 무척 좋아했기 때문이에요.

이튿날 이른 아침, 요한네스는 걸어서 세상을 여행하기 위해 자신의 작은 보따리를 싼 뒤, 아버지가 물려 준 유산 –50탈러(*옛 유럽에서 가장 널리 통용된 화폐.)와 은화 두 개– 전부를 허리띠 속에 고이 간직했어요. 하지만 요한네스는 길을 떠나기 전에 교회 묘지에 있는 아버지 무덤으로 가서 하느님에게 기도를 드린 뒤, 말했어요.

"사랑하는 아버지, 안녕히 계세요! 언제나 착한 사람이 될게요. 하느님에게 제가 무사히 잘 지낼 수 있게 해 달라고 기도해 주세요!"

요한네스는 들판을 따라 걸었어요. 그곳에는 온갖 꽃들이 따스한 햇살을 받으며 싱그럽고 아름답게 피어 있었어요. 바람이 불자, 꽃들은 요한네스에게 고개를 숙여 인사했어요. 이렇게 말하는 것 같았어요.

"초록 들판에 온 걸 환영해! 여기 예쁘지 않니?"

하지만 요한네스는 오래된 그 교회를 한 번 더 보려고 몸을 돌렸어요. 그 교회에서 요한네스는 어릴 적에 세례를 받았고, 일요일이면 나이 많은 아버지와 함께 예배도 드리러 갔고, 찬송가도 불렀지요.

요한네스는 탑 꼭대기에 있는 한 채광창에서 빨갛고 끝이 뾰족한, 테 없는 모자를 쓴 교회 난쟁이가 서 있는 것을 보았어요. 난쟁이는 구부러진 팔로 얼굴에 차양을 만들었어요. 만일 그렇게 하지 않았다면, 난쟁이는 햇볕에 눈이 멀어 버렸을 거예요. 요한네스는 난쟁이에게 고개를 끄덕이며 작별 인사를 했어요. 그러자 난쟁이는 빨간 모자를 흔들며 한 손을 가슴 위에 댔다가 손으로 입맞춤을 수없이 많이 보냈어요. 자신이 요한네스에게 크나큰 행운을 빌고, 행복한 여행길이 되기를 바란다는 것을 보여 주기 위해서였지요.

요한네스는 이제 드넓고 멋진 세상에서 아름다운 것들을 얼마나 많이 볼 수 있을까, 하고 상상하며 계속 갔어요. 마침내 요한네스는 여태껏 한 번도 가 보지 못한 곳에 이르렀어요. 요한네스는 지금 지나가고 있는 이 도시도, 또 이곳에서 만나는 사람들도 모두 낯설었어요. 요한네스는 완전히 외톨이였지요.

첫날 밤에 요한네스는 들판의 마른풀 더미 위에 누워 잠을 자야 했어요. 그것 말고는 달리 침대가 없었거든요. 하지만 요한네스는 그게 아주 멋지다고 생각했어요. 임금님도 그보다 더 멋진 침대는 갖지 못했지요. 시내, 건초 더미, 그 위로 펼쳐진 들판-푸른 하늘이 드리워져 있었지요.-은 그야말로 이루 말할 수 없이 아름다운 침실이었어요. 작은 빨간 꽃과 작은 하얀 꽃들이 핀 초록색 풀밭은 양탄자였고요. 라일락 숲과 들장미 덤불은 꽃다발이었고, 맑고 시원한 시내는 세숫대야였지요. 시냇가에는 갈대가 몸을 굽히면서 저녁 인사와 아침 인사를 했어요. 달은 저 높은 푸르른 천장에 매달린 커다란 등불, 그러니까 빛이 약한 침실용 등불과도 같았지요. 그 등불은 커튼을 태우지도 않았어요. 요한네스는 아주 편안히 잠을 잘 수 있었어요. 해가 뜨고, 주위에서 작은 새들이 일제히 다음과 같이 노래했을 때, 비로소 요한네스는 잠에서 깨어났어요.

"잘 잤니? 잘 잤어? 아직도 안 일어났어?"

예배를 알리는 종소리가 울려 퍼졌어요. 일요일이었거든요. 사람들은 목사의 설교를 듣기 위해 교회로 가고 있었어요. 요한네스도 그 사람들을 따라 교회에 가서 찬송가도 부르고, 하느님의 말씀도 들었어요. 세례를 받고, 아버지와 함께 찬송가도 부르던 그 오래된 교회에 있는 것만 같았어요.

교회 묘지에는 무덤이 아주 많았어요. 몇몇 무덤에는 풀이 마구 자라 있었어요. 요한네스는 아버지의 무덤이 떠올랐어요. 아버지의 무덤도 언젠가는 이 무덤들처럼 될 것 같았어요. 요한네스가 잡초도 뽑지 못하고, 제대로 꾸며 주지도 못하니까요. 그래서 요한네스는 무덤가에 쪼그리고 앉아 풀도 뽑고, 나무 십자가들도 바로 세워 주고, 바람에 날아가 버린 꽃다발들도 다시 제자리에 갖다 놓았어요. 그러고는 생각했어요.

'누군가 지금 우리 아버지 무덤에서 나와 똑같이 할 거야. 내가 할 수 없으니까!'

교회 묘지의 문 앞에서 한 늙은 거지가 목발에 의지해 서 있었어요. 요한네스는 그 거지에게 갖고 있던 은 동전 두 개를 준 뒤, 행복하고 만족한 마음으로 계속 넓은 세상으로 나아갔어요.

저녁 무렵, 무시무시한 천둥이 치면서 비가 내렸어요. 요한네스는 안전한 곳을 찾아 발걸음을 재촉했어요. 하지만 곧 어두운 밤이 되었어요. 마침내 요한네스는 언덕 위에 호젓이 있는 한 작은 교회에 닿았어요. 다행히도 문은 빗장이 걸려 있지 않고 빼꼼히 열려 있었어요. 요한네스는 살그머니 교회 안으로 들어갔어요. 요한네스는 폭풍우가 지나갈 때까지 그곳에 머물기로 했어요.

요한네스가 말했어요.

"구석에 앉아야지! 꽤 피곤하니까 조금 쉬어야겠다."

요한네스는 구석에 앉아 두 손을 모으고 저녁 기도를 외운 뒤, 어느새 잠이 들어 꿈을 꾸었어요. 밖에서는 번개가 번쩍이고, 천둥이 울렸지요.

요한네스가 눈을 떴을 때는 한밤중이었어요. 하지만 폭풍우는 이미 멎은 뒤였고, 창으로 새어 들어온 달빛이 요한네스를 비추고 있었어요. 교회 한복판에는 뚜껑이 열려 있는 관이 하나 있었어요. 관 속에는 한 남자가 죽은 채 누워 있었어요. 그 남자는 아직 땅속에 묻히지 않았던 거예요. 하지만 요한네스는 하나도 무섭지 않았어요. 양심에 거리낄 것도 없었고, 또 죽은 사람들은 아무에게도 나쁜 짓을 하지 않는다는 것을 잘 알고 있었기 때문이에요. 나쁜 짓을 하는 건 살아 있는, 나쁜 사람들이지요. 그런 사람 두 명이 그 죽은 남자 바로 옆에 서 있었어요. 무덤에 묻기 전에 교회에서 장례를 치르기 위해 뉘여 놓은 그 시체 옆에요. 그 둘은 그 죽은 남자에게 나쁜 짓을 하려고 했어요. 시신을 그냥 관에 두지 않고 교회 문 밖으로 던져 버리려고 했지요. 그 불쌍한 죽은 남자를요.

요한네스가 물었어요.

"왜 그렇게 하려는 거예요? 그건 나쁘고 못된 짓이에요. 그 사람을 예수님의 이름으로 편히 잠들게 하세요!"

그러자 흉악한 두 사람이 말했어요.

"허튼소리 하지 마! 이 녀석은 우리를 속였어! 우리한테 빚이 있었는데 갚을 수가 없었지. 그런데 이렇게 죽어 버렸으니 이제 우리는 한 푼도 받을 수가 없게 됐어. 그래서 확실하게 복수를 하려는 거야. 저자는 개처럼 교회 문 앞에서 누워 있어야 해!"

요한네스가 말했어요.

"나는 50탈러밖에 없어요! 상속 받은 전 재산이에요. 하지만 아저씨들이 이 불쌍한 죽은 남자를 가만히 내버려 둔다고 진심으로 약속하면, 기꺼이 그 돈을 몽땅 드릴게요. 나는 돈 없이도 잘 살아갈 수 있을 거예요. 나는 건강하고 힘센 팔다리도 있고, 또 하느님이 언제나 나를 도와주시거든요."

흉측하게 생긴 그 사람들이 말했어요.

"좋아. 네가 이 사람의 빚을 선뜻 갚아 준다면, 이 사람한테 아무 짓도 하지 않을게. 믿어도 돼!"

둘은 요한네스가 주는 돈을 받아들고는 요한네스의 착한 마음을 큰 소리로 비웃으며 자기네 갈 길을 떠났어요. 하지만 요한네스는 시신을 다시 관 속에 잘 누여 놓고, 두 손을 가지런히 모아 준 다음, 작별 인사를 건네고는 흐뭇한 마음으로 커다란 숲을 가로질러 갔어요.

주위에는 달빛이 나무들 사이사이로 비추고 있었어요. 요한네스는 귀여운 작은 요정들이 아주 재미있게 놀고 있는 광경을 보았어요. 요정들은 스스럼없이 계속 놀았어요. 요한네스가 착하고, 티 없이 맑고 깨끗한 사람이라는 걸 잘 알고 있었거든요. 요정들을 볼 수 없는 사람들은 나쁜 사람들이었지요. 몇몇 요정은 키가 손가락만 했고, 긴 금발머리는 황금 빗을 꽂아 틀어 올리고 있었어요. 요정들은 둘씩 짝을 지어 이파리나 키 큰 풀 위에 송알송알 맺혀 있는 커다란 이슬방울 위에서 시소를 타고 있었어요. 이따금씩 이슬방울이 또르르 굴러 떨어지면, 요정들은 기다란 풀줄기들 사이로 콩 떨어졌어요. 그러면 다른 요정들이 한바탕 웃으면서 왁자지껄 소동이 일어났지요. 정말 재미있는 광경이었지요! 요정들은 노래를 불렀어요. 모두 요한네스가 어렸을 적 배웠던 노래들이었어요. 요한네스는 그 아름다운 노래들이 전부 생생하게 기억났어요.

머리에 은관을 쓴, 커다랗고 알록달록한 거미들은 한 덤불에서 다른 덤불에 이르는 기다란 줄다리와 궁전을 지어야 했어요. 줄다리와 궁전 위로 맑고 고운 이슬이 떨어져 밝은 달빛을 받으면 유리처럼 반짝였어요. 이 모든 숲 속의 광경은 해가 뜰 때까지 계속되었어요. 동이 트자, 요정들은 꽃봉오리 속으로 살금살금 기어들어갔어요. 그리고 바람은 거미들이 지어 놓은 다리들과 성들에 그만 걸려들었어요. 그러자 다리들과 성들은 온데간데없었어요. 다리들과 성들은 커다란 거미줄 뭉치로 변해 바람에 휙 날아가 버렸지요.

요한네스가 숲을 벗어났을 때 힘찬 남자 목소리가 뒤에서 들렸어요. 요한네스를 부르고 있었지요.

"어이, 친구! 어디로 여행 가는 거야?"

요한네스가 말했어요.

"넓은 세상으로 가는 거예요! 저는 아버지도 어머니도 안 계세요. 가난한 젊은이지요. 하지만 하느님이 잘 도와주실 거예요!"

낯선 남자가 말했어요.

"나도 넓은 세상으로 가! 우리, 함께 갈까?"

요한네스가 말했어요.

"그래요, 좋아요!"

두 사람은 함께 계속 걸어갔어요. 얼마 가지 않아 둘은 서로 금세 친해졌어요. 둘 다 마음씨가 착했거든요. 하지만 요한네스는 그 낯선 사람이 자신보다 훨씬 더 총명하다는 걸 눈치챘어요. 그 사람은 거의 전 세계를 돌아다녔던 터라 어떤 것이든 이야기를 척척 했지요.

두 사람이 아침을 먹으려고 커다란 나무 밑에 앉았을 때는 이미 해가 높이 떠 있었어요. 그때 한 할머니가 다가왔어요. 아, 그 할머니는 굉장히 늙고, 완전히 꼬부라진 허리로 걷고 있었어요. 할머니는 지팡이를 짚고 숲 속에서 모은, 작은 마른 나뭇가지 한 다발을 등에 지고 있었어요. 할머니의 앞치마는 위로 질끈 동여매져 있었어요. 요한네스는 고사리와 버들가지로 만든 회초리 세 개가 앞치마 밖으로 삐죽 나와 있는 것을 보았어요. 할머니는 두 사람 바로 앞에 왔을 때, 한쪽 발이 미끄러지면서 넘어졌어요. 할머니는 비명을 질렀어요. 한쪽 다리가 부러진 거예요. 불쌍한 늙은 할머니.

요한네스는 낯선 사람과 함께 할머니를 집에 옮겨 주어야겠다고 생각했어요. 하지만 그 낯선 사람은 자기 배낭을 열고 작은 통 한 개를 꺼내더니 말했어요. 할머니 다리를 곧바로 낫게 해 줄 연고가 있으니 할머니 혼자서 집에 갈 수 있을 거라고요. 언제 다리가 부러졌나, 싶을 거라고 했지요. 하지만 낯선 사람은 할머니에게 앞치마 속에 있는 회초리 세 개를 달라고 했어요.

“약값치곤 세군!”

할머니가 말했어요. 그러고는 아주 이상야릇한 모습으로 고개를 끄덕였어요. 하지만 다리가 부러진 채 거기 그대로 누워 있는 것보다는 나았지요. 그래서 할머니는 낯선 사람에게 회초리 세 개를 주었어요. 낯선 사람이 연고를 할머니의 다리에 바르자마자, 늙은 할머니는 벌떡 일어나 아까보다 훨씬 잘 걸어갔어요. 다 연고 덕분이었지요. 하지만 그 연고는 약방에서는 구할 수 없는 연고였어요.

"이 회초리로 뭐 할 거예요?"

요한네스가 길동무에게 물었어요.

"이건 멋진 꽃다발이야! 난 이게 아주 좋아. 난 좀 웃기는 놈이거든!"

낯선 사람이 말했어요.

두 사람은 꽤 먼 거리를 걸어갔어요.

"저기 좀 보세요. 하늘에 뭔가 시꺼먼 게 서서히 다가오고 있어요! 무시무시한 먹구름이네요!"

요한네스는 곧장 앞을 가리키며 말했어요.

"아냐. 저건 구름이 아냐. 저건 산들이야. 저런 높은 산에 오르면 구름이 발치에 있고 공기도 맑아. 정말 멋진 산들이지! 내 말 믿어도 돼! 내일이면 우리는 틀림없이 아주 멀리 가 있을 거야. 넓은 세상 속에 있는 거지!"

길동무가 말했어요.

산은 보기보다 멀었어요. 두 사람은 꼬박 하루 동안 행진을 한 뒤에야 비로소 산에 닿았어요. 그곳에는 시꺼먼 숲들이 하늘까지 울창했고, 도시 하나만큼 커다란 바위들도 있었어요. 산을 넘는 것은 무척 힘들 것 같았어요. 그래서 요한네스와 길동무는 우선 푹 쉬고, 내일 행진에 필요한 힘을 얻으려고 어느 여관에 들어갔어요.

여관 1층에 있는 넓은 술집에는 굉장히 많은 사람들이 모여 있었어요. 그곳에 인형극을 보여 주는 한 남자가 와 있었거든요. 그 남자는 막 자신의 자그마한 무대를 설치하고 있었고, 사람들은 인형극을 보기 위해 무대 주위에 빙 둘러앉았어요. 하지만 제일 앞자리에는 나이 많고 뚱뚱한 푸줏간 주인이 앉아 있었어요. 그 자리가 최고로 좋은 자리였지요. 푸줏간 주인의 덩치 큰 불도그는 –아, 그 개는 사람을 잘 물 것 같았어요!– 주인 옆에 떡하니 앉아 다른 사람들과 똑같이 눈을 동그랗게 뜨고 있었어요.

드디어 연극이 시작되었어요. 왕과 왕비가 나오는 아기자기한 연극이었어요. 아주 멋진 옥좌에 왕과 왕비가 머리에 황금 관을 쓰고, 옷자락이 긴 옷을 입고 앉아 있었어요. 왕과 왕비는 그런 옷을 입을 만큼 부자였지요. 유리 눈에 커다란 나비수염과 커다란 턱수염을 단 앙증맞은 나무 인형들이 방 안에 맑은 공기가 들어가도록 모든 방문 앞에 서서 문을 열었다 닫았다 했어요. 너무나 사랑스럽고 조금도 슬프지 않은 연극이었어요.

하지만 왕비가 자리에서 일어나 무대 위를 걸어가려고 하는 바로 그 순간, –덩치 큰 불도그가 도대체 무슨 생각을 했는지는 하느님만 아실 거예요.– 덩치 큰 불도그가 무대 위로 껑충 뛰어올랐어요. 뚱뚱한 푸줏간 주인이 개 끈을 매지 않았거든요. 불도그는 왕비의 호리호리한 허리를 덥석 물었어요. "우지끈 뚝뚝" 소리가 났어요! 정말 끔찍했지요!

인형극을 공연하던 그 불쌍한 남자는 기겁을 하고는 왕비의 죽음을 슬퍼했어요. 왕비는 그 남자가 갖고 있던 인형들 중에서 가장 예쁜 인형이었거든요. 그런데 치 떨리게 미운 그 불도그가 왕비 인형의 목을 꽉 물어뜯은 거예요. 잠시 뒤 사람들이 모두 돌아가자, 요한네스와 함께 온 그 낯선 사람은 왕비 인형을 말끔히 고쳐 줄 수 있다고 했어요. 그러고는 작은 통을 꺼내더니 할머니의 다리가 부러졌을 때 발라 주었던 바로 그 연고를 왕비 인형에게 쓱쓱 발라 주었어요. 인형에게 연고를 바르자마자, 인형은 곧바로 원래대로 돌아왔어요. 왕비 인형은 혼자서 팔다리를 움직일 수도 있었어요. 사람이 그 인형에 달린 끈을 잡아당길 필요도 없었지요. 인형은 꼭 살아 있는 사람 같았어요. 말만 못 할 뿐이었지요. 작은 인형 극장 주인은 뛸 듯이 기뻐했어요. 이제는 그 인형의 줄을 붙잡고 있지 않아도 되었지요. 인형은 혼자 춤도 출 수 있었어요. 어떤 인형도 그렇게 하지 못했어요.

밤이 되어 여관에 있는 사람들이 모두 잠자리에 들었을 때, 누군가 땅이 꺼져라 한숨을 내쉬었어요. 한숨 소리가 멎지 않자, 도대체 누가 그렇게 깊디깊은 한숨을 내쉬는지 알아보려고 모두들 자리에서 일어났어요. 연극 공연을 했던 그 남자는 자신의 작은 극장으로 갔어요. 그곳에서 한숨 소리가 들려왔기 때문이에요. 나무 인형들이 모두 뒤죽박죽으로 섞여 누워 있었어요. 왕, 그리고 모든 시종들과 호위병들이요. 바로 그 인형들이 그토록 애처롭게 한숨을 폭폭 내뿜으며 커다란 유리 눈으로 앞만 노려보고 있었지요. 인형들은 왕비처럼 혼자 제힘으로 움직일 수 있게 연고를 조금만이라도 바를 수만 있다면 소원이 없겠다, 하고 생각했기 때문이에요. 왕비는 무릎을 꿇고 눈부시게 아름다운 자신의 황금 관을 건네며 부탁했어요.

"이걸 받게. 대신 내 남편과 내 신하들에게 연고를 발라 주게!"

극장과 인형들을 갖고 있던 그 불쌍한 남자는 그만 울음을 터뜨렸어요. 왕비가 정말 딱했지요. 그 남자는 길동무에게 자신이 갖고 있는 인형들 중 특히 예쁜 인형 네다섯 개에 연고를 발라 준다면, 내일 저녁 공연으로 벌어들인 돈을 몽땅 주겠다고 선뜻 약속했어요. 하지만 길동무는 인형극 극장 주인이 허리춤에 차고 있는 큰 칼 하나만 갖고 싶다고 했어요. 칼을 건네받은 길동무는 여섯 개의 인형에게 연고를 발라 주었어요. 그러자 인형들은 곧바로 춤을 추었어요. 어찌나 춤을 귀엽게 추던지 그 인형들을 바라보고 있던 하녀들, 그러니까 살아 있는 인간 하녀들도 함께 춤을 추기 시작했어요. 마부와 여자 요리사도 춤을 추고, 손님 시중을 드는 남자 하인과 여관 방 청소를 하는 여자, 모든 손님들, 석탄 푸는 삽과 부젓가락도 춤을 추었지요. 하지만 삽과 부젓가락은 한 번 껑충 뛰어올랐다가 그만 바닥에 나동그라졌지요. 아, 정말 즐거운 밤이었어요.

이튿날 아침, 요한네스와 길동무는 그들 모두를 떠나 높은 산 여러 개를 오르고, 커다란 전나무 숲들을 가로질러 갔어요. 산을 어찌나 높이 올랐던지 교회 탑들이 까마득히 발아래로 내려다보이는 푸른 들판의 작은 빨간 딸기처럼 보였어요. 그리고 아주 멀리까지 보였어요. 두 사람이 한 번도 가 보지 못한 수 마일 밖까지도 훤히 보였지요. 요한네스는 여태껏 이토록 아름다운 세상을 그 모습 그대로 통째로 본 적이 없었어요. 태양은 맑고 푸른 하늘에서 아주 따스하게 내리쬐고 있었고, 산과 산 사이에서는 사냥꾼들이 사냥 나팔을 부는 소리가 들렸어요. 어찌나 아름답고 웅장하던지 요한네스의 눈시울에 기쁨의 눈물이 어렸지요. 요한네스는 더 는 참지 못하고 이렇게 말했어요.

"선량하신 하느님! 우리 모두에게 이토록 자비로우시고, 또 우리 모두에게 이 세상에 있는, 이토록 아름다운 것을 선물하셨군요. 할 수만 있다면 하느님에게 뽀뽀를 해 드리고 싶어요!"

길동무 역시 두 손을 모으고 서서 따스한 햇살을 받고 있는 숲과 도시들을 바라보고 있었어요. 그때 갑자기 둘의 머리 위에서 굉장히 아름다운 소리가 울려 퍼졌어요. 두 사람은 위를 올려다보았어요. 크고 하얀 백조 한 마리가 두둥실 하늘을 날아가고 있었어요. 백조는 무척 아름다웠고, 그 두 사람이 여태껏 들어 본 적이 없는 아름다운 소리로 노래를 부르고 있었어요. 하지만 백조의 노랫소리는 점점 희미해졌어요. 백조는 고개를 푹 숙인 채 아주 서서히 두 사람의 발밑으로 툭 떨어졌어요. 그러고는 그대로 죽어 버렸어요. 그 아름다운 새가요.

길동무가 말했어요.

"날개가 참 아름답네. 이렇게 크고 하얀 날개는 제법 값어치가 나갈 거야. 내가 가져야지! 내가 칼을 얻어 오길 잘했지?"

길동무는 죽은 백조에게서 날개 두 개를 한칼에 잘라 냈어요. 길동무는 백조 날개를 갖고 싶어 했어요.

두 사람은 산 여러 개를 넘고 넘었어요. 수 마일을 걸었지요. 마침내 두 사람의 눈앞에 큰 도시가 그 모습을 드러냈어요. 그곳에는 백 개도 넘는 탑들이 햇볕을 받아 은빛으로 반짝반짝 빛나고 있었어요. 도시 한복판에는 화려한 대리석 성이 우뚝 서 있었어요. 붉은빛을 띤 황금으로 지붕을 올린 이 성에는 임금님이 살고 있었지요.

요한네스와 길동무는 곧바로 그 도시로 들어가지 않고, 교외에 있는 여관에서 머물기로 했어요. 좀 모양을 내고 도시로 가고 싶었기 때문이에요. 여관 주인은 두 사람에게 임금님은 매우 선량한 분이라 그 어떤 사람에게도 나쁜 짓을 하지 않는다고 했어요. 하지만 임금님의 딸은 절대로 그렇지 않다고 했어요. 공주는 사악하다고 했어요. 그런데 아름답다고 했어요. 그 누구도 공주님만큼 아름답고 귀엽지 않았지요. 하지만 그게 다 무슨 소용이 있겠어요?

공주는 성격이 못되고 사악한 마녀였어요. 수없이 많은 아름다운 왕자들이 바로 그 공주 때문에 목숨을 잃었지요. 공주는 누구든 자신에게 청혼하는 것을 허락했어요. 왕자든 거지든 아무 상관없었어요. 공주에게 청혼을 하는 사람은 공주가 물어보는 세 가지를 알아맞혀야 했어요. 만일 모두 맞히면 공주는 그 남자와 결혼을 하겠다고 했어요. 그리고 공주의 아버지가 죽으면, 그 남자는 그 나라 전체를 다스리는 임금님이 되는 것이었지요. 하지만 청혼자가 만일 그 세 가지를 맞히지 못하면, 공주는 그 남자를 교수형에 처하라고 하든가 뎅거덩 목을 베라고 했어요. 아름다운 공주는 그렇게 못되고 사악했어요.

공주의 아버지인 나이 많은 임금님은 이 일로 해서 너무나도 슬펐어요. 하지만 공주에게 그렇게 사악한 짓을 하지 못하도록 막지는 못했어요. 왜냐하면 임금님은 어떤 사람이 공주에게 구혼하든 일절 참견하지 않을 테니 공주가 하고 싶은 대로 해도 된다고 말을 한 적이 있기 때문이에요.

성을 찾아온 왕자들은 공주를 아내로 얻기 위해 답을 맞혀야 했는데, 맞히지 못하면 어김없이 교수형을 당하거나 목이 잘렸어요. 궁정 사람들은 왕자들에게 구혼을 단념하라고 경고했어요. 불행한 일이 끊이지 않자, 늙은 임금님은 크나큰 슬픔에 잠겼어요. 그래서 자신의 모든 병사들과 함께 일 년에 한 번 날을 잡아 온종일 무릎을 꿇고 공주가 부디 착한 사람이 되게 해 주십사고 기도를 드렸어요. 하지만 공주는 눈곱만큼도 그렇게 되고 싶은 생각이 없었지요. 할머니들은 화주를 마실 때 화주의 색깔을 새까맣게 만들어서 마셨어요. 할머니들은 이런 식으로나마 왕자들의 죽음을 슬퍼한 거예요. 달리 할 수 있는 일이 없었지요.

요한네스가 말했어요.

"정나미가 뚝 떨어지는 공주네! 회초리로 좀 맞아야겠군. 그러면 정신을 차릴 텐데. 내가 만일 그 늙은 임금님이라면, 온몸에 시퍼렇게 피멍이 들게 때려 줄 거야!"

그때 밖에서 사람들이 만세를 외치는 소리가 들렸어요. 공주가 그곳을 지나가고 있었던 거예요. 공주는 정말 눈부시게 아름다웠어요. 사람들은 모두 공주가 얼마나 사악한지를 새까맣게 잊어버렸어요. 그래서 사람들은 만세를 불렀어요. 새하얀 비단 옷을 입고 황금빛 튤립을 한 송이씩 손에 든 열두 명의 아름다운 처녀들이 칠흑같이 검디검은 가라말을 타고 두 사람 옆을 지나갔어요. 공주도 눈처럼 새하얗고 다이아몬드와 루비로 장식한 준마를 직접 몰고 있었어요. 공주의 승마복은 순금으로 만들어져 있었고, 손에 쥐고 있는 채찍은 마치 햇살같이 빛났지요. 또한 머리에 쓴 황금 관은 하늘의 별처럼 반짝였고, 망토는 천 개 이상의 이루 말할 수 없이 아름다운 나비 날개를 꿰매 바느질한 것이었어요. 하지만 공주는 입고 있는 옷보다도 훨씬 아름다웠어요.

요한네스는 공주를 본 순간, 얼굴이 새빨갛게 달아올라 한마디도 할 수가 없었어요. 공주는 요한네스의 아버지가 죽던 날 밤, 요한네스가 꿈에서 본 바로 그 황금 관을 쓴 아름다운 아가씨와 똑같았어요. 요한네스는 공주가 눈부시게 아름답다고 생각했어요. 요한네스는 공주를 차츰차츰 사랑하게 되었지요. 그리고 공주가 자신이 내는 수수께끼를 알아맞히지 못하는 사람들의 목을 매달거나 머리를 베어 죽이는 사악한 마녀라는 것은 절대로 사실일 리가 없다고 생각했어요.

"누구든 공주에게 청혼할 수 있다고 했겠다. 아주 가난한 거지라도 말이야. 나는 성에 갈 거야. 안 그러면 못 참을 것 같아!"

모두들 요한네스에게 그렇게 하면 안 된다고 했어요. 요한네스에게도 다른 사람들과 똑같은 일이 일어날 것이라고 했지요. 길동무도 요한네스를 타이르며 말렸어요. 하지만 요한네스는 틀림없이 일이 잘 풀릴 것이라고 하면서 구두를 반들반들 윤나게 닦고, 웃옷을 솔질하고, 얼굴과 손을 씻고, 아름다운 금발머리를 빗은 다음, 달랑 혼자서 도시에 있는 성으로 갔어요.

"들어오너라!"

요한네스가 성문을 두드리자, 임금님이 말했어요.

요한네스가 성문의 손잡이를 돌려서 문을 열자, 늙은 임금님은 덧옷 차림에 수를 놓은 슬리퍼를 신고 요한네스에게 다가왔어요. 임금님은 머리에 황금 관을 쓰고, 한 손에는 임금님 지팡이를 쥐고, 다른 한 손에는 십자가가 달린 황금 공을 들고 있었어요.

임금님이 말했어요.

"잠시만 기다리거라!"

임금님은 요한네스에게 손을 내밀기 위해 황금 공을 옆구리에 꼈어요. 하지만 임금님은 요한네스가 공주에게 청혼을 하러 왔다는 말을 듣자마자 엉엉 울었어요. 그 바람에 임금님 지팡이와 황금 공이 바닥에 떨어졌지요. 임금님은 덧옷으로 눈물을 닦아야 했어요. 불쌍한 늙은 임금님!

임금님이 말했어요.

"그만두거라! 네게도 다른 사람들과 똑같이 흉한 일이 일어날 거야. 이리 와서 좀 보거라!"

임금님은 요한네스를 산책하기 좋게 꾸며진 공주의 정원으로 데려갔어요. 아, 그곳은 너무나 끔찍했어요! 나무 꼭대기마다 서너 명의 왕자가 대롱대롱 매달려 있었어요. 공주에게 청혼했지만, 공주가 낸 수수께끼를 하나도 맞히지 못한 왕자들이었어요. 바람이 쏴 불 때마다 해골들이 덜커덩덜커덩 흔들려서 새들은 소스라치게 놀라 두 번 다시 그 정원에 올 생각을 하지 못했어요. 꽃이란 꽃은 모두 사람들의 뼈에 높이 매달아 놓았지요, 그리고 화분에는 죽은 사람들의 머리가 꽂혀 있었는데, 모두 경멸하는 듯한 미소를 짓고 있었어요. 물론 이 정원은 공주의 정원이었어요!

임금님이 말했어요.

"잘 봤겠지! 네 앞날도 여기 있는 사람들과 똑같을 거야. 그러니 뜻을 접거라. 너 때문에 내 마음이 정말 편치 않구나. 내 말을 명심하거라!"

요한네스는 선량하고 늙은 임금님의 손에 입맞춤을 한 뒤, 자신은 아름다운 공주를 무척 사랑하니까 다 잘될 거라고 했어요.

바로 그때 말을 탄 공주가 시녀를 모두 거느리고 성의 안뜰로 들어왔어요. 임금님과 요한네스는 뜰로 나가 공주에게 인사를 했어요. 공주는 눈부시게 아름다웠어요. 공주는 요한네스에게 손을 내밀었어요. 요한네스는 공주를 더욱더 사랑하게 되었어요. 공주는 사람들이 말하는 것처럼 못되고 사악한 마녀일 리 만무했어요. 그들은 홀로 올라갔어요. 귀족 신분의 어린 시동들이 그들에게 잼과 커다란 호두 모양의 과자를 내왔어요. 하지만 늙은 임금님은 너무나도 슬퍼서 아무것도 먹을 수 없었어요. 더구나 호두 모양의 과자는 임금님에게는 너무 딱딱했지요.

요한네스는 다음날 아침에 성에 다시 와야 했어요. 재판관들과 고문관들이 모두 모여 요한네스가 어떻게 답을 알아맞히는지 지켜보는 것이지요.

무사히 맞힐 경우, 요한네스는 두 번 더 와야 했지요. 하지만 지금까지 첫 번째 문제를 알아맞힌 사람은 한 명도 없었어요. 그래서 모두 목숨을 잃어야 했지요.

요한네스는 자신에게 어떤 일이 벌어질지를 생각하면서도 조금도 슬프지 않았어요. 슬프기는커녕 아주 뿌듯했지요. 요한네스는 아름다운 공주만 생각했어요. 그리고 하느님이 또다시 도와주실 거라고 굳게 믿었어요. 하지만 어떻게 도와주실지는 몰랐어요. 요한네스는 그 일에 대해서는 생각하고 싶지도 않았어요. 요한네스는 춤을 추는 듯한 가벼운 발걸음으로 시골길을 걸어 길동무가 기다리고 있는 여관으로 돌아왔어요.

요한네스는 공주가 자신에게 얼마나 정중하게 대해 주었는지, 또 공주가 얼마나 아름다웠는지를 지칠 줄 모르고 얘기하고, 또 얘기했어요. 요한네스는 어서 빨리 다음날이 되어 성에 가서 답을 맞히면서 자신의 행운을 시험해 보고 싶었어요.

하지만 길동무는 고개를 절레절레 흔들었어요. 그러고는 아주 슬픈 표정을 지으며 말했어요.

"난 네가 정말 좋단다! 우리는 앞으로도 오랫동안 함께 있을 수도 있을 텐데. 하지만 너를 벌써 잃게 생겼구나. 불쌍하고 사랑스러운 요한네스, 울고 싶은 마음이 굴뚝같지만 우리의 마지막 밤이 될지도 모르는 오늘 밤에 네 기쁜 마음을 망치고 싶지 않구나. 오늘 밤은 즐겁게 보내자. 정말 신 나게 말이야! 우는 건 내일, 네가 떠난 뒤에 해도 되니까!"

그 도시에 사는 사람들은 새 구혼자가 공주에게 왔다는 소식을 듣고는 모두 크나큰 슬픔에 잠겼어요. 극장은 문을 닫고, 케이크를 만드는 여자들은 아기돼지설탕과자에 검은 헝겊을 묶어 주었고, 임금님과 성직자들은 교회에서 무릎을 꿇고 기도를 드렸어요. 모두들 너무너무 슬펐어요. 요한네스가 다른 모든 구혼자들보다 일이 잘 풀릴 리가 없었으니까요.

해질 무렵, 길동무는 커다란 사발 그득 펀치(*럼주에 설탕, 레몬, 차, 물을 탄 오색주.)를 만들어 요한네스에게 말했어요. 둘이 함께 신 나게 놀고 공주의 건강을 위해 건배하자고요. 하지만 요한네스는 펀치 두 잔을 마시자, 무척 피곤했어요. 눈을 뜨고 있을 수도 없었지요. 요한네스는 스스르 잠이 들었어요. 길동무는 요한네스를 의자에서 살며시 들어올려 침대에 누였어요. 그리고 어두컴컴한 밤이 되자, 백조에게서 잘라 낸 커다란 날개 한 쌍을 자기 양어깨에 단단히 묶었어요. 그리고 넘어져서 다리가 부러졌던 할머니에게 얻은 회초리 가운데 가장 큰 것을 주머니에 넣었어요. 길동무는 창문을 열고 그 도시 위를 날아 성에 이르렀어요. 길동무는 공주의 침실로 이어지는 창문 밑에 내려앉았어요.

그 도시는 쥐 죽은 듯이 고요했어요. 시계가 11시 45분을 쳤어요. 그때 창문이 열리더니 공주가 커다랗고 하얀 망토를 입고 길고 까만 날개를 달고는 도시 위를 날아 어떤 높은 산으로 갔어요. 하지만 길동무는 공주가 보지 못하도록 자신의 모습을 완전히 감춘 뒤, 공주 뒤를 따라 날아가면서 회초리로 공주를 찰싹찰싹 때렸어요. 길동무가 채찍질을 한 공주의 몸에서는 피가 줄줄 흘렀어요. 세상에, 둘 다 쌩쌩 날았어요! 바람이 공주의 망토 속으로 휙 들어오자, 망토는 배의 커다란 돛처럼 사방으로 쫙 펼쳐졌어요. 그 사이로 달빛이 희미하게 비쳤어요.

"웬 우박이람! 웬 우박이람!"

공주는 매를 맞을 때마다 이렇게 말했어요.

맞아도 싸지요. 공주에게는 좋은 교훈이 되었을 거예요. 마침내 공주는 산에 도착했어요. 공주가 문을 두드리자, 천둥이 울리는 듯한 소리가 우르릉우르릉 나면서 산이 쩍 갈라졌어요. 그러자 공주는 산 안으로 들어갔어요. 길동무도 따라 들어갔어요. 아무도 길동무를 볼 수 없었지요. 길동무는 누구의 눈에도 보이지 않았어요.

공주와 길동무는 크고 긴 복도를 지났어요. 복도의 벽은 이상야릇한 빛이 번쩍거렸어요. 그건 천 개가 넘는, 반짝이는 거미들이었어요. 거미들은 벽을 오르내리며 불처럼 빛을 내고 있었어요.

이윽고 공주와 길동무는 금과 은으로 만든, 커다란 홀로 들어갔어요. 태양처럼 크고, 붉고 푸른색이 나는 꽃들이 네 벽에서 번쩍거렸어요. 하지만 그 누구도 이 꽃들을 꺾을 수가 없었어요. 왜냐하면 줄기는 흉측하기 짝이 없는 독뱀들이었거든요. 그리고 꽃들은 독뱀의 아가리에서 이글이글 타오르는 불이었어요. 또 천장은 반짝반짝 빛나는 반딧불이들과 하늘색 박쥐들이 온통 뒤덮고 있었어요. 박쥐들은 얇은 날개를 파닥였어요. 참으로 기괴한 광경이었지요.

홀 한복판에는 말의 해골 네 개가 왕좌를 떠받들고 있었어요. 말의 해골들에는 시뻘건 불거미들로 만들어진 굴레가 씌워져 있었어요. 왕좌는 우윳빛 유리로 만들어져 있었고, 방석은 꼬리에 꼬리를 물고 있는 작은 까만 쥐들로 만들어져 있었어요. 왕좌 위에는 보석처럼 반짝이고, 아주 귀엽고, 작은 초록빛 파리들이 따닥따닥 붙어 있는, 장밋빛 거미줄로 된 덮개가 드리워져 있었어요.

왕좌 한가운데에는 한 늙은 악마가 못생긴 머리 위에 왕관을 쓰고, 손에 임금님들이 쓰는 지팡이를 쥔 채 떡하니 앉아 있었어요. 악마는 공주의 이마에 뽀뽀를 한 뒤, 공주에게 자기 옆에 있는 값비싼 왕좌에 앉으라고 명령했어요.

음악 연주가 시작되었어요. 커다랗고 까만 귀뚜라미들이 하모니카를 불고, 올빼미는 자기 배를 통통 두들겼어요. 북이 없었거든요. 참으로 이상한 음악회였지요. 작고 까만 난쟁이들은 테 없는 모자에 도깨비불을 달고 홀을 빙글빙글 돌아다니며 춤을 추었어요. 아무도 길동무를 볼 수가 없었어요. 길동무는 왕좌 바로 뒤에 서서 하나도 빠짐없이 이 모든 것을 보고 들었어요.

신하들이 들어왔어요. 모두 아주 세련되고 기품이 넘쳤어요. 하지만 눈썰미가 있는 사람은 신하들이 무엇을 손봐서 만들어진 것인지 잘 알 수 있었지요. 신하들은 바로 빗자루의 대에 양배추의 알속을 올려놓은 것이었어요. 악마가 빗자루 대와 양배추에 마법으로 생명을 불어넣고, 수놓은 옷을 입힌 것이었지요. 하지만 뭐, 그런 건 아무래도 좋았어요. 단지 장식을 하기 위해 그렇게 변신한 것이니까요.

공주는 조금 춤을 춘 뒤에, 악마에게 구혼자가 또 한 명 나타났다고 했어요. 그러고는 다음날 아침 그 구혼자가 성에 오면 무얼 물어보아야 하냐고 물었어요.

악마가 말했어요.

"내 말 잘 들어! 중요한 얘기니까! 아주 쉬운 걸 생각해. 그러면 그 녀석이 절대 맞히지 못할 거다. 네 구두 한 짝을 생각하렴. 그 녀석은 못 맞힐 거야. 그러면 그 자의 목을 베라고 해. 하지만 잊지 말렴. 네가 내일 밤, 또다시 성을 빠져나와 내게 올 때 그 자의 두 눈을 가져와. 먹고 싶으니까!"

공주는 깊숙이 무릎을 구부리고 절을 하며 잊지 않고 꼭 가져오겠다고 했어요. 악마는 산을 갈랐어요. 그리고 공주는 다시 성으로 날아서 돌아왔어요. 하지만 길동무는 공주를 뒤쫓으며 회초리로 마구 때렸어요. 어찌나 매섭게 때렸던지 공주는 무슨 우박이 이러냐고 큰 소리로 끙끙 신음소리를 내면서 있는 힘껏 서둘러 날아가 자기 침실 창문으로 들어갔어요. 하지만 길동무는 하늘을 날아 요한네스가 아직 잠을 자고 있는 여관으로 돌아갔어요. 길동무는 날개를 떼어 내고 침대에 누웠어요. 굉장히 피곤했거든요.

이튿날 아주 이른 아침, 요한네스가 눈을 뜨자 길동무도 잠자리에서 일어나 이야기를 들려주었어요. 간밤에 공주와 공주의 구두 한 짝에 대해 아주 희한한 꿈을 꾸었다고 했지요. 그러면서 무슨 일이 있어도 공주에게 자기 신발 한 짝을 생각하지 않았느냐고 물어보라고 일렀어요. 산속에 있는 악마한테서 들은 것이었으니까요. 하지만 길동무는 요한네스에게 그 얘기는 한마디도 하지 않았어요. 길동무는 요한네스에게 공주가 자기 구두 한 짝을 생각했는지, 그것 한 가지만 물어보라고 했어요.

요한네스가 말했어요.

"이것저것 물어볼 수 있겠죠. 하지만 아저씨가 꾸신 꿈이 틀림없이 맞을 거예요. 저는 하느님이 언제나 나를 도와주실 거라고 믿으니까요. 하지만 아저씨에게 작별 인사를 드리고 싶어요. 제가 수수께끼를 맞히지 못하면, 다시는 아저씨를 만날 수 없을 테니까요!"

요한네스와 길동무는 서로에게 입맞춤을 했어요. 그리고 요한네스는 도시에 있는 성으로 갔어요.

홀은 사람들로 가득 차 있었어요. 재판관들은 자신들의 일인용 소파에 앉아 있었는데, 머리 뒤쪽에는 솜털오리의 솜털로 만든 베개를 하나씩 갖고 있었어요. 깊이 생각할 게 많았기 때문이지요. 늙은 임금님은 자리에서 일어나 하얀 손수건으로 눈가의 눈물을 닦았어요.

드디어 공주가 홀 안으로 들어왔어요. 공주는 어제보다 훨씬 더 아름다웠어요. 공주는 모든 사람들에게 아주 사랑스러운 표정으로 인사를 했어요. 하지만 공주는 요한네스에게 손을 내밀며 이렇게 말했어요.

"어이, 잘 잤니?"

이제 요한네스는 공주가 무슨 생각을 했는지 알아맞혀야 했어요. 아, 공주가 얼마나 다정한 눈빛으로 요한네스를 바라보았는지 몰라요! 하지만 공주는 요한네스가 "구두."라고 한마디 하자, 얼굴이 백짓장같이 새하얘지며 온몸을 부들부들 떨었어요. 하지만 소용이 없었지요. 요한네스가 정답을 맞혔으니까요.

세상에, 이럴 수가! 늙은 임금님은 뛸 듯이 기뻤어요. 그래서 휘리릭 공중제비를 돌았어요. 임금님은 기쁠 때 그렇게 했지요. 사람들은 임금님과 처음으로 정답을 맞힌 요한네스에게 큰 박수를 보냈어요.

길동무도 일이 잘 풀렸다는 소식을 듣고 기뻐했어요. 하지만 요한네스는 두 손을 모으고 하느님에게 감사드렸어요. 하느님은 나머지 두 수수께끼도 틀림없이 도와주실 거라고 요한네스는 굳게 믿었어요. 다음날, 또다시 답을 맞혀야 했지요.

그날 저녁도 전날과 똑같았어요. 요한네스가 잠들자, 길동무는 공주의 뒤를 쫓아 산으로 날아가면서 어제보다 더 세게 공주를 때렸어요. 회초리를 두 개나 가져갔거든요. 아무도 길동무를 볼 수 없었어요. 하지만 길동무는 처음부터 끝까지 모든 이야기를 들었어요. 공주는 자기 장갑 한 짝을 생각하기로 했어요.

길동무는 요한네스에게 꿈 이야기를 하듯 모든 이야기를 들려주었어요. 요한네스는 이번에도 답을 어렵지 않게 맞힐 수 있었어요. 성안에서는 기쁨이 넘쳐났어요. 궁정 사람들은 임금님이 첫 번째 문제를 맞혔을 때 한 것처럼 모두 공중제비를 넘었어요. 하지만 공주는 소파에 누워 한마디도 하지 않았어요. 이제 문제는 요한네스가 세 번째 수수께끼를 정확하게 알아맞히느냐, 아니냐였어요. 만일 일이 잘 풀리면, 요한네스는 아름다운 공주를 아내로 맞이하고, 늙은 임금님이 세상을 뜰 경우, 왕국 전체를 물려받는 것이지요. 하지만 만일 답을 맞히지 못하면, 목숨을 잃어야 했어요. 그리고 악마가 요한네스의 아름다운 푸른 눈을 아귀아귀 먹는 것이지요.

그날 저녁, 요한네스는 일찍 잠자리에 들었어요. 그러고는 저녁 기도를 외우고 곧바로 아주 편안한 마음으로 까무룩 잠이 들었어요. 하지만 길동무는 백조 날개를 등에 달고, 칼을 허리춤에 차고, 회초리 세 개를 들고 성으로 날아갔어요.

칠흑같이 어두운 밤이었어요. 폭풍이 어찌나 세차게 휘몰아치던지 지붕의 기왓장들이 휙휙 날아갔어요. 해골이 걸려 있는 정원의 나무들은 마치 갈대처럼 바람에 덜커덩덜커덩 흔들렸어요. 쉴 새 없이 번개가 번득이고, 천둥소리가 어찌나 크게 울려 대던지 밤새 딱 한 차례의 천둥이 계속 우르릉거리는 것 같았지요.

드디어 창문이 열리고, 공주가 창밖으로 두둥실 날아갔어요. 공주의 얼굴은 죽은 사람처럼 핼쑥했어요. 하지만 공주는 궂은 날씨를 비웃으면서 뭐, 그렇게 나쁘지는 않네, 하고 생각했지요. 하늘을 나는 공주의 망토는 배의 커다란 돛처럼 마구 소용돌이쳤어요. 하지만 길동무는 회초리 세 개로 공주를 엄청나게 세게 채찍질했어요. 공주의 몸에서 흘러내리는 피가 땅바닥에 뚝뚝 떨어졌어요. 공주는 거의 날 수 없을 정도가 되었어요. 하지만 마침내 공주는 산에 닿았어요.

공주가 악마에게 말했어요.

"폭풍이 불고, 우박도 내리고 있어요. 이런 날씨에 밖에 나와 있기는 처음이에요."

악마가 말했어요.

"좋은 게 지나칠 때도 있지!"

공주는 요한네스가 두 번째 문제도 정확하게 맞혔다고 했어요. 만일 내일도 맞힌다면, 그 녀석이 이기는 것이라고 했어요. 그러면 자신은 두 번 다시 성을 빠져나와 산에 오지 못할 거라고 했지요. 그리고 지금까지 쓰던 마술도 부릴 수 없어서 무지무지 슬프다고 했어요.

악마가 말했어요.

"그 녀석이 맞히면 안 돼! 그 녀석이 한 번도 생각하지 못했던 걸 궁리해 봐야겠어! 하지만 만일 이번에도 맞힌다면, 그 녀석은 나보다 더 위대한 마법사지. 하지만 일단 신 나게 놀자꾸나!"

악마는 공주의 두 손을 잡았어요. 둘은 그 방에 있던 모든 난쟁이들과 도깨비불들과 함께 춤을 추었어요. 붉은 거미들 역시 신이 나서 벽 위를 폴짝폴짝 뛰어올라갔다 내려갔다 했어요. 마치 불꽃들이 벽에서 번쩍번쩍 튀고 있는 것 같았어요. 올빼미는 북을 치고, 귀뚜라미들은 새들처럼 노래하고, 까만 메뚜기들은 하모니카를 불었어요. 정말 재미있는 무도회였지요!

모두들 한참 동안 춤을 추었어요. 이제 공주는 성으로 돌아가야 했어요. 그렇지 않으면 성에 있는 사람들이 공주가 없어진 걸 알아챌 거예요. 악마는 조금만 더 함께 있을 수 있도록 성까지 바래다주겠다고 했어요.

공주와 악마는 폭풍 속을 날아갔어요. 길동무는 회초리 세 개로 그 둘의 등이 남아나지 않을 정도로 마구 때렸어요. 악마는 이렇게 우박이 퍼붓는 날씨에 밖에 나오기는 처음이었지요. 악마는 성 앞에서 공주와 작별 인사를 나누며 소곤거렸어요.

"내 머리를 생각해!"

하지만 길동무가 그 말을 똑똑히 들었지요. 공주가 창문을 통해 자기 침실로 살며시 들어간 뒤, 악마가 다시 산으로 돌아가려고 할 때, 길동무는 악마의 길고 까만 수염을 움켜쥐고 어깨 바로 위에 붙어 있는 그 흉측한 머리를 칼로 싹둑 베어 버렸어요. 악마는 누가 자신을 베었는지도 알 수 없었지요. 길동무는 악마의 몸통을 호수에 있는 물고기들에게 던져 주었어요. 하지만 악마의 머리는 물에 담갔다가 자신의 비단 손수건에 싸 들고 여관으로 돌아왔어요. 그러고는 누워 잠이 들었어요.

이튿날 아침, 길동무는 요한네스에게 손수건에 싼 것을 건네주었어요. 하지만 공주가 자신이 무슨 생각을 했냐고 묻기 전에는 절대로 손수건을 풀면 안 된다고 했어요.

성의 커다란 홀에는 사람들이 어찌나 많던지 다발에 빽빽이 묶인 작은 빨간 무같이 사람들이 따닥따닥 붙은 채 서 있었어요. 고문관들은 푹신푹신한 베개가 있는 자신들의 일인용 소파에 앉아 있었고, 늙은 임금님은 새 옷을 입고 있었어요. 황금 관과 지팡이는 윤이 나도록 반짝반짝 닦여 있었어요. 아주 멋있었답니다. 하지만 공주는 얼굴이 백짓장처럼 창백하고, 새까만 옷을 입고 있었어요. 장례식장에 가려는 것처럼이요.

공주가 요한네스에게 물었어요.

"내가 무슨 생각을 했지?"

요한네스는 곧바로 손수건을 풀었어요. 악마의 흉측한 머리를 본 요한네스는 소스라치게 놀랐어요. 사람들도 모두 소름이 쫙 끼쳤어요. 악마의 머리는 보기만 해도 끔찍했거든요. 하지만 공주는 돌로 만든 조각상처럼 꼼짝 않고 앉은 채 한마디도 하지 못했어요. 마침내 공주는 자리에서 일어나 요한네스에게 손을 내밀었어요. 요한네스가 답을 맞혔기 때문이에요. 공주는 사람들 얼굴을 쳐다보지 않고 깊은 한숨을 내쉬었어요.

"이제 당신이 내 남편이에요. 오늘 밤 결혼식을 올립시다!"

늙은 임금님이 말했어요.

"듣던 중 반가운 소리구나! 그래, 그렇게 하자꾸나!"

사람들은 모두 만세를 외쳤어요. 의장대는 거리에서 음악을 연주했어요. 종소리가 울려 퍼지고, 케이크를 만드는 여자들은 아기돼지설탕과자에서 검은색 헝겊을 떼어 냈어요. 이제는 기쁨이 넘쳤으니까요. 시장 한가운데에는 오리와 닭으로 속을 채워 통째로 구워 낸 황소 세 마리를 갖다 놓았어요. 누구나 한 조각씩 잘라 먹을 수 있었지요. 분수에서는 아주 맛 좋은 포도주가 뿜어져 나왔고, 사람들은 빵집에서 동전 한 닢짜리 8자 모양 빵을 사면 건포도가 들어 있는 큼직한 밀가루 빵 여섯 개를 덤으로 받았어요.

저녁이 되자, 온 도시에 화려하게 불이 켜졌어요. 병사들은 대포를 쏘았고, 남자아이들은 화약을 넣은 작은 종이 주머니를 터뜨렸어요. 성에서는 먹고, 마시고, 건배하고, 껑충껑충 뛰어다녔어요. 기품 있는 신사들과 아름다운 귀족 아가씨들은 모두 함께 춤을 추었어요. 멀리서도 그 사람들이 부르는 노랫소리가 들렸지요.

수많은 어여쁜 아가씨들이 여기 있네!
아가씨들을 빙글빙글 돌려! 돌려!
둥둥 북소리에 맞춰 다리도 움직이고
예쁜 아가씨들을 서 있게 하지 마!
우리는 춤추고, 발을 구르고, 우당탕 소리도 내지.
장화 창이 떨어질 때까지!

하지만 공주는 여전히 마녀였기 때문에 요한네스를 조금도 좋아하지 않았어요. 길동무는 그 사실을 잘 알고 있었어요. 그래서 길동무는 요한네스에게 백조 날개에서 뽑은 깃털 세 개와 물약이 들어 있는 작은 병을 주었어요. 그리고 말했어요. 커다란 나무통에 물을 그득 채운 다음, 신방 침대 옆에 놓고, 공주가 침대에 올라가면, 공주를 주먹으로 살짝 쳐서 통에 빠뜨리라고요. 그리고 백조 깃털과 물약을 미리 넣어둔 물속에 공주를 세 번 푹 집어넣으라고요. 그러면 공주는 마법에서 풀려나 시간이 지날수록 점점 요한네스를 진심으로 사랑하게 될 거라고 했어요.

요한네스는 길동무가 충고해 준 대로 했어요. 공주는 통에 빠지자, 고래고래 소리를 질렀어요. 그리고 불꽃이 팍팍 튀는 듯한 눈빛의 커다랗고 새까만 백조로 변해 요한네스의 두 손 밑에서 바동바동 발버둥을 쳤어요. 두 번째로 물 밖으로 나온 흑조는 목둘레에 있는 까만 띠 하나만 빼고 새하얀 백조가 되어 있었어요. 요한네스는 하느님에게 경건한 마음으로 기도를 올렸어요. 그런 다음 백조를 세 번째로 통 속에 집어넣었어요. 그 순간, 하얀 백조는 눈부시게 아름다운 공주로 변했어요. 공주는 예전보다 더 아름다웠어요. 공주는 이루 말할 수 없이 아름다운 눈가에 눈물을 글썽이며 마법을 풀어 준 요한네스에게 고마워했어요.

이튿날 아침, 늙은 임금님은 신하들을 전부 거느리고 공주와 요한네스를 찾아왔어요. 사람들은 온종일 두 사람에게 축하의 말을 건넸지요. 맨 마지막으로 길동무가 찾아왔어요. 길동무는 손에 지팡이를 짚고 등에는 배낭을 메고 있었어요. 요한네스는 길동무에게 몇 번이나 입맞춤을 했어요. 그리고 떠나지 말고 자기 곁에 머물라고 했어요. 지금과 같은 행운을 얻게 된 건 모두 길동무 덕분이라면서요. 하지만 길동무는 고개를 절레절레 흔들며 부드럽고 다정한 목소리로 말했어요.

"아니야. 이제 내 시간은 다 되었어. 나는 빚을 갚았을 뿐이야. 사악한 사람들이 못된 짓을 하려던 그 죽은 남자 기억나니? 너는 갖고 있던 걸 몽땅 주었었지. 그 죽은 사람이 편히 자기 무덤에서 쉬라고 말이야. 그 죽은 사람이 바로 나야!"

말을 끝내기가 무섭게 길동무는 어디론가 사라져 버렸어요.

결혼 축하 잔치는 한 달 내내 계속되었어요. 요한네스와 공주는 서로를 무척 아껴 주고 사랑했어요. 늙은 임금님은 오래오래 행복한 나날을 보냈어요. 늙은 임금님은 어린 손자 손녀들을 무릎에 앉히고 말 타기 놀이도 해 주고, 임금님 지팡이를 갖고 놀라고 주기도 했지요. 요한네스는 늙은 임금님이 세상을 뜬 뒤에 그 나라를 다스리는 임금님이 되었답니다.

진짜라니까요

"끔찍한 이야기야!"

마을 저쪽 끝에 사는 닭 한 마리가 말했어요. 물론 그 이야기는 그곳에서 나온 건 아니에요.

"닭장에서 끔찍한 일이 벌어졌어! 오늘 밤에 나 혼자 못 자겠다. 우리가 이렇게 무리지어 횃대에 함께 앉아 있으니 정말 천만다행이야."

닭은 이야기를 들려주었어요. 닭들은 깃털이 삐죽 곤두섰고, 수탉은 볏을 아래로 떨어뜨려 접었어요. 진짜라니까요!

하지만 우리는 그 이야기를 처음부터 들어 보기로 해요.

이야기는 마을 건너편에 있는 한 닭장에서 시작되었어요. 해는 지고, 닭들은 횃대로 날아올랐어요. 닭들 중 한 마리는 -그 닭은 깃털이 하얗고, 다리가 짧고, 정해진 규칙대로 알을 꼬박꼬박 낳고, 어느 모로 보나 존경받아 마땅한 닭이었어요.- 횃대에 앉아 부리로 깃을 고르고 있었는데, 그만 작은 깃털 한 개가 빠졌어요.

그 닭이 말했어요.

"깃털이 빠졌네! 내가 깃을 고를수록 난 더 예뻐질 거야!"

하지만 그건 그냥 농담으로 한 말이었어요. 그 닭은 닭들 중에서도 특히 익살맞고 성격이 쾌활한 닭이었지요. 그리고 또 앞서 말했던 것처럼 존경받아 마땅한 닭이었고요. 잠시 뒤 닭은 잠이 들었어요.

주위가 어두워졌어요. 닭들은 나란히 앉아 있었어요. 그 암탉 옆에 있던 암탉은 잠을 자지 않았어요. 그 암탉은 세상을 살아가려면 으레 그렇듯 무슨 소리를 들어도 못 들은 척했어요. 그래야 평화롭게 살 수 있으니까요. 하지만 그 암탉은 바로 옆에 있는 암탉에게 말을 안 하면 못 견딜 것 같았어요.

"그 얘기 들었어? 누군지 이름은 대지 않을게. 하지만 모양내려고 깃을 고르다 깃털을 뽑은 암탉이 하나 있어! 내가 만일 수탉이라면, 그런 암탉은 경멸할 거야!"

닭들 바로 맞은편에는 올빼미가 남편과 자식들과 함께 앉아 있었어요. 이 가족은 귀가 밝았어요. 암탉이 하는 말을 한마디도 빠뜨리지 않고 몽땅 다 들었지요. 올빼미들은 눈알을 떼굴떼굴 굴렸어요. 엄마 올빼미는 날개를 퍼드덕거렸어요.

"저런 소리는 듣지 마! 하지만 다 들었겠지? 난 내 두 귀로 똑똑히 들었어. 귀가 먹기 전에 많이 들어둬야 해! 저 암탉들 중 하나가 암탉 체면도 다 잊고 횃대에 앉아 깃털을 몽땅 뽑아서는 수탉에게 그 모습을 보여 주고 있어!"

"애들한테 무슨 말을 하는 거야? 그건 애들한테 할 소리가 아니지!"

아빠 올빼미가 말했어요.

"맞은편에 있는 우리 올빼미 이웃에게 얘기해 줘야지! 그 아줌마는 존경을 받는 올빼미니까!"

엄마 올빼미는 이렇게 말하고 휙 날아갔어요.

"부엉부엉!"

두 올빼미는 닭장이 있는 집의 이웃집 비둘기장 바로 앞에서 비둘기들에게 큰 소리로 외쳤어요.

"너희 그 얘기 들었니? 그 얘기 들었어? 부엉! 수탉 때문에 깃털을 몽땅 뽑은 암탉이 저기 있어! 아직 얼어 죽지 않았다면, 이제 곧 얼어 죽을 거야. 부엉!"

"어디 있는데? 어디 있어?"

비둘기들이 구구거렸어요.

"맞은편 집 마당에 있어! 내 눈으로 직접 본 거나 마찬가지야! 이런 얘기를 하는 게 좀 뭣하기는 하지! 하지만 진짜라니까!"

"우리는 그 얘기 믿어. 한마디도 빼지 않고 다 믿어!"

비둘기들이 말했어요. 그러고는 아래 있는 닭장에 대고 구구거렸어요.

"암탉이 하나 있어. 두 마리가 있다는 사람들도 있고. 다른 암탉들처럼 보이지 않으면 수탉의 관심을 끌 줄 알고 깃털을 몽땅 뽑아 버렸대. 그건 위험하기 짝이 없는 장난이지. 감기가 걸리고 열이 나서 죽을 수 있거든. 그 암탉들은 둘 다 죽었어!"

"모두 일어나! 일어나!"

수탉이 꼬끼오꼬끼오 하면서 판자 울타리 위로 날아 올라갔어요. 잠기운이 아직도 눈동자에 남아 있었지요.

하지만 수탉은 꼬끼오꼬끼오 울었어요. 이렇게 말했지요.

"암탉 세 마리가 한 수탉을 사랑하다 불행히도 죽었다! 그 암탉들은 모두 자기 깃털을 뽑았다! 이건 아주 흉측한 이야기다. 난 이 이야기를 나 혼자서만 알고 싶지 않다. 이 이야기를 다른 이들에게 계속 알려라!"

"계속 알려라!"

박쥐들이 찍찍거렸어요.

암탉들은 꼬꼬댁꼬꼬댁 울고, 수탉들은 꼬끼오꼬끼오 울었어요.

"계속 알려라! 계속 알려!"

그 이야기는 닭장에서 닭장으로 퍼져 나갔어요. 그리고 드디어 그 이야기가 처음 시작된 곳으로 돌아왔어요. 이야기는 이랬어요.

"암탉 다섯이 자기 몸의 깃털을 몽땅 뽑았어. 수탉을 사랑했지만 이루어질 수 없어 괴로워하는 그 다섯 중 누가 가장

야위었는지를 보여 주기 위해서였지. 깃털을 다 뽑은 다음엔 서로 피가 나도록 콕콕 쪼다가 결국 모두 쓰러져 죽었어. 자기네 집안의 수치고 치욕이요, 주인에게는 큰 손실이지!"

빠질 때가 되어 원래 힘이 없던 작은 깃털을 잃어버린 그 암탉은 그게 다 자기 얘기라는 것을 전혀 알아채지 못했어요.

존경받아 마땅한 그 암탉은 말했어요.

"난 그 닭들을 증오해! 하지만 그런 닭들이 아직도 더 있어! 그런 이야기는 쉬쉬하면 안 돼. 이 이야기가 신문에 실리게 해야겠어. 그럼 온 나라가 알게 될 거야. 그 닭들은 그래도 싸. 그 가족들도 그렇고!"

이렇게 해서 그 이야기는 신문에 실렸어요. 백 프로 사실이에요.

진짜라니까요. 작은 깃털 한 개가 닭 다섯 마리로 바뀌는 건 하나도 어려운 일이 아니지요!

완두콩 꼬투리에서 나온 완두콩 다섯 알

어느 완두콩 꼬투리에 완두콩 다섯 알이 앉아 있었어요. 완두콩들은 모두 초록빛이었어요. 완두콩 꼬투리도 초록빛을 띠었고요. 완두콩들은 이 세상이 온통 초록빛이라고 생각했어요. 그럴만도 했지요! 완두콩 꼬투리는 무럭무럭 자랐어요. 완두콩들도 무럭무럭 자랐고요. 완두콩들은 집의 특성에 맞춰 나란히 앉기로 했어요. 콩깍지 밖에서는 햇살이 비추고 있었어요. 햇살은 콩깍지를 따스하게 해 주었어요. 비가 오면 투명하게 내비쳤어요. 이곳은 포근하고 아늑했어요. 낮에는 밝았고, 밤에는 어두웠지요. 완두콩들은 점점 더 자라났어요. 그리고 생각도 많아졌어요. 왜냐하면 뭔가를 해야 했으니까요.

완두콩 다섯 알이 말했어요.

"우리, 영원히 여기 이렇게 앉아 있어야 하는 거야? 오래 앉아 있어서 딱딱하게 될 때까지? 밖에 뭔가가 있을 것 같아. 꼭 그럴 것 같은 기분이 들어!"

몇 주가 지났어요. 완두콩들은 노래졌어요. 완두콩 꼬투리도 노랗게 변했지요.

완두콩 다섯 알이 말했어요.

"온 세상이 노래진다!"

완두콩들은 그런 말을 할 만도 했지요.

그때 완두콩 다섯 알은 꼬투리가 흔들리는 게 느껴졌어요. 누군가 콩깍지를 똑 땄어요. 콩깍지는 어떤 사람의 두 손에 들어갔다가 재킷의 한쪽 주머니 속으로 쪼르륵 미끄러져 들어갔어요. 그곳에는 완두콩이 그득 들어 있는 완두콩 꼬투리가 몇 개 있었어요.

완두콩 다섯 알이 말했어요.

"이제 곧 깍지가 터질 거야."

완두콩 다섯 알은 그렇게 되기를 기다렸어요.

가장 작은 완두콩이 말했어요.

"우리 중에서 누가 가장 멀리 갈 수 있을지 정말 궁금하네! 곧 알게 되겠지!"

가장 큰 완두콩이 말했어요.

"하늘의 뜻대로 되겠지!"

"딱!"

완두콩 깍지가 툭 갈라졌어요. 완두콩 다섯 알은 일제히 밝은 햇빛 속으로 또르르 굴러 나왔어요. 완두콩들은 어느 아이의 손에 누워 있었어요. 한 어린 남자아이가 완두콩 다섯 알을 손에 쥔 채 말했어요. 완두콩이 자신의 딱총에 딱 좋겠다고요. 남자아이는 곧바로 완두콩 한 알을 딱총에 넣고 쌩 쏘았어요.

"이제 나는 넓은 세상으로 날아간다! 잡을 테면 잡아 봐!"
그렇게 말한 다음, 그 완두콩은 사라져 버렸어요.
두 번째 완두콩이 말했어요.
"나는 해님 속으로 날아 들어갈 거야. 해님이야말로 바로 나한테 딱 맞는 콩깍지거든!"
두 번째 완두콩도 사라져 버렸어요.
그 다음 차례의 완두콩 두 알이 말했어요.
"우리는 어디로 날아가든 거기서 잠을 잘 거야. 하지만 우리는 일단 앞으로 굴러갈 거야! 우리가 가장 멀리 갈 거야!"
둘은 딱총 안에 들어가기 전에 땅바닥 위로 때구루루 굴러갔어요. 하지만 둘 다 딱총 속에 들어가고 말았지요.
마지막 완두콩이 말했어요.
"하늘의 뜻대로 되겠지!"
마지막 완두콩은 공중으로 쏘아 올려졌어요. 마지막 완두콩은 다락방 창문 밑에 있는 낡아빠진 널빤지 위로 쌩 날아갔어요. 널빤지에는 틈새가 여럿 있었는데, 마지막 완두콩은 이끼와 보들보들한 흙이 꽉 차 있는 어떤 틈새 한복판으로 날아간 거예요. 이끼는 마지막 완두콩을 꼭 둘러쌌어요. 그곳에서 마지막 완두콩은 꼭꼭 숨어 있었어요. 하지만 우리 하느님은 마지막 완두콩을 잊지 않았어요.
마지막 완두콩이 말했어요.
"하늘의 뜻대로 되겠지!"
다락방에 한 가난한 여자가 살고 있었어요. 그 여자는 온종일 외출하고 집에 없었어요. 난로 청소도 하고, 톱으로 나무도 자르고, 힘든 일도 했지요. 힘도 셌고 부지런했거든요. 하지만 그 여자는 언제나 가난했어요. 집에는, 그러니까 그 작은 방에는 그 여자의 거의 성인이 된 외동딸이 누워 있었어요. 이 딸은 가냘프고 연약했어요. 일 년 내내 침대에 누워 있었어요. 사는 것도, 죽는 것도 하지 못하는 것 같았지요.

여자가 혼잣말을 했어요.

"저 아이는 자기 여동생에게 갈 거야! 나는 아이가 둘 있었지. 두 아이를 돌보기가 너무 힘들었어. 하지만 하느님이 내 맘을 알아주셨는지 한 아이를 데려가셨지. 하나 남은 저 아이는 잃고 싶지 않아. 하지만 하느님은 두 아이가 떨어져 있는 걸 좋아하지 않으시는 것 같아. 그래서 저 아이는 여동생이 있는 곳으로 올라갈 것 같아!"

하지만 병든 소녀는 죽지 않고 살아 있었어요. 소녀는 엄마가 몇 푼이라도 벌기 위해 밖에 나가 있는 동안은 온종일 말없이 누워 있었어요. 그 모든 것을 꾹 참고요.

봄이 왔어요. 어느 날 이른 아침, 엄마가 막 일을 하러 나가려던 참이었어요. 그때 해님이 작은 창문으로 눈부신 햇빛을 방바닥에 비추어 주었어요.

소녀는 제일 아래쪽 유리창의 위쪽을 바라보았어요.

"유리창 옆에서 빼꼼히 내다보고 있는 저 새파란 게 뭐예요? 바람에 살랑살랑 흔들리네요!"

엄마는 창가로 가서 창문을 살짝 열었어요. 그러고는 이렇게 말했어요.

"어머, 조그만 완두콩이네. 싹이 트고, 푸른 이파리들이 돋아

났어. 어떻게 이 틈새로 들어온 걸까? 언제라도 볼 수 있는 작은 정원이 우리 딸한테 생겼네!"

엄마는 딸이 싹튼 완두콩을 볼 수 있게 딸의 침대를 창문 가까이로 밀어 놓았어요. 그러고는 일하러 갔어요.

저녁에 소녀가 말했어요.

"엄마, 나 건강해질 것 같아요! 해님이 나를 따스하게 비춰 줬어요. 어린 완두콩이 얼마나 잘 자라고 있는지 몰라요! 나도 틀림없이 병이 다 나아서 침대에서 일어나 밖에 나가 햇볕을 쬘 수 있을 것 같아요!"

"아무렴, 그래야지!"

엄마가 말했어요.

하지만 엄마는 그렇게 될 것이라고 믿지 않았어요. 그러나 딸에게 삶의 활기를 불러일으켜 준 그 파릇파릇한 새싹을 위해 작은 막대기를 세워 주었어요. 바람에 꺾이지 말라고요. 또한 엄마는 널빤지와 창문 위쪽에 가느다란 밧줄을 묶어 놓았어요. 완두콩이 자라 넝쿨이 생기면 친친 감고 올라가라고요.

완두콩은 무럭무럭 자랐어요. 하루가 다르게 자랐지요.

어느 날 아침, 여자가 말했어요.

"어머나, 꽃봉오리가 생겼네!"

여자는 병든 딸이 건강을 되찾기를 희망했어요. 그리고 그렇게 될 것이라고 믿었어요. 여자는 딸아이가 최근 들어 한껏 상기된 목소리로 말을 하던 모습과 지난 며칠 동안은 아침마다 침대에서 일어나 앉아 단 한 개의 완두콩으로 만들어진 자신의 작은 정원을 초롱초롱한 눈망울로 살펴보던 모습이 퍼뜩 떠올랐어요.

일주일 뒤, 그 환자는 침대에 꼬박 한 시간 넘게 앉아 있었어요. 소녀는 아주 행복한 모습으로 따스한 햇살을 받고 있었어요. 창문이 열렸어요. 창문 밖에는 연분홍빛 완두콩꽃 한 송이가 활짝 피어 있었어요. 소녀는 고개를 숙이고 여리디여린 그 꽃에 살그머니 뽀뽀를 했어요. 소녀에게 이날은 마치 축제가 벌어진 날과도 같았지요.

한껏 기분이 좋아진 엄마가 말했어요.

"얘야, 하느님이 손수 완두콩을 심고 자라게 하셨구나. 우리 외동딸에게 희망과 기쁨을 주시려고 말이야. 내게도 희망과 기쁨을 주시고."

엄마는 꽃에게 미소를 지어 보였어요. 마치 그 꽃이 하느님이 보내 주신 착한 천사라도 되는 것처럼이요.

그런데 다른 완두콩들은 어떻게 되었을까요? "잡을 수 있으면 잡아 봐!" 하며 드넓은 세상으로 날아간 완두콩은 처마의 빗물받이 속으로 떨어진 뒤, 어떤 비둘기의 모이주머니 속으로 들어갔어요. 그러고는 요나(*B.C. 8세기 이스라엘의 예언자이자, 『구약 성서』「요나 서(書)」의 주인공. 니네베에서 설교하라는 신의 명을 어기고 도망가는 도중 바닷속에 던져져 고래에게 먹힌다.)가 고래 뱃속에 있는 것처럼 그곳에 누워 있었지요. 두 게으름뱅이 완두콩들은 멀리 날아갔어요. 그런데 비둘기들이 그 게으름뱅이들을 꿀꺽 삼켜 버렸어요. 모두 쓸모가 있었던 것이지요.

하지만 태양을 향해 하늘 높이 올라가고 싶어 하던 네 번째 완두콩은 도로변의 하수구에 떨어져 진흙탕 속에서 몇 주 동안이나 계속 누워 있었어요. 네 번째 완두콩은 몸이 퉁퉁 불었어요.

네 번째 완두콩이 말했어요.

"내 몸이 아주 아름답게 뚱뚱해졌네! 빵 터질 것 같아. 나만큼 멀리 날아가는 완두콩은 없어. 아무도 그렇게 못 했지. 완두콩 꼬투리 속에 있던 완두콩 다섯 알 가운데 내가 가장 특이하거든!"

하수구는 그 완두콩의 말에 맞장구를 쳤어요.

하지만 다락방 창가에 있는 그 소녀는 두 눈이 초롱초롱 빛났고, 두 뺨은 건강을 되찾아 발그스레한 장밋빛을 띠고 있었어요. 소녀는 가녀린 두 손을 완두콩꽃 위에 모으고 하느님께 감사를 드렸어요.

바로 그때, 하수구가 말했어요.

"난 내 완두콩을 꼭 붙들고 있을 거야!"

눈사람

눈사람이 말했어요.

“내 몸속에서 자꾸 딱딱 부러지는 소리가 나네. 날씨 한번 기분 좋게 춥다! 바람이 누군가의 몸속에 파고들면 다시 살아나게 할 수도 있겠다. 그런데 저기 이글거리는 저거, 왜 저렇게 빤히 쳐다보는 거야!”

눈사람이 말한 건 막 지고 있는 해님이었어요.

눈사람이 말했어요.

“아무리 그래도 난 눈도 깜짝하지 않을 거야. 눈 조각들을 꽉 붙들고 있어야지.”

눈사람은 두 눈 대신, 커다란 삼각형 기와 조각 두 개를 갖고 있었어요. 그리고 눈사람의 입은 낡아빠진 갈퀴 조각이었어요. 그래서 이빨도 있었지요.

눈사람은 남자아이들이 “만세!” 하고 외치는 가운데 이 세상에 태어났어요. 썰매들의 방울 소리와 채찍 소리가 눈사람을 환영해 주었지요.

해가 졌어요. 그리고 보름달이 떴어요. 푸르스름한 하늘에 휘영청 떠 있는 보름달은 둥글고, 크고, 밝고, 아름다웠어요.

눈사람이 말했어요.

"이글거리던 게 다른 쪽에서 또 나왔네."

눈사람은 달을 보고 해가 다시 나타난 거라고 생각했어요.

"뚫어져라 보는 버릇은 내 덕분에 없어졌군. 그래, 거기 매달려서 빛을 비추렴. 내 모습이 어떤가, 내 눈으로 좀 보게. 어떻게 하면 몸을 계속 움직일 수 있는지 알 수 있으면 얼마나 좋을까! 나 정말 움직이고 싶어! 그렇게만 할 수 있다면, 저 아래 얼음판으로 내려가 남자아이들이 하는 것처럼 얼음을 지칠 텐데! 하지만 나는 걷는 법도 모르잖아."

사슬에 매인 채 집을 지키고 있던 개가 컹컹 짖었어요.

"없어졌어! 사라져 버렸어!"

조금 쉰 목소리였어요. 그 개는 집 안에 살면서 난로 밑에 쭈그리고 앉아 있을 때도 쉰 목소리가 났었지요.

"해님이 틀림없이 너한테 걷는 법을 가르쳐 줄 거야. 작년에 왔던 눈사람들한테도 그렇게 했고, 그 전에 왔던 눈사람들한테도 그렇게 했어. 없어졌어. 사라져 버렸어. 그 눈사람들은 모두 사라져 버렸어!"

눈사람이 말했어요.

"어이, 친구. 난 무슨 말인지 하나도 모르겠다. 저 위에 있는 게 나한테 걷는 법을 가르쳐 준다고?"

눈사람은 달이 그렇게 한다는 줄 알았지요.

"저 애는 내가 빤히 쳐다보니까 방금 전에 휙 달아났다가 다른 쪽에서 슬그머니 나타났어."

집 지키는 개가 말했어요.

"너, 아무것도 모르는구나. 하기야 지금 막 만들어졌으니까 그렇기도 하겠다! 지금 보이는 건 '달님'이라고 하는 거야. 없어진 거는 해님이고. 해님은 내일 다시 와. 해님은 네게 성 둘레에 난 구덩이 속으로 내려가는 걸 가르쳐 줄 거야. 내일은 날씨가 오늘과 다르겠군. 왼쪽 뒷다리가 콕콕 쑤시는 걸 보면 알 수 있지. 날씨가 바뀔 거야."

눈사람이 말했어요.

"무슨 말인지 통 모르겠네. 하지만 개가 말하는 건 뭔가 기분 나쁜 일인 것 같아. 조금 전에 나를 빤히 쳐다보다가 저 아래로 사라져 버린 애, 개가 해님이라고 불렀던 그 애도 내 여자 친구는 아냐. 느낌으로 알 수 있지."

"없어졌어! 사라져 버렸어!"

집을 지키는 개가 컹컹 짖었어요. 그러고는 뱅글뱅글 세 바퀴를 돌더니 자기 집 안으로 쏙 들어가 누웠어요. 잠을 자려고요.

정말 날씨가 달라졌어요. 새벽이 되자, 아주 축축하고 짙은 안개가 그 일대에 쫙 깔렸어요. 조금 지나자, 바람이 불기 시작했어요. 바람이 어찌나 매서운지 서리가 내렸지요. 하지만 해님이 떠오르자, 정말 아름다운 광경이 펼쳐졌어요! 나무들과 덤불들이 모두 서리로 뒤덮여 있었어요. 새하얀 산호 숲같이 보였지요. 나뭇가지에는 눈부시게 하얀 꽃들이 온통 뒤덮여 있는 것 같았어요. 여름에는 잎이 울창해 보이지 않던 나뭇가지들이 고스란히 그 모습을 드러냈어요. 끝없이 우아하고 섬세하게 가지를 친 그 모습을요. 꼭 레이스로 짠 천 같았지요. 가느다란 나뭇가지들은 모두 하얗게 반짝거렸어요. 마치 모든 나뭇가지에서 하얀 빛이 뿜어져 나오는 것 같았어요.

자작나무가 바람에 흔들렸어요. 여름철에 모든 나무가 그렇듯 자작나무 안에서도 꿈틀꿈틀 활기차게 움직이는 생명력이 있었어요. 그 모습은 그 어떤 것과도 비교할 수 없을 만큼 아름다웠지요! 해님이 비치자, –아니, 비치는 게 아니라 그 모든 게 눈부시게 반짝거렸어요.– 그곳은 마치 다이아몬드 가루로 두 번씩 분을 바른 것 같았어요. 땅을 뒤덮고 있는 눈 위에서는 커다란 다이아몬드들이 반짝였어요. 수도 없이 많은, 아주 작은 초가 하얀 눈보다도 더 하얀 불빛을 내며 타오르고 있는 것 같기도 했고요.

"이루 말할 수 없이 아름답네요!"

한 아가씨가 젊은 남자와 함께 정원에 나와 눈사람 바로 앞에 서서 말했어요. 두 사람은 반짝이는 나무들을 살펴보았어요.

아가씨가 말했어요.

"여름도 이렇게 멋지지는 않아요!"

아가씨의 눈이 빛났어요.

젊은 남자가 말했어요.

"여름엔 저기 저 꼬마도 없어요."

젊은 남자는 눈사람을 가리키며 말했어요.

"멋진걸."

아가씨는 깔깔 웃으며 눈사람에게 눈짓을 했어요. 그러고는 남

자 친구와 함께 눈 위에서 춤을 추었어요. 둘이 발걸음을 옮길 때마다 마치 녹말가루 위를 걷듯 뽀드득뽀드득 소리가 났어요.

눈사람이 집 지키는 개에게 물었어요.

"저 두 사람, 누구야? 너는 나보다 이 뜰에 더 오래 있었잖아. 저 사람들 아니?"

집 지키는 개가 말했어요.

"알지! 아가씨는 나를 쓰다듬어 줬고, 청년은 나한테 뼈다귀를 줬어. 난 저 사람들을 안 물어!"

눈사람이 물었어요.

"그런데 저 사람들, 여기서 뭐 하는 거니?"
집 지키는 개가 말했어요.
"둘이 약혼했어! 함께 개집에 가서 함께 뼈다귀를 오도독오도독 갉아먹고 싶어 하는 거야. 없어졌어! 사라져 버렸어!"
눈사람이 물었어요.
"두 사람은 너와 나처럼 중요하니?"
집 지키는 개가 말했어요.
"둘 다 주인님 거야. 태어난 지 하루밖에 안 되면 아는 게 너무 없구나. 널 보면 확실히 알겠다! 나는 나이도 있고, 아는 것도 많지. 나는 이 집에 사는 사람들을 모두 잘 알아. 나도 좋은 시절이 있었어. 그때는 이렇게 추운 곳에서 사슬에 묶여 있지 않았단다. 없어졌어! 다 사라졌어!"
눈사람이 말했어요.
"추운 건 참 좋은 거야! 더 얘기해 줘! 더 해 줘! 쇠사슬 좀 쩔그럭거리지 마. 네가 자꾸 그러면 내 몸속에서 딱딱 부서지는 소리가 난단 말이야!"
집 지키는 개가 컹컹 짖었어요.
"없어졌어! 사라져 버렸어! 난 작은 강아지였어. 조그맣고 귀엽다고 사람들이 말했었지. 우단을 입힌 안락의자에 나는 쭈그리고 앉아 있었어. 주인님과 주인마님의 무릎 위에 있기도 했고. 모두 내 주둥이에 뽀뽀를 했어. 내 앞발은 수놓은 손수건으로 닦아 줬지. 모두 나를 '최고 귀염둥이', '작은 흔들다리'라고 불렀어. 그런데 나는 그분들한테 너무 큰 개로 변해 버렸지 뭐야. 그래서 그분들은 나를 그 집 가정부에게 줘 버렸어. 나는 지하실로 내려갔어! 네가 서 있는 곳에서도 잘 보일 거야. 내가 주인으로 지냈던 방 안도 보일 테고. 가정부네 집에서는 내가 주인이었거든. 그곳은 위층보다 좁고 좋지도 않았어. 하지만 마음은 훨씬 편했지. 아이들이 꼭 끌어안지도 않았고, 여기저기 질질 끌고 다니지도 않았거든. 음식은 위층에 살았을 때와 똑같이 맛있었어. 그리고 더 많이 줬어! 내 쿠션도 있었지. 그리고 또 거기엔 난로가 있었어. 이맘때쯤이면 세상에서 가장 좋은 거지! 나는 난로 밑으로 기어들어갔어. 사라져 버린 거지. 아, 지금도 그 난로가 그리워. 없어졌어! 사라져 버렸어!"

눈사람이 물었어요.

"난로가 그렇게 예쁜 거야? 나 닮았어?"

"너랑 정반대야! 난로는 새까매. 기다란 목에는 놋쇠로 만든 원통이 있어. 이 원통이 나무를 먹어. 그러면 난로 입에서 불이 막 튀어나온단다. 난로 바로 옆에 있어야 해. 옆에 있을 때도 그렇고 밑에 있을 때도 바싹 붙어 있어야 해. 그러면 얼마나 좋은데! 네가 서 있는 곳에서 창문 너머로 난로가 틀림없이 보일 거야!"

눈사람은 방 안을 들여다보았어요. 정말 놋쇠 원통이 달린 새까만 게 보였어요. 반들반들 윤이 나게 닦여 있었지요. 난로 밑에서는 불이 이글이글 타오르고 있었어요. 눈사람은 묘한 기분에 사로잡혔어요. 자기 마음이 왜 그런지 말로 설명할 수가 없었어요. 눈사람이 모르는 어떤 것이 불쑥 나타난 거예요. 하지만 사람들은 누구나 알고 있지요. 눈사람이 아니라면요.

눈사람이 말했어요.

"그런데 너는 왜 그 여자를 떠났니?"

눈사람은 그게 여자인 줄 알았지요. 눈사람이 말을 이었어요.

"왜 그런 좋은 곳을 떠난 거야?"

집 지키는 개가 말했어요.

"어쩔 수 없었어. 그 사람들이 날 내쫓더니 여기 이 사슬에 꽁꽁 묶어 놨단다. 주인집의 가장 어린 남자애 다리를 내가 물었거든. 내가 뜯어먹고 있던 뼈다귀를 발로 뻥 차서 그랬지. 나는 '다리에는 다리'라고 생각해! 그런데 주인님들은 그걸 괘씸하게 여긴 거지. 그 뒤로 나는 사슬에 묶여 이렇게 쭈그리고 앉아 있단다. 그 맑던 목소리도 없어졌지. 내 목소리가 얼마나 쉬어 버렸는지 한번 들어 보렴. 없어졌어! 사라져 버렸어! 내 얘기는 끝났어!"

눈사람은 더는 귀 기울여 듣지 않았어요. 눈사람은 가정부가 사는 지하실을 줄곧 바라보았어요. 그리고 쇠다리 네 개로 서 있는 난로가 있는 방 안을 들여다보았어요. 난로는 눈사람만 했지요.

눈사람이 말했어요.

"참 이상하다. 내 몸속에서 딱딱 소리가 나네. 나, 저 안에 들어갈 수 없을까? 내 소박한 꿈이야. 우리의 소박한 꿈들은 꼭 이루어질 거야. 나, 정말 저 안에 들어가고 싶어. 내 꿈은 그것밖에 없어. 만일 그 꿈이 이루어지지 않으면, 그건 정말 불공평해. 나, 들어가야겠어. 들어가서 난로에 기대야겠어. 창문을 부수고라도 들어갈래."

집 지키는 개가 말했어요.

"절대로 들어가면 안 돼. 너, 난로 가까이 가면 없어져! 사라져 버려!"

눈사람이 말했어요.

“없어져도 좋아. 나, 산산조각이 날 거 같아.”

눈사람은 온종일 그곳에 서서 창문 안을 들여다보았어요. 뉘엿뉘엿 해가 질 무렵, 방 안은 눈사람의 마음을 사로잡았어요. 난로에서는 부드러운 빛이 흘러나왔어요. 그런데 그건 달하고도 닮지 않았고, 해하고도 닮지 않았어요. 그래요, 그건 난로 속에 뭔가가 있을 때, 오로지 난로만이 낼 수 있는 빛이었어요! 난로의 문이 확 열리자, 불꽃이 혀를 날름 내밀었어요. 불꽃은 보통 그렇지요. 눈사람의 하얀 얼굴이 새빨갛게 달아올랐어요. 가슴께도 붉게 빛났고요.

눈사람이 말했어요.

“더는 못 참겠어. 불꽃은 혀를 쏙 내미는 모습도 참 잘 어울리네!”

밤은 참 길었어요. 하지만 눈사람한테는 조금도 그렇지 않았어요. 눈사람은 이런저런 달콤한 생각에 잠긴 채 서 있었어요. 그 생각들은 꽁꽁 얼었어요. 신음 소리가 절로 새어 나왔어요. 딱딱 소리가 났어요.

이튿날 아침, 지하실의 창문은 모두 꽁꽁 얼어붙었어요. 창문에는 눈부시게 아름다운 눈꽃들이 잔뜩 피어 있었어요. 눈사람은 그런 꽃들을 보는 것만으로도 감지덕지했지요. 하지만 눈꽃들은 난로를 가리고 있었어요. 유리창들은 녹을 생각을 하지 않았어요. 눈사람은 난로를 볼 수 없었지요. 신음 소리가 나고, 딱딱 소리가 났어요. 그날의 날씨는 눈사람들이 무척 좋아하는, 아주 추운 날씨였어요. 하지만 눈사람은 하나도 기쁘지 않았어요. 행복하다고 느껴야 마땅했고, 또 행복할 수도 있었지만, 눈사람은 눈곱만큼도 행복하지 않았어요. 난로가 너무너무 보고 싶었기 때문이에요.

집 지키는 개가 말했어요.

"눈사람은 고약한 병이 걸린 거야. 나도 그 병을 조금 앓았었지. 하지만 난 이겨 냈어. 없어졌어! 사라져 버렸어! 이제 날씨가 바뀌겠는걸."

정말 날씨가 바뀌었어요. 눈과 얼음이 스르르 녹는 포근한 날씨가 되었지요.

날씨는 점점 더 포근해지고, 눈사람은 조금씩 조금씩 줄어들었어요. 눈사람은 한마디도 하지 않았어요. 꿍얼꿍얼 불평도 하지 않았고요. 무슨 일이 일어날 징조였지요.

어느 날 아침, 눈사람은 폭삭 무너져 내렸어요. 눈사람이 서 있던 자리에는 빗자루 대 같은 것이 삐죽 서 있었어요. 남자아이들이 그 빗자루 대에 살을 붙여 그 눈사람을 만들었던 거예요.

집 지키는 개가 말했어요.

"눈사람이 왜 그렇게 난로를 그리워했는지 이제 알겠어. 눈사람 몸속에 끝이 꼬부라진 부지깽이가 있었구나. 그게 그렇게 눈사람을 쑤셔 댔었군. 이젠 다 끝난 일이야. 없어졌어! 사라져 버렸어!"

그리고 겨울도 곧 끝났어요.

집 지키는 개가 컹컹 짖었어요.

"없어졌어! 사라져 버렸어!

하지만 뜰에 있던 어린 여자아이들은 이렇게 노래했어요.

푸른 선갈퀴야, 어서 집에서 나와!

버들가지야, 털장갑을 벗어서 걸어 둬.

뻐꾸기야, 종달새야, 이리 와서 노래해.

2월 말이지만 봄이 오고 있지!

나도 함께 노래할 거야. 뻐꾹! 지지배배!

해님아, 이리로 와서 햇빛을 자주 비춰 줘!"

그 뒤로 눈사람 생각을 하는 사람은 한 명도 없답니다.

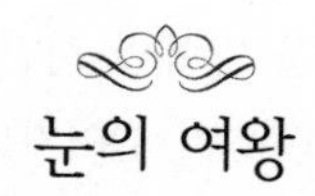

눈의 여왕

―일곱 가지 이야기로 이루어진 동화

첫 번째 이야기

〈거울, 그리고 깨진 거울 조각들〉

모두 잘 들어 보세요! 이제 이야기를 시작할게요. 이야기가 끝날 즈음이면 우리는 지금보다 훨씬 더 많은 것을 알게 될 거예요. 왜냐하면 그것은 요괴였으니까요! 그것도 최고로 못된 요괴였어요. 그러니까 악마였지요!

어느 날 악마는 뛸 듯이 기뻤어요. 굉장히 특이한 거울을 한 개 만들었기 때문이에요. 그 거울은 선한 것이나 아름다운 것을 비추면 완전히 쪼그라들어서 형체가 거의 없는 것처럼 보이고, 아무짝에도 쓸모가 없거나 추하고 사악하게 보이는 것은 유난히 눈에 띄게, 그리고 한층 더 추하고 사악하게 보였지요. 더할 나위 없이 훌륭한 경치도 그 거울에서는 푹 삶은 시금치같이 보였어요. 아주 마음씨가 착한 사람도 그 거울 앞에만 서면, 정나미가 뚝 떨어질 만큼 흉측하거나 거꾸로 꼿꼿이 서 있었지요. 배도 없고, 얼굴은 너무나도 일그러져서 누구인지 알아볼 수도 없었고, 주근깨가 하나만 있어도 코와 입가까지 쫙 퍼진 것처럼 보였지요.

악마가 말했어요.

"기가 막히게 재미있군."

착한 마음을 먹거나 경건한 생각을 하고 있는 사람도 이 거울 앞에서 사악한 표정을 지으며 히죽거리자, 악마는 자신이 만든 정교한 발명품을 놀려 대지 않을 수가 없었어요. 요괴학교를 다니고 있던 학생들은 -악마는 요괴학교를 운영하고 있었어요.- 여기저기 다니며 기적이 일어났다고 말했지요. 이제야 비로소 이 세상과 인간들의 참모습을 볼 수 있게 되었다고 요괴학교 학생들은 생각했어요. 요괴학교 학생들은 거울을 들고 이리저리 뛰어다녔어요. 그 결과 그 거울에 비추었을 때 일그러지지 않을 나라나 사람은 그 어디에도 없었지요.

요괴들은 이번에는 하늘로 날아올라가 천사들과 '하느님'을 놀려 대고 싶었어요. 거울을 들고 하늘 높이 올라갈수록 거울은 점점 더 심하게 히죽거렸어요. 요괴들은 거울을 꼭 잡고 있기가 어려웠어요. 높이 날아 올라갈수록 요괴들은 하느님과 천사들에게 가까워지고 있었어요. 히죽거리던 거울이 어찌나 움찔움찔 요동을 치던지 요괴들의 손에서 미끄러져 땅으로 곤두박질쳤어요. 거울은 땅바닥에서 수억, 수조, 아니 그보다 훨씬 더 많은 수의 조각으로 산산이 부서졌어요.

그래서 그 거울은 지금까지보다 훨씬 더 많은 불행이 닥쳐오게 했어요. 왜냐하면 몇몇 거울 조각들은 모래알보다도 작았는데, 그것들이 넓은 세상을 이리저리 날아다녔기 때문이에요. 거울 조각들은 사람들의 눈에 들어가면 다시 나오지 않고 그대로 거기 박혀 있었어요. 그 사람들은 모든 것을 거꾸로 보거나 나쁜 면만 보았지요. 왜냐하면 모든 작은 거울 조각들은 거울이 가진 것과 똑같은 힘을 가지고 있었기 때문이에요. 몇몇 사람들은 커다란 거울 조각이 가슴에 꽂히기도 했어요. 그러면 아주 끔찍한 일이 벌어졌어요. 그 사람들의 심장은 얼음 덩어리처럼 변해 버렸지요. 거울 조각 몇 개는 너무나도 커서 유리창으로 쓰이기도 했어요. 하지만 그 유리창으로는 친구들의 모습이 제대로 보이지 않았어요. 또 어떤 거울 조각들은 안경 속에 들어갔어요. 사람들은 잘 보기 위해서 안경을 썼지만, 그런 안경을 쓰면 제대로 보이지 않았지요.

악마는 깔깔깔 웃었어요. 너무 웃어서 뱃가죽이 빵 터졌어요. 간질간질한 게 참 기분이 좋았지요.

두 번째 이야기
〈한 어린 남자아이와 한 어린 여자아이〉

큰 도시는 집도 너무 많고, 사람도 너무 많아서 누구든지 작은 정원을 가질 만큼 터가 충분하지 않았어요. 그 도시에 사는 대부분의 사람들은 화분 여러 개에 꽃을 심는 걸로 만족해야 했지요. 그 중에 가난한 두 아이들도 있었어요. 하지만 그 아이들은 정원을 갖고 있었어요. 화분 한 개보다 조금 더 큰 정원이요. 두 아이

는 오누이는 아니었지만, 친남매처럼 서로를 좋아했어요. 아이들의 부모들은 서로 바짝 마주 붙어 있는 집에서 살고 있었어요. 그들은 모두 다락방에서 살았지요. 한 집의 지붕은 이웃집의 지붕과 맞닿아 있었고, 처마의 빗물받이가 두 지붕 사이를 따라 죽 뻗어 있었어요. 두 집 모두 작은 창문이 한 개씩 밖으로 나 있었는데, 빗물받이 위로 올라가면 한 집에서 다른 한 집으로 건너갈 수 있었지요.

두 집 모두 창밖에 커다란 나무 상자가 한 개씩 있었어요. 나무 상자에서는 양념으로 쓰는 야채와 작은 장미나무 한 그루가 자라고 있었어요. 장미나무는 탐스럽게 자라고 있었어요. 아이들의 부모들은 상자를 홈통 위쪽에 가로질러 놓으면 어떨까, 하는 생각을 문득 하게 되었어요. 그렇게 했더니 과연 상자 두 개가 한쪽 집 창문에서 다른 집 창문까지 거의 닿아 마치 꽃담 두 개가 생긴 것 같았지요.

완두콩 넝쿨은 상자 위쪽에서 아래로 늘어져 있었고, 두 그루의 장미나무는 기다란 가지를 쭉쭉 뻗어 창문 주위로 친친 휘감아 올라가 서로 마주보고 인사를 하듯 고개를 숙이고 있었어요. 그러한 모습은 마치 푸른 잎과 꽃으로 이루어진 개선문과도 같았지요. 아이들은 나무 상자가 무척 높은 데다가 그 위에 기어 올라가면 안 된다는 것을 잘 알고 있어서 종종 엄마 아빠의 허락을 받은 뒤에야 비로소 함께 서로 마주보며 상자 위로 올라갔어요. 아이들은 장미나무 밑에 있는, 등받이 없는 작은 의자에 앉았어요. 각기 자기 의자가 있었지요. 그곳에서 아이들은 아주 신 나고 재미있게 놀았어요.

물론 겨울에는 이런 기쁨을 누릴 수 없었어요. 툭하면 유리창에 성에가 잔뜩 끼었지요. 하지만 성에가 끼면 아이들은 동전을 난로에 달궈서 유리창에 갖다댔어요. 그러면 창밖을 내다볼 수 있는 아주 멋진 구멍이 하나 생겼지요. 완전히 동그란, 정말 동그란 구멍이요. 그 구멍으로는 귀엽고 상냥한 눈빛을 한 눈 한 개가 밖을 빼꼼히 내다보고 있었어요, 창문마다 하나씩이요. 그건 어린 남자아이와 어린 여자아이의 눈이었지요. 남자아이의 이름은 '카이'였고, 여자아이의 이름은 '게어다'였어요. 여름이면 두 아이가 한 발짝만 깡충 뛰어도 서로 만날 수 있었지만, 겨울에는 계단을 한참 내려갔다가 또 하염없이 올라가야 만날 수 있었지요. 창밖에는 눈보라가 치고 있었어요.

"하얀 벌들이 떼지어 날아다니고 있구나!"

나이 많은 할머니가 말했어요.

"하얀 벌도 여왕벌이 있어?"

어린 남자아이가 물었어요.

아이는 진짜 벌들 가운데는 여왕벌이 있다는 걸 알고 있었지요.

"그럼. 있고말고! 벌들이 따닥따닥 붙어서 날아갈 때 여왕벌은 그 한가운데 있어! 여왕벌은 벌들 중에서 가장 크단다. 여왕벌은 땅바닥에 느긋하게 머물러 있는 법이 없단다. 언제나 다시 검은 구름 속으로 날아가지. 겨울밤에 여왕벌이 거리를 날아다니다가 창문을 들여다볼 때도 있단다. 그러면 참으로 이상하게도 창문에 성에가 잔뜩 끼지. 그러면 창문이 완전히 꽃처럼 보인단다."

할머니가 말했어요.

"아, 나도 그거 봤어!"

두 아이가 입을 모아 말했어요.

아이들은 할머니 말이 전부 사실이라고 생각했어요.

"눈의 여왕이 여기 들어올 수 있어?"

어린 여자아이가 물었어요.

"들어오려면 오라고 해. 그럼 내가 눈의 여왕을 뜨거운 난로 위에 앉힐 거야. 그럼 스르르 녹아 버릴 거야."

남자아이가 말했어요.

하지만 할머니는 카이의 머리칼을 쓸어 주며 다른 이야기들을 들려주었어요.

저녁 무렵, 집에 있던 카이는 옷을 반쯤 벗다 말고 창가의 의자들 위로 기어 올라가 작은 구멍으로 창밖을 내다보았어요. 밖에는 눈송이 몇 개가 하늘하늘 떨어지고 있었어요. 그런데 그 가운데 가장 큰 눈송이가 꽃 상자 가장자리에 떨어졌어요. 눈송이는 점점 커지더니 마침내 온전한 여인이 되었어요. 그 여자는 아주 보드랍고 새하얀 망사로 된 옷을 입고 있었어요. 그 옷은 별 모양의 눈송이 수백만 개로 이루어져 있었어요. 그 사람은 매우 아름답고 나긋나긋했지만, 눈이 부실 정도로 반짝거리는 얼음으로 되어 있었어요. 하지만 살아 있었지요. 그 사람의 두 눈은 밝게 빛나는 별처럼 또렷하고 초롱초롱했지만, 그 두 눈에는 휴식도, 평온함도 없었어요.

그 여자는 창문을 향해 고개를 한 번 끄덕이더니 손짓을 했어요. 어린 남자아이는 소스라치게 놀라며 의자에서 뛰어내렸어요. 바로 그 순간, 커다란 새 한 마리가 창문 바로 옆을 날아가는 것 같았어요.

이튿날은 몹시 추웠으나 맑은 날이었어요. 날씨가 포근해서 눈과 얼음이 녹았지요. 그리고 드디어 봄이 왔어요. 햇살이 비치고, 새싹이 파릇파릇 돋아나고, 제비들이 둥지를 짓고, 그 두 집은 창문을 열었어요. 그리고 아이들은 다시 자기네들의 자그마한 정원에 앉아 있었어요. 건물의 높은 층, 그리고 그 위에 있는 다락방 홈통 위에서요.

여름이 되자, 장미는 말로 표현할 수 없을 정도로 아름답게 활짝 피었어요. 어린 여자아이는 찬송가 하나를 배웠어요. 그런데 그 노래에는 장미가 나왔어요. 게어다는 노래를 부르며 자신의 장미를 생각했어요. 게어다는 어린 남자아이에게 그 노래를 불러 주었어요. 남자아이도 함께 불렀지요.

골짜기에 장미가 탐스럽게 피네,
우리를 아기 예수님께 보내 주세요.

두 아이는 서로 손을 맞잡고 장미꽃에 뽀뽀를 했어요. 그리고 하느님이 주시는 밝은 햇살을 올려다보며 마치 아기 예수가 거기 있는 것처럼 햇살과 이야기를 나누었어요. 이토록 아름다운 여름날들이 또 있을까요! 멈추지 않고 영원히 꽃을 피우고 싶어 하는 듯한, 싱그러운 장미나무 옆에 있다는 것은 기쁨 그 자체였지요!

카이와 게어다는 의자에 앉아 동물과 새가 나오는 그림책을 보고 있었어요. 커다란 교회 탑의 시계가 막 5시를 알렸어요.

바로 그때 카이가 말했어요.

"아야! 뭔가가 가슴을 콕 찌르네. 눈에도 뭔가가 들어간 것 같아!"

어린 소녀는 카이의 목을 끌어안았어요. 카이는 눈을 깜빡거렸어요. 하지만 아무것도 보이지 않았어요.

"눈에 있던 거 없어진 것 같아!"

카이가 말했어요.

하지만 없어진 게 아니었어요. 그건 바로 그 거울, 그 악마 거울에서 쪼개져 나온 아주 작은 유리 조각들 가운데 하나였어요. 물론 우리도 그 거울을 잘 알고 있지요. 고귀한 것과 선한 것은 보잘것없고 흉측하게 보이게 하고, 보잘것없고 추한 것은 또렷하게 부각시켜 결점이란 결점은 모조리 금방 눈에 띄게 하는 그 해괴망측한 거울 말이에요. 불쌍한 카이는 그 거울 조각 한 개가 가슴에 박힌 거예요. 카이의 심장은 이제 곧 얼음덩어리가 될 거예요. 카이는 더는 가슴이 아프지 않았어요. 하지만 그 작은 유리 조각은 카이의 가슴 속에 박혀 있었지요.

카이가 말했어요.

"너 왜 우니? 울면 보기 흉해! 나 하나도 안 아파! 쳇!"

갑자기 카이가 버럭 소리를 질렀어요.

"저 장미꽃은 나비 애벌레가 다 갉아 먹었어! 그리고 또 저 장미꽃 좀 봐. 완전히 휘어져 버렸어! 둘 다 정나미가 뚝 떨어진다! 저것들이 서 있는 나무 상자와 똑같군!"

카이는 이렇게 말한 뒤, 나무 상자를 발로 뻥 걷어차더니 장미 두 송이를 홱 뜯었어요.

"카이, 지금 뭐 하는 거야!"

게어다가 외쳤어요.

카이는 게어다가 깜짝 놀라는 모습을 보고는 장미꽃 한 송이를 또 뜯더니 어린 게어다를 혼자 남겨 둔 채 자기네 집 창문으로 얼른 달려가 쏙 들어갔어요.

잠시 뒤 게어다가 그림책을 들고 가자, 카이는 그런 것은 갓난이들이나 보는 것이라고 했어요. 그리고 할머니가 이야기를 들려주자, 카이는 계속 "하지만, 하지만." 하면서 말을 똑똑 잘랐어요. 그리고 기회만 되면 얼른 할머니 등 뒤로 가 안경을 쓰고 할머니와 똑같이 말했어요. 할머니와 똑같았지요. 모두 카이를 놀려 댔어요.

얼마 지나지 않아 카이는 그 거리에 사는 사람들의 말투와 걸음걸이를 모두 흉내 낼 수 있었어요. 카이는 그 사람들이 지니고 있는 아름답지 못한 면을 죄다 흉내 낼 줄 알았어요.

카이가 흉내를 내면 사람들은 말했지요.

"이 사내아이는 머리가 정말 좋구나!"

하지만 그건 모두 눈과 심장에 박힌 그 유리 조각 때문이었어요. 그래서 자신을 온 마음으로 사랑하는, 어린 게어다를 놀려 대기까지 한 것이지요.

카이는 예전과 완전히 다른 놀이를 했어요. 아주 어른스러운 놀이를 했지요. 눈송이가 흩날리던 어느 겨울날, 카이는 커다란 볼록렌즈를 들고 와 파란색 외투에 달린 모자를 뒤로 죽 잡아 빼더니 눈송이를 받았어요.

카이가 말했어요.

"게어다, 이 볼록렌즈 좀 봐!"

눈송이는 훨씬 커졌어요. 눈부시게 아름다운 꽃 한 송이 같기도 하고, 육각형 모양의 별 같기도 했어요. 정말 아름다웠지요.

카이가 말했어요.

"굉장히 신기하지? 나는 진짜 꽃보다 이게 훨씬 더 재미있어! 흠이 단 한 개도 없어. 녹지만 않으면 자로 잰 것처럼 계속 반듯반듯할 거야!"

잠시 뒤 카이는 커다란 장갑을 끼고 자기 썰매를 등에 멘 다음, 게어다의 귓가에 대고 외쳤어요.

"난 아이들이 노는 넓은 광장으로 간다. 허락받았거든!"

그러더니 카이는 휙 가 버렸어요.

광장에서 당돌한 남자아이들은 종종 자기네 썰매를 농부들의 수레에 묶어 꽤 멀리까지 함께 달렸지요. 그건 정말 재미있는 놀이였어요. 한창 신 나게 놀고 있는데 커다란 썰매 한 대가 왔어요. 온통 새하얗게 칠한 그 마차 안에는 털이 텁수룩하게 늘어진 하얀 모피 외투로 몸을 감싸고, 역시 털이 텁수룩하게 늘어진, 테 없는 하얀 모자를 쓴 어떤 사람이 앉아 있었어요. 그 썰매는 광장을 두 바퀴 돌았어요. 카이는 조그마한 자기 썰매를 잽싸게 그 마차에 단단히 묶었어요. 그러고는 함께 달렸어요.

썰매는 점점 더 빨리 달려 그 다음번 길가로 곧바로 접어들었어요. 썰매를 몰던 사람이 고개를 돌리더니 카이에게 매우 상냥하게 고개를 끄덕였어요. 그런데 둘은 예전부터 서로 잘 아는 사이 같았어요. 카이가 조그만 자기 썰매를 풀려고 하면, 그 사람은 번번이 카이에게 고갯짓을 했어요. 그러면 카이는 그대로 눌러앉아 있었지요. 둘이 탄 수레는 곧바로 그 도시의 성문을 빠져나갔어요.

눈이 펑펑 내리기 시작했어요. 어찌나 많이 오던지 카이는 썰매가 쌩쌩 달리는 동안, 자기 손도 보이지 않았어요. 카이는 그 커다란 썰매에서 떨어져 나오려고 재빨리 밧줄을 풀려고 했어요. 하지만 아무 소용이 없었어요. 카이의 작은 썰매는 큰 썰매에 단단히 매달린 채 쏜살같이 계속 달리고 있었어요. 카이는 목청껏 외쳤어요. 하지만 아무도 듣지 못했지요. 눈보라가 휘몰아쳤어요. 썰매는 마치 날아가는 것처럼 씽씽 달렸지요. 썰매는 이따금씩 껑충 뛰어올랐어요. 꼭 카이가 도랑이며 산울타리 위로 바람같이 질주하는 것 같았어요. 카이는 너무나 무서웠어요. 카이는 주기도문을 외려고 했어요. 하지만 하염없이 기다란 구구단표밖에 생각나지 않았어요.

눈송이는 점점 더 커지더니 마침내는 커다란 하얀 닭들같이 되었어요. 갑자기 그 닭들이 양옆으로 펄쩍 뛰어오르더니 커다란 썰매가 멈춰 섰어요. 그리고 썰매를 몰던 사람이 자리에서 일어섰어요. 그 사람이 입고 있는 모피 외투와 쓰고 있는 모자는 모두 눈으로 되어 있었어요. 그 사람은 아주 키가 크고, 자세가 당당하고, 눈부시게 빛나는 숙녀였어요. 바로 눈의 여왕이었지요.

"꽤 멀리 달려왔지? 아니, 오들오들 떨고 있네! 내 곰털 외투 속에 들어오렴!"

눈의 여왕이 말했어요. 그러고는 카이를 옆자리에 앉힌 뒤, 모피 외투를 카이에게 둘러 주었어요. 카이는 마치 바람에 몰려와 쌓인 눈더미 속에 폭 빠진 듯한 기분이 들었어요.

눈의 여왕이 물었어요.

"아직도 춥니?"

눈의 여왕은 카이의 이마에 뽀뽀를 했어요. 아, 차가워! 그 입맞춤은 얼음보다 차가웠어요. 그건 곧바로 카이의 가슴 깊이 스며들었어요. 이미 거의 얼음 덩어리가 되었지요. 카이는 꼭 죽을 것만 같았어요. 하지만 잠시 동안만 그랬어요. 카이는 이내 기분이 아주 좋아졌어요. 주위가 춥다는 걸 카이는 더는 느끼지 못했어요.

"내 썰매! 내 썰매를 버리고 가면 안 돼요!"

카이는 제일 먼저 썰매가 떠올랐어요. 카이의 썰매는 하얀 닭 한 마리에 묶여 있었어요. 그 하얀 닭은 등에 카이의 썰매를 짊어지고 큰 썰매를 뒤따라 날아온 거예요. 눈의 여왕은 카이에게 한 번 더 뽀뽀를 했어요. 그러자 카이는 어린 게어다와 할머니, 그리고 가족과 고향 사람들을 모두 까맣게 잊어 버렸어요.

눈의 여왕이 말했어요.

"이제 뽀뽀는 안 해 줄 거야! 내가 한 번만 더 입을 맞추면, 넌 죽고 말 테니까!"

카이는 눈의 여왕을 뚫어지게 바라보았어요. 눈의 여왕은 굉장히 아름다웠어요. 카이는 눈의 여왕보다 더 똑똑하게 생기고 더 아름다운 얼굴을 상상조차 할 수 없었어요. 눈의 여왕은 그때 창밖에 앉아 카이에게 손짓을 하던 때와는 달리, 눈으로 만들어진 것처럼 보이지 않았어요. 카이의 눈에 눈의 여왕은 완벽했어요. 카이는 하나도 무섭지 않았어요. 카이는 눈의 여왕에게 자기는 암산을, 그것도 분수 암산을 할 줄 알고, 여러 나라들의 넓이도 알고, 몇 명이 살고 있는지도 알고 있다고 말했어요. 눈의 여왕은 줄곧 빙그레 웃기만 했어요. 그래서 카이는 자신이 알고 있는 게 충분하지 않다고 생각했어요.

카이는 넓은, 한없이 넓은 하늘을 올려다보았어요. 그러자 눈의 여왕은 카이와 함께 하늘을 날았어요. 검은 구름 위로 높이 올라갔지요. 폭풍이 윙윙 소리를 내며 거세게 불고 있었어요. 꼭 옛 노래들을 부르는 것 같았지요. 카이와 눈의 여왕은 여러 개의 숲과 호수, 여러 개의 바다와 육지를 지나 날아갔어요. 발밑에서는 차가운 바람이 쏴쏴 불고, 늑대들이 울부짖고, 눈은 반짝반짝 빛났어요. 카이 머리 위로 까만 까마귀들이 깍깍 울며 날아갔어요. 하지만 하늘 높은 곳에서는 아주 커다란 달이 대낮처럼 환하게 빛나고 있었어요. 카이는 그 기나긴 겨울밤에 밤새도록 달을 바라보았어요. 그리고 낮에는 눈의 여왕의 발치에서 잠을 잤어요.

세 번째 이야기
〈요술쟁이 할머니네 꽃밭〉

카이가 돌아오지 않게 된 뒤로 어린 게어다는 어떻게 지냈을까요? 카이는 도대체 어디 있는 걸까요? 아무도 알지 못했어요. 카이가 어디 있는지 알려 줄 수 있는 사람은 한 사람도 없었어요. 남자아이들은 카이가 조그만 자기 썰매를 어떤 크고 화려한 썰매에 꽉 묶었는데, 그 큰 썰매는 길가로 나가더니 그 도시의 성문 밖으로 나가는 걸 보았다는 말만 했어요. 카이가 어디 있는지 아는 사람은 단 한 사람도 없었지요. 모두들 눈물을 흘렸어요. 어린 게어다는 오랫동안 하염없이 눈물을 흘렸어요. 시간이 좀 흐르자, 사람들은 카이가 죽은 거라고 했어요. 그 도시 바로 옆을 흐르는 강에 빠진 거라고요. 아, 그해 겨울은 하루하루가 길고도 어두웠지요.

드디어 햇살이 조금 따스해지면서 봄이 왔어요.

어린 게어다가 말했어요.

"카이는 죽어서 썩어 버렸어!"

햇살이 말했어요.

"난 그렇게 생각 안 해!"

어린 게어다가 제비들에게 말했어요.

"카이는 죽어서 썩어 버렸어!"

제비들이 대꾸했어요.

"우리는 그렇게 생각 안 해!"

결국 어린 게어다는 카이가 죽지 않았다고 믿게 되었어요.

어느 날 아침, 게어다가 말했어요.

"나, 빨간색 새 신 신어야지. 카이는 이 신발 아직 못 봤어. 이 신을 신고 강 아래쪽으로 내려가서 강한테 물어봐야지!"

아주 이른 아침이었어요. 게어다는 아직 잠을 자고 있는 할머니에게 뽀뽀를 한 뒤, 빨간 신발을 신고 달랑 혼자서 성문을 빠져 나와 강으로 갔어요.

"강물아, 네가 내 어린 소꿉친구를 정말로 데려간 거니? 네가 카이를 돌려주면, 내 빨간 신발을 선물할게!"

참으로 신기하게도 물결이 고개를 끄덕였어요. 게어다는 자신이 갖고 있는 것 중에서 가장 좋아하는 그 빨간 신을 벗어서 두 짝 모두 강물에 집어던졌어요. 하지만 신발은 물가에 떨어졌어요. 잔물결이 신발 두 짝을 곧바로 다시 뭍으로 가져다 놓았지요. 강물은 자기는 어린 카이를 데려가지 않았기 때문에 게어다가 가장 아끼는 것을 가질 수는 없다고 말하는 것 같았어요. 하지만 게어다는 신발을 충분히 멀리 던지지 못했기 때문이라고 생각하고는 갈대숲에 있는 보트에 기어 올라갔어요. 게어다는 갈대숲 끝까지 보트를 타고 가서 신발을 던졌어요. 그런데 보트가 단단히 묶여 있지 않은 데다, 또 게어다가 이리저리 몸을 움직이는 바람에 보트는 강기슭을 떠나 두둥실 떠내려갔어요.

게어다는 이 사실을 알아채고는 서둘러 작은 배에서 내리려고 했어요. 하지만 게어다가 뭍에 닿기 전에 작은 배는 이미 뭍에서 1엘레(*약 66센티미터.) 이상 떨어져 있었고, 점점 더 빨리 떠내려갔어요.

어린 게어다는 소스라치게 놀라 울음을 터뜨렸어요. 하지만 울음소리를 듣는 건 참새들뿐이었어요. 참새들은 게어다를 뭍으로 데려다 줄 수가 없었지요. 하지만 참새들은 기슭을 따라 날면서 게어다를 위로해 주고 싶은 듯 노래를 불렀어요.

"우리가 여기 있어! 우리가 여기 있어!"

작은 배는 물살과 함께 떠내려갔어요. 어린 게어다는 양말만 신은 채 숨소리 하나 내지 않고 가만히 앉아 있었어요. 게어다의 작은 빨간 신발은 게어다 뒤에서 둥실둥실 헤엄쳐 오고 있었어요. 하지만 신발 두 짝은 작은 배가 훨씬 빨리 앞으로 나아갔기 때문에 작은 배를 따라가지 못했지요.

양쪽 물가는 아름다웠어요. 매우 아름다운 꽃들과 오래된 나무들이 있고, 양과 소가 그득 있는 언덕도 있었어요. 하지만 사람은 하나도 보이지 않았어요.

'강이 나를 카이에게 데려다 줄 건가 봐.'

그런 생각이 들자, 게어다는 조금 희망이 생겼어요. 게어다는 자리에서 일어나 아름다운 푸른 물가를 오래오래 찬찬히 보았어요.

게어다가 타고 있는 작은 배는 벚나무 정원 곁을 지나게 되었어요. 그곳에는 이상야릇한 빨간색과 파란색 창문이 달린 작은 집 한 채가 오뚝 서 있었어요. 지붕은 짚으로 되어 있었고, 집 앞에는 나무로 만든 병정들이 어깨에 총을 메고 그 앞을 지나가는 사람들을 보고 서 있었어요.

게어다는 나무 병정들을 큰 소리로 불렀어요. 진짜 병정인 줄 알았지요. 물론 나무 병정들은 대꾸를 하지 않았지요. 게어다는 나무 병정들 곁으로 바싹 다가갔어요. 강물은 작은 배를 곧바로 물가로 흘려보냈어요.

게어다는 아까보다 더 큰 소리로 외쳤어요. 그러자 집에서 아주 나이가 많은 할머니가 지팡이를 짚고 나왔어요. 할머니는 차양이 넓은 햇빛 가리개 모자를 쓰고 있었는데, 모자에는 굉장히 예쁜 꽃들이 그려져 있었어요.

파파 할머니가 말했어요.

"어린 것이 불쌍하구나! 물살이 세고 빠른데 어떻게 이 넓은 세계까지 떠내려 온 거니?"

할머니는 물속 깊숙이 들어와 지팡이를 작은 배에 걸어 뭍으로 잡아당긴 다음, 게어다를 번쩍 들어 배에서 내려 주었어요.

게어다는 드디어 다시 마른땅을 밟게 되어 기뻤어요. 하지만 이 낯선 할머니가 조금은 무섭기도 했어요.

파파 할머니가 말했어요.

"이리 와서 네가 누구인지, 그리고 여기는 어떻게 오게 되었는

지 말 좀 해 보렴!"

게어다는 할머니에게 지금까지 있었던 일들을 모두 들려주었어요.

그러자 파파 할머니는 고개를 흔들면서 말했어요.

"흠! 흠!"

게어다가 이야기를 마치고 카이를 보지 못했느냐고 묻자, 할머니는 카이는 이곳을 지나가지 않았지만, 틀림없이 올 것이므로 슬퍼하지 말고 버찌도 좀 맛보고, 꽃구경도 하라고 했어요. 그곳에 있는 꽃들은 그 어떤 그림책보다 훨씬 더 아름답다고 하면서 꽃들은 한결같이 완결된 이야기를 한 편씩 들려준다고 했지요. 그러고 나서 할머니는 게어다의 손을 잡고 그 작은 집으로 들어갔어요. 할머니는 문을 잠갔어요.

그 집 창문은 모두 아주 높이 달려 있었어요. 유리창은 빨간색, 파란색, 노란색이었어요. 한낮의 햇살이 집 안을 비추자, 집 안에는 가지각색의 색깔이 묘한 분위기를 자아냈어요. 하지만 탁자 위에는 아주 탐스러운 버찌가 놓여 있었어요. 게어다는 맘껏 버찌를 먹었어요. 파파 할머니의 허락을 받았거든요. 게어다가 버찌를 먹는 동안, 파파 할머니는 황금 빗으로 게어다의 머리를 빗겨 주었어요. 그러자 게어다의 머리카락은 황금빛으로 이루 말할 수 없이 아름답게 빛나며, 작고 상냥하고, 너무 동그래서 장미같이 생긴 얼굴 주위로 곱슬곱슬 드리워졌어요.

파파 할머니가 말했어요.

"나는 너처럼 귀엽고 작은 여자아이가 하나 있었으면, 하고 얼마나 바랐는지 몰라. 우리가 앞으로 얼마나 사이좋게 지내게 될지

두고 보면 알 거야!"

파파 할머니가 게어다의 머리에 빗질을 해 주면 해 줄수록 게어다는 오빠와도 같은 카이를 조금씩 조금씩 잊어버렸어요. 이 할머니는 마술을 부릴 줄 알았거든요. 하지만 나쁜 마녀는 아니었어요. 할머니는 재미삼아 마술을 조금씩 부렸지요. 할머니는 어린 게어다를 어떻게든 곁에 두고 싶었어요. 그래서 할머니는 정원으로 가서 지팡이를 장미나무들 위로 뻗은 뒤, 흔들어 댔어요. 그러자 그토록 아름답게 활짝 피어 있던 장미꽃들이 시커먼 땅속으로 모두 쑥 들어가 버렸어요. 할머니는 게어다가 장미를 보면 자기가 기르던 장미꽃 생각을 많이 하고, 그러다가 어린 카이를 떠올려 떠나 버릴까 봐 두려웠던 거예요.

할머니는 게어다를 꽃들이 그득 피어 있는 정원으로 데려갔어요. 아, 이렇게 향기로울 수가 있을까요! 아, 이렇게 아름다울 수가 있을까요! 우리가 상상할 수 있는 모든 꽃들, 그러니까 봄여름가을겨울 사계절의 모든 꽃들이 할머니의 화려하고 아름다운 꽃밭에 있었어요. 어떤 그림책도 이보다 더 알록달록하고 아름다울 수는 없었지요. 게어다는 너무 기뻐 깡충깡충 뛰며 키 큰 벚나무들 뒤로 해가 질 때까지 놀았어요. 그리고 할머니는 게어다에게 푸른 제비꽃을 그득 채운, 빨간 비단 이불이 깔린 예쁜 침대를 주었어요. 게어다는 이 침대에 누워 잠을 잤어요. 그리고 결혼식 날을 맞은 여왕님처럼 멋진 꿈도 꾸었지요.

이튿날도 게어다는 따사로운 햇살을 받으며 꽃들과 함께 놀았어요. 그렇게 여러 날이 지났어요. 게어다는 그곳에 있는 꽃들 이름을 모두 다 알고 있었어요. 그런데 그곳에 꽃이 그렇게 많은데도 왠지 게어다는 한 가지 꽃이 빠진 것만 같았어요. 하지만 그게 어떤 꽃인지는 알 수가 없었어요.

어느 날 게어다는 무심코 앉아 있다가 꽃이 그려진 할머니의 모자를 바라보았어요. 꽃들 가운데에서 가장 예쁜 꽃은 장미였지요. 할머니는 마술로 장미를 모조리 땅속에 사라져 버리게 하면서 모자에 있는 장미를 없애 버리는 건 깜박 잊었지요. 자칫 생각을 모으지 않으면 이런 일이 일어날 수 있는 법이지요.

게어다가 말했어요.

“어머! 여기엔 장미가 하나도 없네?”

게어다는 화단 사이사이를 전부 돌아다니며 찾고, 또 찾았어요. 하지만 장미는 한 송이도 보이지 않았어요. 게어다는 땅바닥에 주저앉아 엉엉 울었어요. 하지만 게어다의 뜨거운 눈물이 장미나무들 중 한 그루가 사라져 버린, 바로 그곳에 똑똑 떨어졌어요. 따스한 눈물방울이 땅을 촉촉히 적시자, 장미나무는 순식간에 싹이 터서 땅속으로 꺼져 버리기 전과 똑같이 탐스럽게 꽃을 피웠어요. 게어다는 장미나무를 꼭 안아 주며 장미들에게 뽀뽀를 했어요. 그리고 집에 있는 아름다운 장미를 생각하며 어린 카이 생각도 했지요.

게어다가 말했어요.

“어머, 내가 왜 여기 이러고 있는 거지? 카이를 찾으려고 했는데!”

게어다가 장미꽃들에게 물었어요.

“카이가 어디 있는지 너희 아니? 카이가 죽어서 썩어 버렸을까?”

장미꽃들이 말했어요.

“카이는 죽지 않았어. 우리는 땅속에 있다 왔어. 그곳에는 죽은 사람들이 모두 있었는데 카이는 없었어!”

“정말 고마워!”

어린 게어다가 말했어요. 그러고는 다른 꽃들에게 가서 꽃받침 속을 들여다보며 물었어요.

“너희, 카이가 어디 있는지 혹시 아니?”

하지만 꽃들은 햇볕을 쬐고 서서 각자 자기들만의 동화나 이런 저런 이야기를 꿈꾸고 있었어요. 게어다는 꽃들의 이야기를 엄청나게 많이 들었지요. 하지만 카이에 대해 알고 있는 꽃은 하나도 없었어요.

날개하늘나리는 뭐라고 말했을까요?

“북소리를 들어 봐! 둥! 둥! 딱 두 가지 소리만 나지. 언제나 둥! 둥! 여자들의 슬프고 애처로운 노래를 들어 봐! 사제들의 외침 소리를 들어 봐! 한 인도 여자가 빨간색 긴 옷을 입고 장작더미 위에 서 있어. 불꽃이 그 여자와 죽은 남편 위에서 넘실넘실 널름거려. 하지만 인도 여자는 주위에 빙 둘러선 사람들 가운데 있는, 살아 있는 한 남자를 생각하지. 눈빛이 불꽃보다 더 활활 타오르는 그 남자를 말이야. 여자의 몸을 곧 한 줌의 재로 태워 버리고 말 그 불꽃보다 눈빛의 불꽃이 여자의 심장에 더 가까이 다가갈 그 남자를 생각하는 거야. 마음의 불꽃은 장작더미의 불꽃 속에서 죽어 버릴 수 있는 걸까?”

“난 무슨 말인지 하나도 모르겠어!”

어린 게어다가 말했어요.

"이건 내 동화야!"

날개하늘나리가 말했어요.

그럼 메꽃은 어떤 이야기를 했을까요?

"좁다란 산속 오솔길 위에 오래된 기사의 성 한 채가 우뚝 솟아 있어. 무성하게 자란 늘푸른잎들이 성의 오래된 붉은 담을 타고 올라 발코니 주위를 한 잎 한 잎 빽빽하게 감싸고 있지. 그곳에 한 아름다운 아가씨가 서 있어. 아가씨는 난간 위로 몸을 숙여 길가를 내려다보고 있어. 어떤 장미꽃도 이 아가씨만큼 상큼한 모습으로 가지에 달려 있지는 않지. 바람이 불어 나무에서 떨어진 사과꽃도 이 아가씨만큼 사뿐사뿐하지는 않지. 화려한 비단 옷은 또 얼마나 사각거리는데! 그 사람이 안 오는 걸까?"

"카이를 말하는 거니?"

어린 게어다가 물었어요.

"난 내 동화, 내 꿈 이야기를 하는 거야."

메꽃이 대꾸했어요.

작은 갈란투스는 무슨 이야기를 했을까요?

"나무들 사이에 묶어 놓은 밧줄에 길쭉한 널빤지 한 개가 매달려 있어. 그건 바로 그네야. 귀여운 두 여자아이가 -원피스는 눈처럼 새하얗고, 긴 초록색 비단 끈이 모자에서 살랑살랑 나부껴.- 그네를 뛰고 있어. 그 여자아이들보다 키가 큰 오빠는 그네에 서 있어. 오빠는 한 팔을 밧줄에 두르고 몸을 지탱하지. 오빠는 한 손에는 작은 사발을, 다른 한 손에는 점토로 만든 파이프를 들고 있거든. 오빠는 그걸로 비눗방울을 불어. 그네가 앞뒤로 움직일 때마다 비눗방울이 오색찬란한 빛을 내며 포르르 날아가. 마지막 비눗방울은 파이프에 대롱대롱 매달려 바람에 달랑달랑 흔들리지. 그네가 앞뒤로 흔들려. 조그만 까만 강아지는 비눗방울처럼 사뿐히 뒷발로 서서 그네에 오르려고 해. 그네가 휙 날아오르는 바람에 강아지는 그만 쿵 하고 바닥에 떨어졌지 뭐야. 강아지가 멍멍 짖어. 화가 난 거야. 모두 강아지를 놀려 대. 비눗방울은 펑펑 터져. 이리저리 흔들리는 널빤지, 포롱포롱 터지는 거품. 이게 나의 노래야!"

"네가 들려준 이야기는 참 예쁜 이야기인 것 같기는 한데, 너는 너무 슬프게 이야기를 해 주는구나. 그리고 카이 얘기는 하나도 안 하고. 히아신스들은 어떤 얘기를 해 줄 거니?"

"아름다운 세 자매가 있었어. 셋 다 아주 투명하고 고왔어. 큰 언니의 옷은 빨간색, 둘째 언니의 옷은 파란색, 막내의 옷은 하얀색이었어. 세 자매는 고요한 호숫가에서 환한 달빛을 받으며 서로 손을 맞잡고 춤을 췄어. 세 자매는 요정이 아니라 인간이었어. 무척이나 달콤한 향기가 풍겼지. 그 소녀들은 숲 속으로 휙 사라져 버렸어. 하지만 향기는 더욱더 그윽해졌어. 아름다운 세 자매가 누워 있는 관 세 개가 숲의 울창한 덤불에서 나와 호수 위로 스르르 미끄러져 갔어. 개똥벌레들이 반짝반짝 빛을 비추어 주며 관 주위를 빙빙 돌며 날아갔어. 가물가물 흔들리는 작은 양초 같았지. 춤을 추던 아가씨들은 잠이 든 걸까? 아니면 죽은 걸까? 꽃향기는 말하지. 그 아가씨들은 시체라고. 저녁 종이 그 죽은 이들을 위해 울리지!"

"네 얘기 들으니까 슬퍼진다. 너는 향기가 너무 강해. 죽은 그 세 자매 생각을 안 할 수가 없네! 아, 어린 카이가 정말 죽은 거니? 장미꽃들이 땅속에 있다 왔는데, 안 죽었다고 했어!"

어린 게어다가 말했어요.

"딸랑딸랑!"

히아신스들이 종을 울렸어요.

"우리는 어린 카이를 위해 종을 울리는 게 아냐. 우리는 그런 애 몰라! 우리는 우리의 노래만 부르는 거야. 우리가 부를 줄 아는 유일한 노래지."

게어다는 반짝이는 푸른 잎들 사이에서 화사하게 반짝반짝 빛나는 민들레에게 갔어요.

게어다가 말했어요.

"너는 밝은 꼬마 해님 같구나! 내 소꿉친구가 어디에 있는지 알면 말 좀 해 줄래?"

민들레는 눈부시게 아름답게 빛났어요. 민들레는 게어다를 쳐다보았어요. 민들레는 어떤 노래를 불렀을까요? 이번에도 카이 얘기는 없었어요.

"봄이 온 첫째 날, 우리 하느님의 태양이 어떤 작은 마당을 아주 따스하게 비추고 있었어. 햇살은 이웃집의 하얀 벽으로 미끄러져 내려갔어. 벽 바로 옆에는 맨 먼저 핀 노란 꽃들이 있었어. 따스한 햇살 속에서 반짝이는 황금 같았지. 나이 많은 할머니가 마당에서 자기 의자에 앉아 있었어. 할머니의 예쁜 손녀는 남의 집 하녀로 일하는 불쌍한 아가씨였는데, 잠시 동안 집에 들렀어. 아가씨는 할머니에게 뽀뽀를 했어. 사랑스러운 이 입맞춤에는 황금이, 가슴 속 깊은 곳에 있는 황금이 들어 있단다. 입에도, 땅에도 황금이 있어. 아침 하늘에도 황금이 있고. 자, 이게 나의 자그마한 이야기야!"

민들레가 말했어요.

"우리 불쌍한 할머니!"

게어다는 한숨을 푹 쉬었어요.

"그래, 할머니는 날 너무너무 보고 싶어 하실 거야. 나 때문에 슬퍼하실 거야. 어린 카이 때문에 슬퍼하셨던 것처럼. 얼른 집에 가야지. 카이도 데려가고. 꽃들한테 물어봐야 아무 소용이 없어. 꽃들은 자기 노래만 할 줄 알아. 꽃들은 아무것도 가르쳐 주지 못해!"

게어다는 빨리 달릴 수 있도록 작은 옷을 질끈 묶어 올렸어요. 수선화를 깡충 뛰어넘으려고 하는데, 수선화가 게어다의 발을 톡톡 쳤어요. 게어다는 발걸음을 멈추고 키가 크고 노란 그 꽃을 유심히 바라보았어요. 그리고 물었어요.

"뭔가 알고 있는 거니?"

게어다는 수선화 쪽으로 몸을 숙였어요.

수선화는 무슨 말을 했을까요?

"난 내 자신을 볼 수 있어! 나를 볼 수 있다고! 아, 아, 난 어쩜 이렇게 향긋할까! 합각지붕 밑에 있는 아주 작은 다락방에서 한 어린 여자 무용수가 옷을 반 정도만 입은 채 서 있어. 무용수는 한 발로 서기도 하고, 두 발로 서기도 해. 그 무용수는 두 발로 전 세계를 만나는 거야. 무용수는 그렇게 느끼지. 무용수는 찻주전자의 물을 손에 들고 있던 옷에 부어. 그건 코르셋이야. 깨끗하다는 건 좋은 일이지! 하얀 원피스는 옷걸이에 걸려 있어. 그 옷도 찻주전자 물로 빨아서 지붕 위에서 말린 거지. 무용수는 그 옷을 입고 목에 등황색 머플러를 둘러. 그러면 원피스가 훨씬 더 하얗게 빛나 보이지. 한 다리를 높이 쳐들었네! 잘 봐, 작은 장대 위에서 몸을 쭉 펴는 저 모습을 좀 봐! 난 내 모습이 보인다니까! 난 내 자신을 볼 수 있어!"

"네 얘기는 내 맘에 하나도 들지 않아, 그런 얘기는 나한테 안 해 줘도 돼!"

게어다는 이렇게 말하며 정원의 끝으로 달려갔어요.

문은 굳게 잠겨 있었어요. 하지만 게어다가 녹슨 꺾쇠를 흔들자, 꺾쇠가 쑥 빠지면서 문이 홱 열렸어요. 어린 게어다는 맨발로 드넓은 세상으로 뛰어나갔어요. 세 번이나 뒤를 돌아보았지만, 아무도 따라오지 않았지요. 더 뛸 수 없게 되자, 게어다는 어느 커다란 바위 위에 앉았어요. 주위를 둘러보니 여름은 이미 지나가고, 늦가을에 접어들어 있었어요. 언제나 햇빛이 비치고, 봄여름가을겨울 사계절의 모든 꽃들이 피는 그 아름다운 정원에서는 시간의 흐름을 느낄 수 없었지요.

"어머! 너무 꾸물댔네! 벌써 가을이 됐어! 마냥 늦장 부리면 안 되겠다!"

게어다는 일어나 길을 떠났어요.

아, 게어다의 작은 두 발은 얼마나 아프고 지쳤는지 몰라요. 주위는 쌀쌀하고 황량했어요. 기다란 버드나무 잎은 완전히 노랗게 물들어 버렸고, 안개가 물로 변해 버드나무 잎사귀에서 똑똑 떨어지고 있었어요. 나뭇잎이 한 잎 한 잎 떨어졌어요.

가시자두나무 딱 하나만 열매를 달고 있었어요. 그 열매는 무척 떫어서 사람들은 그걸 맛보다가 오만상을 찌푸렸지요.

아, 세상은 온통 잿빛이고 무겁게만 느껴졌어요.

네 번째 이야기
〈왕자와 공주〉

게어다는 또다시 쉬어야 했어요. 게어다가 앉아 있는 곳 바로 맞은편에 커다란 까마귀 한 마리가 눈 위를 이리저리 폴짝폴짝 뛰어 다니고 있었어요. 까마귀는 한참 동안 그곳에 죽치고 앉아 게어다를 빤히 바라보더니 머리를 앞뒤로 까딱까딱 흔들었어요.

까마귀가 말했어요.

"까악! 까악! 안녕하세요! 안녕하세요!"

까마귀는 이보다 더 잘 말할 수는 없었어요. 하지만 까마귀는 어린 소녀가 마음에 들어서 이렇게 말한 거예요. 까마귀는 게어다에게 달랑 혼자서 이 넓은 세상 어느 곳으로 가고 싶은 거냐고 물었어요. 게어다는 '혼자서'란 낱말을 아주 잘 알고 있었어요. 그리고 그 말 안에 얼마나 많은 뜻이 담겨 있는지도 잘 알았지요. 게어다는 까마귀에게 지금까지 살아온 이야기를 모두 들려준 다음, 카이를 보지 못했느냐고 물었어요.

까마귀는 깊이 생각에 잠긴 듯한 표정을 지으며 고개를 끄덕이고는 이렇게 말했어요.

"본 것 같아! 본 것 같아!"

"정말 본 것 같아?"

어린 소녀가 외쳤어요. 그러고는 까마귀가 숨이 막혀 죽을 정도로 까마귀를 꼭 끌어안고 뽀뽀를 했어요.

까마귀가 말했어요.

"진정해! 진정 좀 하라구! 아무래도 어린 카이였던 것 같아! 하지만 카이는 공주님 때문에 너를 잊은 게 확실해!"

게어다가 물었어요.

"카이가 공주님 집에서 사는 거니?"

"그렇다니까. 내 말 잘 들어! 그런데 나는 네가 쓰는 말로 이야기하는 게 힘들어. 네가 까마귀 말을 알면, 내가 훨씬 더 얘기를 잘 들려줄 수 있는데."

"난 까마귀 말 못 해. 배우지 않았어! 하지만 할머니는 할 줄 아셨어. 할머니는 어린 아기들이 하는 말도 할 줄 아셨어. 배워 둘 걸 그랬어!"

게어다가 말했어요.

"괜찮아! 할 수 있는 데까지 이야기해 볼게. 잘 안 될 수도 있겠지만!"

까마귀는 자기가 알고 있는 것을 말하기 시작했어요.

"우리가 지금 있는 이 왕국에는 아주 똑똑한 공주님이 있어. 공주님은 이 세상에 있는 여러 가지 신문들까지도 죄다 읽고 싹 잊어버릴 만큼 똑똑하지. 그런데 얼마 전부터 공주님은 왕좌에 앉아 있어. 사람들 말로는 공주님이 별로 신 나는 것 같지 않더래. 공주님은 갑자기 콧노래를 불렀어. '난 왜 결혼하면 안 되지?'라는 노래였어. '아, 왜 그 생각을 못 했지? 모두 듣거라. 이 노래대로 할 것이니라.' 하고 공주님이 말했어. 공주님은 결혼을 하고 싶었어. 하지만 공주님은 누구하고 얘기를 하든 막힘없이 척척 대답을 할 줄 아는 남자를 남편으로 맞이하고 싶었어. 품위 있게 보이지만 멀뚱멀뚱 서 있기만 하는 남자는 싫었거든. 가만있는 건 너무 재미없으니까. 그래서 공주님은 모든 시녀들에게 한꺼번에 북을 치게 했어. 시녀들은 공주님의 계획을 듣고 무척 기뻐했지. '잘 생각하셨어요. 저희도 요즘 그런 생각을 했어요!' 하고 시녀들이 말했어. 내 말은 전부 사실이야! 내 약혼녀는 인간에게 길들여졌는데, 성안을 마음대로 돌아다니지. 약혼녀가 내게 모든 얘기를 다 해 줘!"

까마귀의 약혼녀는 물론 까마귀였지요. 왜냐하면 까마귀가 결혼을 하려면, 꼭 까마귀랑 하는 거니까요.

까마귀가 말했어요.

"신문들은 곧바로 한쪽 가장자리에 하트 무늬와 공주님 이름의 머리글자를 실었어. 거기에는 젊고 잘생긴 남자는 누구나 마음만 내키면 성으로 와서 공주님과 이야기를 나눌 수 있다고 쓰여 있었어. 또 공주님은 스스럼없이 말을 하고, 가장 말을 잘하는 남자를 남편으로 맞이하겠다는 말도 쓰여 있었지! 아무렴! 내 말 믿어도 돼. 내가 여기 있는 것과 마찬가지로 확실한 사실이니까. 사람들이 구름처럼 몰려왔어. 사람들이 끊임없이 달려와 그야말로 북새통이었지. 하지만 첫째 날도, 둘째 날도 성공한 사람은 없었어. 사람들은 길거리에서는 모두 말을 잘했어. 하지만 성문을 들어서서 은빛 옷을 입은 친위병을 보고, 계단을 올라가 금빛 옷을 입은 궁정의 하인들을 보고, 또 불이 환히 켜진 커다란 홀들을 보면 어쩔 줄 몰라 했지. 그래서 공주가 앉아 있는 왕좌 앞에 서면 아무 말도 할 수 없었지. 공주가 말한 마지막 낱말 딱 한 개만 머리에 남아 있었어. 공주님은 그 단어에는 별 흥미를 느끼지 못했지. 아무래도 성안에서 그 사람들 배 위에 코담배를 뿌려서 다시 길거리로 나올 때까지 깊은 잠에 빠진 게 아닌가 싶어. 길거리에 나오면 다시 말들을 할 수 있었으니까 말이야. 성문에서 성까지 남자들은 길게 줄지어 서 있었지. 나도 거기 가서 다 봤어! 다들 배가 고프고 목도 말랐지. 하지만 성에서는 미지근한 물 한 컵 주지 않았어. 약삭빠른 몇몇 사람들은 집에서 버터빵을 챙겨 왔지만 옆 사람한테는 빵 부스러기 하나 주지 않았지. 공주님은 쫄쫄 굶은 것같이 보이는 남자는 남편으로 삼지 않을 것이라고들 생각한 거야!"

"하지만 카이, 어린 카이! 카이는 언제 나오는 거야? 그 사람들 중에 카이가 있었어?"

게어다가 물었어요.

"보채지 말고 좀 기다려! 지금 막 하려고 했어! 셋째 날이 되자, 한 조그만 녀석이 말도, 마차도 타지 않았는데 아주 당당하게 성으로 행진했지. 녀석의 눈은 꼭 네 눈처럼 반짝반짝 빛났어. 머리카락은 길고 무척 탐스러웠지만 옷은 초라했지!"

"카이 맞아!"

게어다가 환호성을 질렀어요.

"아, 드디어 카이를 찾았네!"

게어다는 손뼉을 쳤어요.

까마귀가 말했어요.

"등에 직공들이 쓰는 배낭을 메고 있더라."

"아냐, 배낭이 아니라 카이의 썰매일 거야. 틀림없어! 썰매를 타다가 사라져 버렸거든!"

"그럴지도 모르겠다! 자세히 안 봤으니까! 하지만 사람들한테 길들여진 내 약혼녀에게 들어서 한 가지는 확실히 알고 있어. 그 녀석이 성문 안에 들어서서 은빛 옷을 입은 친위병을 보고, 계단을 올라가 금빛 옷을 입은 궁정 하인들을 봤는데도 조금도 주눅이 들지 않더래. 녀석은 그 사람들한테 고개를 끄덕이고는 이렇게 말했대. '계단에 서 있으면 따분하겠어요. 나는 안에 들어가는 게 낫겠어요!' 이 홀, 저 홀에 촛불이 환하게 켜져 있었대. 고문관들과 대신들은 맨발로 황금 사발을 날랐대. 그런 광경을 보면 누구나 엄숙하고 장중한 기분이 들지! 녀석은 자기 장화에서 삐걱삐걱 소리가 엄청나게 크게 나는데도 눈도 깜짝하지 않았대!"

"카이가 틀림없어! 새 장화를 신고 있었다는 거 나도 알아. 할머니 방에서 신발 소리가 삐걱삐걱 나는 거 들었어!"

"맞아, 그런 소리가 났어! 그 애는 한껏 기분 좋은 얼굴로 물레의 실패만큼 커다란 진주 위에 앉아 있는 공주님 앞으로 당당하게 걸어갔어. 시녀들은 모두 자기 시녀들을 거느리고 −그 시녀들은 또 자기네들의 시녀들을 거느리고,− 시종들은 모두 자기 하인들을 거느리고 −그 하인들은 또 자기네들의 하인을 거느리고 있었고, 그 하인들은 또 하인을 한 명씩 거느리고 있었어.− 공주 주위에 빙 둘러 서 있었어. 문 가까이 서 있는 사람일수록 자신감이 넘쳐 보였어. 시종의 하인의, 또 그 하인의, 또 그 하인의 하인은 언제나 슬리퍼를 신고 다니면서도 문 앞에서는 어찌나 당당한 표정으로 서 있는지 감히 쳐다보기도 어려울 정도였단다!"

까마귀가 말했어요.

"섬뜩했겠다! 그럼 카이는 공주님이랑 결혼했겠네?"

어린 게어다가 말했어요.

"내가 까마귀만 아니었어도 공주님하고 결혼하는 건데. 내가 약혼했건 아니건 간에 말이야. 하여튼 그 남자애는 내가 까마귀 말로 말하듯 말을 유창하게 술술 잘했대. 사람들한테 길들여진 내 약혼녀한테 들은 거야. 그 애는 스스럼이 없고 잘생겼대. 그 애는 공주님에게 구혼을 하려고 성에 온 게 아니고, 공주님이 정말 똑똑한지 아닌지 알아보기 위해 온 거래. 그런데 공주님이 마음에 들었지. 공주님도 그랬고!"

"맞아, 틀림없어. 그 애는 카이야! 카이는 무지무지 똑똑해서 분수 암산도 잘해! 아, 나 좀 성에 데리고 가면 안 되니?"

게어다가 말했어요.

"그래, 말은 쉽지. 하지만 어떻게 하면 우리가 성에 갈 수 있을까? 사람들한테 길들여진 내 약혼녀하고 한번 얘기해 볼게. 분명히 충고를 해 줄 거야. 원래 너같이 어린 여자애는 보통은 성에 들어가지 못하거든!"

까마귀가 말했어요.

"아냐. 들어갈 수 있어! 내가 온 걸 카이가 알면, 곧바로 성에서 달려와서 날 데려갈 거야!"

게어다가 말했어요.

"그럼 저기 울타리 계단에서 날 기다리고 있어!"

까마귀가 말했어요. 그러고는 고개를 흔들며 날아갔어요.

저녁이 되어 주위가 어두컴컴해졌을 무렵에야 비로소 까마귀가 돌아왔어요.

까마귀가 말했어요.

"까악! 까악! 우리 약혼녀가 너한테 안부 전해 달래! 몇 번이나 말했는지 몰라. 여기 이 작은 빵 먹으렴. 약혼녀가 성의 부엌에서 너 주려고 슬쩍한 거야. 거기엔 빵이 충분히 많이 있어. 그리고 넌 틀림없이 배고플 테고! 넌 성안에 들어갈 수 없어. 너는 신발도 신지 않았잖아. 은빛 옷을 입은 친위병과 금빛 옷을 입은 하인들이 널 들여보내 주지 않을 거야. 하지만 울지 마. 꼭 성에 데려다 줄게. 내 약혼녀가 작은 뒷계단을 알고 있어. 그 계단으로 가면 침실이 나와. 내 약혼녀는 열쇠가 어디 있는지도 알아!"

게어다와 까마귀는 정원으로 갔어요. 그곳의 커다란 가로수 길에는 나뭇잎이 하나둘 떨어지고 있었어요. 성에서 하나둘 불이 꺼지자, 까마귀는 게어다를 데리고 뒷문으로 갔어요. 뒷문은 살짝 열려 있었어요.

아, 게어다는 겁도 나고 카이가 너무 보고 싶기도 해서 가슴이 얼마나 콩닥콩닥 뛰었는지 몰라요! 꼭 나쁜 일을 저지르려는 사람 같았지요. 게어다는 까마귀가 말한 그 남자아이가 어린 카이인지 아닌지 오로지 그것만 알고 싶었을 뿐인데 말이에요. 그래요, 그 아이는 카이가 틀림없었어요. 게어다는 카이의 총명한 두 눈과 긴 머리칼이 머릿속에 또렷이 떠올랐어요. 게어다는 장미꽃 아래에서 나란히 앉아 있을 때 방긋 웃음을 짓던 카이의 모습이 눈앞에 보이는 듯했어요. 카이는 게어다를 보면 틀림없이 반가워할 거예요. 게어다가 카이를 찾아서 머나먼 길을 왔고, 또 카이가 집에 돌아오지 않아 식구들이 모두 슬퍼했다는 것을 알게 되면, 분명히 기뻐할 거예요. 아, 게어다는 무섭기도 하고, 기쁘기도 했어요.

드디어 게어다와 까마귀는 계단을 올라갔어요. 장 위에서 조그만 등잔불이 타고 있었어요. 계단 한가운데에는 사람들에게 길들여진 까마귀가 서서 고개를 이리저리 움직이며 게어다를 찬찬히 뜯어보았어요. 게어다는 할머니가 가르쳐 준 대로 무릎을 살짝 굽혀 인사를 했어요.

길들여진 까마귀가 말했어요.

"꼬마 아가씨, 제 약혼자가 아가씨 칭찬을 많이 했어요! 아가씨의 삶은 그야말로 감동스러워요! 아가씨가 등불을 드세요. 그럼 제가 앞장설게요. 이쪽으로 똑바로 가면 아무하고도 마주치지 않을 거예요!"

"그런데 우리 뒤를 누군가 따라오는 것 같아!"

게어다가 말했어요.

그때 뭔가가 게어다 옆을 휙 스쳐 지나갔어요. 그건 벽에 비친 그림자 같았어요. 다리가 가늘고 갈기를 휘날리는 말들, 사냥꾼의 조수들, 말을 타고 달리는 귀족들과 귀부인들 같았어요.

길들여진 까마귀가 말했어요.

"저건 모두 여러 가지 꿈들일 뿐이에요! 그 꿈들은 고귀한 분들에게 와서 그분들의 생각을 사냥터로 데려가지요. 마침 잘됐네요. 아가씨가 침대에 누워 있는 그분들을 더 잘 살펴볼 수 있으니까요. 하지만 부탁 하나 드리고 싶어요. 아가씨가 널리 인정받아 높은 자리에 올라가면, 그때 저한테 고마운 마음을 표시해 주세요!"

"그거야 당연한 거지!"

숲에서 온 까마귀가 말했어요.

게어다와 까마귀 두 마리는 첫 번째 홀로 들어갔어요. 홀의 네 벽은 정교한 꽃무늬가 있는 분홍빛 공단으로 도배가 되어 있었어요. 이곳에서 꿈들은 이미 그들 곁을 휙휙 지나가 버렸어요. 너무 빨리 지나가서 게어다는 지체 높은 분들을 자세히 보지도 못했어요. 홀을 하나씩 지나갈 때마다 홀은 점점 더 화려해졌어요. 아, 모두 눈이 휘둥그레졌어요. 드디어 셋은 침실에 이르렀어요.

침실의 천장은 값비싼 유리로 된 잎이 달린 커다란 야자나무 같았어요. 침실 한가운데에는 황금으로 된 두꺼운 줄기 위에 백합 모양의 침대 두 개가 걸려 있었어요. 한 침대는 하얀색이었고, 다른 하나는 빨간색이었어요. 하얀 침대에서는 공주가 자고 있었어요. 게어다는 빨간 침대에서 잠을 자고 있는 사람이 어린 카이인지 알아보아야 했어요. 게어다가 붉은 꽃잎 한 장을 살짝 옆으로 구부리자, 갈색 목덜미가 보였어요.

"아, 카이다!"

게어다는 큰 소리로 카이의 이름을 부르면서 등불을 카이 위로 올렸어요. 그 순간, 꿈들이 말을 타고 그 방 안으로 질주해 들어왔어요. 자고 있던 소년이 잠에서 깨어나 고개를 돌렸어요. 그런데! 소년은 어린 카이가 아니었어요.

왕자는 카이와 목덜미만 닮았지요. 하지만 왕자는 젊고 아름다웠어요. 하얀 백합 침대에서 자고 있던 공주가 고개를 내밀고 도대체 무슨 일이 일어난 거냐고 물었어요. 어린 게어다는 눈물을 흘리면서 지금까지 일어났던 일과 까마귀들이 자신을 위해서 해 준 일을 모두 이야기해 주었어요.

"꼬마가 정말 안됐네!"

공주와 왕자가 말했어요.

공주와 왕자는 까마귀들을 칭찬한 뒤, 두 까마귀에게 화가 난 것은 절대 아니라면서 앞으로는 두 번 다시 이런 일을 하지 말라고 일렀어요. 어쨌거나 까마귀들에게는 상을 내리기로 했어요.

공주가 물었어요.

"너희, 자유롭게 날아다니고 싶니? 아니면 궁정 까마귀로 채용되어서 부엌에 떨어진 건 뭐든지 먹으면서 살고 싶니?"

두 까마귀는 고개 숙여 절을 하면서 안정된 일자리를 달라고 부탁했어요. 자기네들 나이를 생각했기 때문이에요.

까마귀들이 말했어요.

"노후에는 뭔가 갖고 있는 게 좋지요."

보통 그렇게들 말하지요.

왕자는 침대에서 내려오더니 게어다에게 그곳에서 잠을 자라고 했어요. 왕자는 최고의 친절을 베푼 거예요.

게어다는 작은 두 손을 모으고 생각했어요.

'사람도, 동물도 모두 마음씨가 고와!'

게어다는 이내 눈을 감고는 아주 편안한 마음으로 잠이 들었어요. 그러자 꿈들이 일제히 다시 그곳에 날아왔어요. 꿈들은 하느님의 천사들같이 보였어요. 천사들은 작은 썰매 한 대를 끌고 있었는데, 그 썰매에는 카이가 앉아서 고개를 끄덕이고 있었어요. 하지만 그 모든 것은 한낱 꿈일 뿐이었지요. 그래서 게어다가 잠에서 깨어나 눈을 뜨자, 모두 사라져 버렸어요.

이튿날 게어다는 머리끝에서 발끝까지 우단과 비단으로 감쌌어요. 공주와 왕자는 게어다에게 성에 머물며 편안히 살라고 했어요. 하지만 게어다는 작은 마차 한 대와 말 한 필, 그리고 작은 장화 한 켤레를 달라고 부탁했어요. 게어다는 다시 넓은 세상에 나가 카이를 찾고 싶었던 거예요.

게어다는 장화뿐만 아니라 모피로 만든 토시도 얻었어요. 그리고 시녀들은 게어다를 예쁘게 꾸며 주었어요. 게어다가 떠나려고 하자, 순금으로 만든 새 마차 한 대가 문 앞에 멈춰 섰어요. 마차에는 왕자와 공주의 문장이 별처럼 반짝반짝 빛났어요. 마부, 하인, 길 안내인–말을 타고 길을 안내하는 사람까지 딸려 있었어요.–은 모두 황금 관을 쓰고 마차와 말 위에 앉아 있었어요.

왕자와 공주는 게어다가 마차를 타는 것을 도와주며 크나큰 행복을 빌어 주었어요. 이제 막 결혼해 새신랑이 된 숲 속 까마귀는 3마일(*약 4.8킬로미터.) 거리까지 게어다 일행을 호위해 주었어요. 숲 속 까마귀는 게어다와 나란히 앉았어요. 마차가 달리는 쪽과 반대 방향으로 앉으면, 멀미가 났기 때문이에요.

성에 사는 까마귀의 아내는 성문 앞에서 날개를 퍼드덕거리며

박수를 쳤어요. 아내 까마귀는 확실한 일자리가 생긴 뒤로 너무 많이 먹어서 두통에 시달리느라 함께 갈 수 없었어요. 그런데 마차 안에는 설탕을 친 8자 모양의 빵이 가득 실려 있었어요. 좌석 밑에도 과일과 호두 모양의 과자가 그득했고요.

왕자와 공주가 외쳤어요.

"안녕! 잘 가!"

어린 게어다는 눈물을 흘렸어요. 까마귀도 울었지요. 까마귀 역시 자신이 배웅해 주기로 한 거리를 다 달려오자, 게어다에게 작별 인사를 했어요. 작별하는 마음은 너무나도 무거웠지요. 까마귀는 나무 위로 올라가 환한 햇살처럼 반짝이는 그 황금 마차가 보이지 않을 때까지 새까만 날개를 파닥거렸어요.

다섯 번째 이야기
〈도둑의 어린 딸〉

마차는 어두운 숲을 가로질러 달렸어요. 하지만 마차는 횃불처럼 빛났지요. 도둑들은 눈이 부셨어요. 횃불은 도둑들의 눈에 확 띄었어요. 도둑들은 견딜 수가 없었어요.

"금이다! 금!"

도둑들이 외쳤어요.

도둑들은 우르르 몰려나와 말을 붙잡고, 어린 길 안내인들, 마부, 하인들을 때려죽인 다음, 어린 게어다를 마차에서 끌어냈어요.

늙은 여자 도둑이 말했어요.

"오동통 살이 올랐군. 귀엽기도 하고. 호두를 먹고 피둥피둥 살이 쪘구나!"

도둑 할머니는 길고 부스스한 수염에 눈썹은 눈 밑으로 길게 늘어져 있었어요.

"잡아먹으려고 키우는 새끼 양 같군. 그거, 참 맛 좋겠는걸!"

도둑 할머니는 번쩍번쩍 빛나는 칼을 뽑아 들었어요. 그 칼은 어찌나 번쩍이던지 온몸에 쫙 소름이 끼칠 정도였어요.

"아야!"

파파 할머니가 갑자기 빽 소리를 질렀어요.

등에 업혀 있던 어린 딸이 할머니의 귀를 꽉 깨문 거예요. 말괄량이에다 버릇이 없는 그 아이는 자기 엄마를 깨무는 게 무척 재미있었지요.

"요 못된 말썽꾸러기!"

아이 엄마가 말했어요.

그 말을 하느라 도둑 할머니는 게어다를 죽이지 못했지요.

도둑의 어린 딸이 말했어요.

"저 애는 나랑 놀아야 돼! 저 애는 모피 토시랑 예쁜 옷을 나한테 선물해야 해. 그리고 내 침대에서 나란히 누워 잠을 자야 해!"

도둑의 어린 딸은 또다시 자기 엄마를 확 깨물었어요. 그러자 도둑 할머니는 펄쩍 뛰어오르며 빙그르르 돌았어요.

도둑들이 모두 하하 웃으며 말했어요.

"야, 저것 좀 봐, 할망구가 자기 말괄량이하고 춤춘다!"

"나, 저 마차에 탈 거야!"

도둑의 어린 딸이 말했어요.

하는 섬에 있어!"

"아, 카이, 어린 카이!"

게어다가 폭 한숨을 쉬었어요.

그때 도둑의 어린 딸이 말했어요.

"조용히 누워서 자! 안 그러면 칼로 배를 찔러 버릴 거야!"

아침이 되자, 게어다는 도둑의 어린 딸에게 산비둘기들이 했던 이야기를 모두 들려주었어요. 도둑의 어린 딸은 아주 진지한 표정을 짓더니 고개를 끄덕이며 말했어요.

"뭐, 아무래도 상관없어. 나는 아무래도 상관없어."

그러고는 순록에게 물었어요.

"너, 라플란드가 어디 있는지 아니?"

그 동물이 말했어요.

"내가 그 누구보다도 더 잘 알지!"

순록의 두 눈이 반짝거렸어요.

"난 그곳에서 태어나고 자랐어. 그곳이 내 고향이지. 난 눈 덮인 들판을 뛰어다녔어!"

도둑의 어린 딸이 말했어요.

"잘 들어. 보다시피 남자들이 모두 밖에 나갔어. 하지만 우리 엄마는 아직도 집에 있지. 엄마는 늘 집에 있어. 하지만 엄마는 조금 있으면 큰 병에 든 술을 마실 거야. 그러고는 잠깐 눈을 붙일 거야. 그러면 내가 너를 위해서 어떻게든 해 볼게!"

도둑의 어린 딸은 침대에서 총알같이 튀어나와 자기 엄마의 목을 부둥켜안더니 콧수염을 찍찍 잡아당기며 말했어요.

"내 귀여운 숫염소야, 잘 잤니?"

그 엄마는 딸의 코를 손가락으로 톡톡 튀겼어요. 딸의 코는 푸르뎅뎅해졌지요. 하지만 그건 모두 딸을 사랑하기 때문에 한 행동이지요.

엄마가 술을 마시고 잠이 들자, 도둑의 어린 딸은 순록에게 가서 말했어요.

"웬일인지 난 예리한 칼로 너를 많이 많이 긁어 주고 싶단다. 그럼 네가 얼마나 우스꽝스러운 모습을 하는데. 하지만 뭐, 상관없어. 네 목줄을 풀어 줄게. 라플란드로 달려가렴. 하지만 부리나케 달려서 이 여자아이를 눈의 여왕의 성에 데려다 줘야 해. 거기 이 아이의 소꿉동무가 있거든. 이 애가 한 말 너도 다 들었지? 이 아이가 충분히 큰 목소리로 얘기했고, 너는 귀를 쫑긋 세우고 들었으니까!"

순록은 너무 기쁜 나머지 펄쩍 뛰어올랐어요. 도둑의 어린 딸은 어린 게어다를 순록의 등에 태운 다음, 게어다의 몸에 조심조심 끈을 꼭꼭 동여매 주고, 깔고 앉을 작은 방석도 한 개 주었어요.

도둑의 어린 딸이 말했어요.

"뭐, 어찌 됐든 상관없어. 이 모피 장화, 너 신어. 날이 추워질 테니까. 하지만 모피 토시는 내가 가질게. 너무 예쁘니까! 어쨌거나 네가 꽁꽁 얼어 버리면 안 되지. 이거 우리 엄마 벙어리장갑인데 좀 커. 네가 끼면 팔꿈치까지 올 거야. 그래도 껴 봐! 네 손을 보니 정이 뚝 떨어질 정도로 못생긴 우리 엄마 같구나!"

게어다는 기뻐서 눈물을 흘렸어요.

도둑의 어린 딸이 말했어요.

"나, 네가 끼이끼이 우는 꼴 정말 못 보겠다! 기분 좋은 얼굴을 해야지! 그리고 여기 빵 두 덩어리랑 햄이 있어. 이거면 배는 안 고플 거야."

도둑의 어린 딸은 빵과 햄을 순록의 등 뒤쪽에 묶었어요. 그러고는 문을 열고 큰 개들을 살살 달래 모두 안으로 불러들인 뒤, 칼로 밧줄을 끊고 순록에게 말했어요.

"서둘러! 이 어린 여자아이를 잘 돌봐 주렴!"

게어다는 커다란 벙어리장갑을 낀 두 손을 도둑의 어린 딸에게 내밀며 작별 인사를 했어요. 작별 인사가 끝나자, 순록은 그루터기와 바위를 넘고, 커다란 숲을 가로지르고, 늪과 초원 지대를 지나 있는 힘껏 달렸어요. 늑대들이 울부짖고, 산까마귀들이 까악거렸어요.

"쉭! 쉭!"

하늘에서 소리가 났어요. 하늘이 피를 튀기며 재채기하는 것 같았어요.

순록이 말했어요.

"오래 전부터 봤던 오로라다! 저 반짝거리는 빛 좀 봐!"

순록은 한층 더 빨리 달렸어요. 밤낮을 가리지 않고 달렸지요. 맛있는 빵도, 맛있는 햄도 똑 떨어졌어요. 그리고 게어다와 순록은 라플란드에 도착했지요.

여섯 번째 이야기

〈라프족 할머니와 핀족 여자〉

게어다와 순록은 어느 작은 집 앞에서 멈춰 섰어요. 그 집은 너무나도 보잘것없었어요. 지붕은 땅바닥에 닿고, 문은 너무나도 낮아서 그 집 식구들은 집 밖으로 나갈 때나 집 안으로 들어갈 때는 배를 땅에 대고 엉금엉금 기어다녀야 했지요. 이곳에는 라프족 할머니 달랑 혼자서 살고 있었어요. 할머니는 어유 램프 옆에 서서 생선 한 마리를 굽고 있었어요.

순록은 라프족 할머니에게 게어다의 이야기를 모두 들려주었어요. 물론 자기 이야기를 제일 먼저 했지요. 왜냐하면 순록은 자기 이야기가 훨씬 더 중요하다고 여겼고, 또 게어다는 추위에 꽁꽁 얼어붙어서 한마디도 하지 못했기 때문이에요.

라프족 할머니가 말했어요.

"아, 불쌍한 것들! 너희, 아직도 한참 더 가야 해! 핀마르(*노르웨이 북부 지방. 핀란드와 러시아 국경과 접함.) 쪽으로 100마일(*약 161킬로미터.) 이상을 더 달려가야 해. 눈의 여왕이 기분 전환을 하기 위해 그곳으로 갔거든. 눈의 여왕은 저녁마다 그곳에서 푸른 오로라에 불을 붙이지. 바싹 말린 대구에 몇 자 써 줄게. 난 종이가 없거든. 이걸 갖고 가서 저 위에 사는 핀족 여자에게 보여 주렴. 그 여자가 나보다 훨씬 잘 알려 줄 거야!"

게어다가 몸을 녹이고 먹고 마시는 동안 라프족 할머니는 말린 대구에 몇 자 적은 다음, 게어다에게 그걸 잘 간직하라고 당부했어요. 그러고는 게어다를 다시 순록의 등에 태운 뒤, 끈으로 단단히 묶어 주었어요. 순록은 껑충 뛰어올라 그곳을 떠났어요.

"쉭! 쉭!"

하늘에서 소리가 났어요. 밤새도록 이루 말할 수 없이 아름다운 푸른 오로라가 활활 타올랐어요.

마침내 게어다와 순록은 핀마르크에 닿았어요. 그리고 핀족 여자의 집 굴뚝을 두드렸어요. 문이 없었기 때문이에요.

집 안은 엄청나게 더웠어요. 핀족 여자는 거의 옷을 입지 않은 채 집 안을 돌아다니고 있었어요. 핀족 여자는 키가 작고, 굉장히 지저분했어요. 핀족 여자는 곧바로 게어다의 옷의 단추를 풀고, 벙어리장갑과 장화도 벗기고, —안 그러면 너무 더웠을 테니까요.— 순록의 머리에는 얼음 한 조각을 올려놓은 뒤, 말린 대구에 쓰인 글을 읽었어요. 세 번이나 읽고 나자, 내용을 전부 다 외웠지요. 핀족 여자는 대구를 냄비에 집어넣었어요. 말린 대구를 끓여 먹으면 맛이 좋았지요. 핀족 여자는 허투루 버리는 게 하나도 없었어요.

순록은 제일 먼저 자기 이야기를 했어요. 그리고 어린 게어다의 이야기를 했어요. 핀족 여자는 총명해 보이는 눈을 깜박이며 잠자코 듣기만 했어요.

순록이 말했어요.

"아줌마는 굉장히 똑똑해요. 아줌마는 이 세상의 모든 바람들을 실 한 가닥에 꽁꽁 묶어놓을 수 있다는 거, 난 잘 알아요. 선장이 첫 번째 매듭을 풀면 순풍이 불고, 두 번째 매듭을 풀면 바람이 거세지고, 세 번째와 네 번째 매듭을 풀면 폭풍이 불어서 숲 속의 나무들이 죄다 쓰러지지요. 이 어린 여자아이가 남자 열두 명의 힘을 얻어 눈의 여왕을 물리칠 수 있게 물약을 주실 수 없으신지요?"

"남자 열두 명의 힘이라. 그래, 그 정도면 충분하겠군."

핀족 여자가 말했어요. 핀족 여자는 한쪽 벽에 달린 선반으로 가서 짐승의 가죽으로 된 커다란 두루마리를 내려와 좍 펼쳤어요. 거기에는 이상야릇한 문자가 쓰여 있었어요. 핀족 여자는 이마에 땀을 뻘뻘 흘리며 그 글씨를 읽었어요.

순록은 어린 게어다를 위해서 온 마음을 다해 한 번 더 부탁했고, 게어다는 두 눈에 눈물을 글썽이며 간절히 애원하는 눈빛으로 핀족 여자를 바라보았어요. 그러자 핀족 여자는 순록을 구석으로 데리고 가서 얼음 조각을 새로 머리에 얹어 주며 속삭였어요.

"물론 어린 카이는 눈의 여왕의 집에 있어. 그 애는 거기 있는 모든 것이 마음에 들고, 자신이 바라던 것들이었다고 생각해. 그래서 그곳이 이 세상에서 최고로 좋은 곳이라고 여기지. 하지만 그건 유리 파편 한 개가 그 애의 심장에, 그리고 작은 유리 알갱이

한 개가 눈에 들어갔기 때문이야. 우선 그것들을 빼내야 해. 안 그러면 그 애는 두 번 다시 사람다운 사람이 될 수 없단다. 눈의 여왕이 그 애를 계속 지배하게 될 거야!"

"하지만 아줌마는 어린 게어다에게 그 모든 것을 이길 수 있는 약을 주실 수 있지 않나요?"

"나는 게어다가 이미 지니고 있는 힘보다 더 큰 힘을 줄 수는 없어. 그 힘이 얼마나 큰지 너는 모르겠니? 사람이나 동물이나 모두 게어다를 꼭 도와주게 되는 거 몰라? 신발도 없이 맨발로 이 넓은 세상에서 계속 앞으로, 앞으로 아무 문제 없이 척척 나아가고 있는 거 모르겠어? 하지만 저 아이한테 그 힘에 대해 말해 주면 안 돼. 그 힘은 저 아이의 가슴속에 있어. 저 애 마음속에. 저 아이는 사랑스럽고, 티 없이 맑고 깨끗한 아이야. 저 애가 직접 눈의 여왕에게 가서 어린 카이의 몸속에 있는 유리 조각을 빼내지 못하면, 우리도 저 애를 도와줄 방법이 없어! 여기서 2마일(*약 3.2킬로미터.) 가면 눈의 여왕의 정원이 시작돼. 너는 저 어린 여자아이를 거기까지 데려다 주렴. 눈 속에서 빨간 딸기가 열려 있는 커다란 덤불 옆에 저 아이를 내려 주렴. 이러쿵저러쿵 수다 떨지 말고 이곳으로 서둘러 돌아와!"

핀족 여자는 어린 게어다를 안아 순록의 등에 태워 주었어요. 순록은 전속력으로 달렸어요.

어린 게어다가 외쳤어요.

"어머, 장화를 안 갖고 왔네! 벙어리장갑도 두고 왔고!"

살을 에는 듯한 추위에 퍼뜩 생각난 거예요. 하지만 순록은 멈추지 않고 계속 달려 드디어 빨간 딸기가 열린 커다란 덤불 앞에

이르렀어요. 순록은 그곳에 게어다를 내려 주고, 게어다의 입에 뽀뽀를 했어요. 순록의 두 뺨 위로 반짝반짝 빛나는 굵은 눈물방울이 뚝뚝 흘러내렸어요. 순록은 있는 힘을 다해 방금 왔던 길을 되돌아갔어요. 불쌍한 게어다는 장화도, 벙어리장갑도 없이 무시무시하고 얼음처럼 차갑고 추운 핀마르크 한복판에 오도카니 서 있었어요.

게어다는 있는 힘을 다해 앞으로 내달렸어요. 그러자 눈송이 연대가 몰려왔어요. 하지만 그건 하늘에서 내리는 게 아니었어요. 하늘은 청명하게 맑고, 오로라는 환하게 빛나고 있었어요. 눈송이들은 땅바닥 바로 위를 휙휙 달렸고, 게어다에게 가까이 다가올수록 점점 더 커졌어요. 게어다는 예전에 볼록렌즈로 눈송이를 보았을 때, 눈송이가 얼마나 크고 아름다웠는지 아직도 기억이 생생했어요.

하지만 지금 이 눈송이들은 그 눈송이들보다 훨씬 더 크고, 무시무시했지요. 살아 있기도 했고요. 이 눈송이들은 바로 눈의 여왕의 전초 부대였지요. 전초 부대는 생긴 것도 참으로 이상야릇했어요. 어떤 것들은 흉측한 커다란 고슴도치같이 생겼고, 또 어떤 것들은 대가리를 쑥 쳐들고 있는 뱀들이 완전히 실몽당이처럼 똘똘 뭉쳐 있는 것처럼 보였고, 또 어떤 것들은 털이 온통 헝클어진, 뚱뚱하고 작은 곰들같이 보였지요. 이것들은 모두 새하얗고, 살아 움직이는 눈송이였어요.

어린 게어다는 주기도문을 외웠어요. 날씨가 어찌나 춥던지 자기가 내쉬는 입김이 보였지요. 증기가 입 안에서 퐁퐁 나오는 것 같았어요. 그런데 입김이 점점 짙어지더니 환하게 빛나는 작은 천사들이 되었어요. 천사들은 땅에 닿기가 무섭게 점점 더 커졌어요. 천사들은 모두 머리에 투구를 쓰고, 손에는 창과 방패를 들고 있었어요. 천사들의 수는 점점 늘어났어요. 게어다가 주기도문을 다 끝내자, 천사들은 완전한 군대를 이루고 게어다를 빙 둘러싸고 있었어요.

천사 군대는 창으로 그 끔찍한 눈송이들을 박살냈어요. 눈송이들은 백 조각으로 산산조각 났지요. 어린 게어다는 이제 안심이 되었어요. 게어다는 용감하게 앞으로 나아갔어요. 천사들이 게어다의 손발을 쓰다듬어 주자, 게어다는 추위를 별로 느끼지 못했어요. 게어다는 눈의 여왕이 있는 성을 향해 발걸음을 재촉했어요.

하지만 카이는 어떻게 지내고 있었을까요? 카이는 어린 게어다 생각은 눈곱만큼도 하지 않았어요. 게어다가 성 밖에 서 있으리라고는 꿈에도 생각지 못했지요.

일곱 번째 이야기
〈눈의 여왕의 성에서 일어난 일, 그리고 그 뒷이야기〉

눈의 여왕이 살고 있는 성의 벽은 흩날리는 눈으로, 창과 문은 살을 에는 듯한 바람으로 만들어져 있었어요. 성에는 홀이 백 개도 넘었어요. 눈이 흩날리는 정도에 따라 홀의 크기가 각기 달랐는데, 가장 큰 홀은 그 길이가 무려 수백 마일도 넘었지요. 홀들은 모두 강렬한 오로라의 빛을 받아 밝게 빛나고 있었는데, 너무 크고, 너무 텅텅 비고, 너무 얼음같이 춥고, 반짝반짝 빛났지요.

이곳에는 기쁨과 만족이 한 번도 없었어요. 곰들의 작은 무도회 같은 것도 열린 적이 없었지요. 폭풍이 춤곡을 연주하면, 북극곰들은 앞발을 들고 뒷발로 걸어가며 세련된 동작을 보여 줄 수 있었을 텐데 말이에요. 또 이 성에서는 뺨이나 손을 찰싹 때리는 소소한 놀이 모임도 있었던 적이 없지요. 하얀 아가씨 여우들이 커피를 마시며 잡담을 하는 조촐한 모임도 없었고요. 눈의 여왕의 홀들은 크고 추웠어요.

오로라는 매우 규칙적으로 타올라서 언제 가장 밝게 타오르는지, 언제 가장 낮게 비추는지 정확히 알 수 있었어요. 한없이 넓고 텅 빈 눈의 홀 한가운데에는 꽁꽁 얼어붙은 호수가 있었어요. 호수는 천 개의 조각으로 쪼개져 있었어요. 하지만 그 조각들은 모양이 모두 똑같았어요. 그래서 조각들이 모인 그 전체는 하나의 완벽한 예술품 같았지요. 눈의 여왕은 성에 있을 때면, 이 호수 한가운데에 앉아 있었어요. 그러고는 말했지요. 자신은 이성의 거울 속에 앉아 있고, 이 거울은 이 세상을 통틀어 딱 하나밖에 없는 최고의 것이라고요.

어린 카이는 추위로 온몸이 시퍼렇다 못해 거의 시커먼 색이 되었어요. 하지만 스스로는 느끼지 못했어요. 눈의 여왕이 카이에게 뽀뽀를 해 줌으로써 추위로 몸이 오싹해지는 것을 못 느끼게 한 데다 카이의 심장은 이미 얼음 덩어리와도 같았거든요.

카이는 판판하고 끝이 뾰족한 갖가지 얼음 조각을 이리저리 끌고 다니며 모든 방식을 동원해 짜 맞추었어요. 뭔가를 만들고 싶었거든요. 그건 우리가 작은 나무판자 여러 개로 다양한 모양이 되게 짜 맞추는 '중국 놀이'–우리는 그렇게 부르지요.–와 똑같은 놀이였어요. 카이도 아주 정교하고 아름다운 여러 가지 모양을 만들어 냈어요. 그건 온 마음을 집중해 머리로 얼음을 짜 맞추는 놀이였지요. 카이의 눈에는 이 형상들이 매우 뛰어나고 최고로 중요한 것이었어요. 그건 다 카이의 눈에 박힌, 작은 유리 알갱이 때문이었어요!

카이가 여러 가지 모양을 모두 짜 맞추면 낱말 한 개가 만들어졌어요. 하지만 카이는 자신이 꼭 만들고 싶은 낱말은 도대체 어떻게 해야 만들어 낼 수 있는지 알 수가 없었어요. 그건 바로 '영원'이라는 단어였어요.

눈의 여왕은 이렇게 말했었지요.

"네가 그 모양을 만들어 내면, 널 자유롭게 풀어 줄게. 네게 이 세계를 통째로 선물하고, 새 스케이트도 한 켤레 줄게."

하지만 카이는 그걸 할 수 없었어요.

눈의 여왕이 말했어요.

"이제 나는 따뜻한 나라들로 갈 거야! 썰매를 타고 빨리 가서 까만 솥들 안을 들여다볼 거야!"

까만 솥들이란 불을 뿜어 대는 산들, 곧 에트나 산과 베수비오 산을 뜻했어요.

"거기다 흰색 칠을 조금 해야겠어! 그래야 레몬과 포도가 잘 자라거든!"

눈의 여왕은 말을 마친 뒤, 휙 날아갔어요.

카이는 길이가 수마일이나 되는 텅 빈 얼음 홀에서 홀로 앉아 얼음 조각들을 뚫어지게 바라보며 생각하고, 또 생각했어요. 그러자 카이의 몸속에서 '딱' 소리가 났어요. 카이는 완전히 굳은 자세로 가만히 앉아 있었어요. 사람들이 그 모습을 보았다면, 카이가 얼어 죽은 줄 알았을 거예요.

바로 그 순간, 어린 게어다는 커다란 문을 -그 문은 바로 살을 에는 듯한 바람들이었지요.- 지나 성안으로 들어갔어요. 게어다는 저녁 기도문을 외웠어요. 그러자 바람들은 잠깐 눈을 붙이고 싶은 듯 잠잠해졌지요. 게어다는 커다랗고, 춥고, 텅 빈 홀 안에 들어갔어요. 그곳에는 카이가 있었어요. 게어다는 카이를 단박에 알아보았어요. 게어다는 냉큼 달려가 카이의 목에 얼굴을 파묻었어요.

게어다는 카이를 꼭 끌어안고 외쳤어요.

"카이! 사랑하는 카이! 드디어 이제 찾았네!"

하지만 카이는 한마디 말도 없이 잠자코 앉아 있었어요. 온몸은 굳어 있었고 차가웠지요. 어린 게어다는 뜨거운 눈물을 흘렸어요. 그 눈물은 카이의 가슴에 방울방울 떨어져 심장 속으로 스며들었지요. 눈물은 심장 속에 있던 얼음 덩어리를 녹이고, 작은 얼음 조각도 모두 없애 버렸어요. 카이는 게어다를 바라보았어요. 게어다는 그 노래를 불렀어요.

골짜기에 장미가 탐스럽게 피네.
우리를 아기 예수님께 보내 주세요.

카이는 와락 울음을 터뜨렸어요. 그러자 한쪽 눈에서 거울 조각 알갱이가 때구루루 굴러 나왔어요.

카이는 게어다를 알아보고 환호성을 질렀어요.

"게어다! 사랑하는 게어다! 그렇게 오랫동안 도대체 어디 있었던 거야? 그리고 나는 또 어디 있었던 거지?"

카이는 주위를 둘러보았어요.

"여기 정말 춥다! 어쩜 이렇게 텅텅 비었을까! 어쩜 이렇게 넓을까!"

카이는 게어다한테 찰싹 달라붙었어요. 게어다는 너무 기쁜 나머지 웃다가 울다가 했어요. 그 모습이 너무 아름다워 아이들 주변에 있던 얼음 조각들은 춤을 추었어요. 춤을 추다 지친 얼음 조각들은 바닥에 누워 쉬었어요. 얼음 조각들은 눈의 여왕이 말했던 바로 그 문자들의 모양을 이루며 누워 있었지요. 만들어 내기만 하면 카이는 자유의 몸이 되고, 이 세상 전부와 새 스케이트 한 켤레를 선물하겠다고 하던 그 모양을 말이에요.

게어다가 카이의 두 뺨에 뽀뽀를 하자, 카이의 뺨이 발그레해졌어요. 게어다가 카이의 두 눈에 뽀뽀를 하자, 카이의 눈은 게어다의 눈처럼 반짝거렸어요. 또 게어다가 카이의 손과 발에 입을 맞추자, 카이는 생기가 돌며 건강을 되찾았지요. 눈의 여왕이 돌아와도 아무 걱정 없었어요. 눈의 여왕이 카이를 자유롭게 풀어 주겠다고 하던 그 낱말이 이곳에 있었으니까요. 반짝이는 얼음 조각들이 쓴 것이지요.

게어다와 카이는 서로 손을 맞잡고 커다란 그 성을 빠져 나왔어요. 둘은 할머니 이야기도 나누고, 지붕 위에 피었던 장미 이야기도 했어요. 두 아이가 걸어가는 곳에는 바람이 완전히 잠들고, 해님이 불쑥 나타났어요. 그리고 빨간 딸기가 열린 덤불에 이르자, 순록이 둘을 기다리며 서 있었어요. 순록 곁에는 젖이 아주 통통하게 부풀어 오른 젊은 순록이 한 마리 있었어요. 그 순록은 따뜻한 젖을 아이들에게 먹이고, 아이들의 입에 뽀뽀를 했어요.

순록 두 마리는 우선 카이와 게어다를 핀족 여자에게 데려다 주었어요. 아이들은 뜨끈뜨끈한 핀족 여자의 집에서 몸을 녹이고, 고향으로 돌아가는 길을 핀족 여자에게 물었어요.

아이들과 순록들은 라프족 할머니에게 갔어요. 할머니는 아이들에게 새 옷을 지어 주고, 썰매도 손질해 주었어요.

순록들은 나란히 달리며 게어다와 카이를 국경까지 바래다주었어요. 그곳에서는 그해에 제일 먼저 자란 풀이 땅 밖으로 고개를 살짝 내밀고 있었어요. 두 아이는 젊은 사슴과 라프족 여자에게 작별 인사를 했어요.

"잘 가! 안녕히 계세요!"

"잘 가! 안녕!"

모두 말했지요.

첫 번째 작은 새들이 지저귀기 시작했어요. 숲 속의 나무들은 새파란 새싹들이 파릇파릇 나오고 있었어요. 그때 숲 속에서 아주 멋진 말을 타고 -그 말은 게어다도 잘 아는 말이었어요. 그건 황금 마차를 끌던 말이었지요.- 번쩍번쩍 빛나는 새빨간 모자를 쓰고, 말 안장 양쪽에 있는 권총집에 권총을 여러 자루 갖고 있는 아가씨가 두 사람 앞에 나타났어요. 바로 도둑의 어린 딸이었지요. 도둑의 어린 딸은 집에 우두커니 앉아 있는 게 너무 지겨워서 일단 북쪽으로 갔다가 그곳이 마음에 안 들면 다른 곳으로 갈 생각이었어요. 도둑의 어린 딸은 게어다를 대번에 알아보았어요. 물론 게어다도 그랬지요. 둘은 얼마나 기뻤는지 몰라요!

도둑의 어린 딸이 카이에게 말했어요.

"이리저리 돌아다니는 걸 보니 참 잘난 애인가 봐. 네가 과연 세상 끝까지 가서 찾을 만한 애인지 아닌지 알고 싶구나."

하지만 게어다는 도둑의 어린 딸의 뺨을 쓰다듬으며 왕자와 공주의 안부를 물었어요.

도둑의 어린 딸이 말했어요.

"함께 외국으로 여행 갔어!"

어린 게어다가 물었어요.

"까마귀는?"

"죽었어! 사람들 손에 길들여진 까마귀는 과부가 되었지. 그래서 까만 털실을 다리에 묶고 있어. 이루 말할 수 없을 정도로 슬퍼한단다. 뭐, 다 그렇지! 그동안 일어난 일이나 들려줘. 카이 찾은 이야기도 해 주고!"

게어다와 카이는 이야기를 해 주었어요.

도둑의 어린 딸이 말했어요.

"싹둑싹둑윙윙달그락땡!"

도둑의 어린 딸은 둘과 악수를 하고, 그 둘이 살고 있는 도시를 지나게 되면 꼭 찾아가겠다고 약속했어요. 그러고는 말을 타고 넓은 세상으로 떠났어요. 그리고 카이와 게어다는 손을 맞잡고 걸어갔어요. 카이와 게어다가 걸어가고 있는 동안, 아름다운 봄이 오고 있었어요. 꽃이 피고, 새싹이 돋았지요.

교회 종들이 울렸어요. 그리고 두 아이 눈앞에 높은 탑들과 커다란 도시가 펼쳐졌어요. 아이들이 살던 곳이었지요. 두 아이는 그 도시로 가서 할머니가 살고 있는 집 문으로 갔어요. 그러고는 계단을 올라가 방 안으로 들어갔어요. 모든 게 예전과 똑같이 제자리에 있었어요. 시계도 "똑딱! 똑딱!" 소리를 내고 있었고, 시곗바늘도 착착 돌아가고 있었지요.

하지만 문을 지나가는 순간, 게어다와 카이는 자신들이 어른이 되어 버렸다는 사실을 깨달았어요. 빗물 홈통의 장미는 활짝 피어서 열린 창으로 들어왔어요. 그리고 그곳에는 작은 아이들이 앉는 의자 두 개가 그대로 있었어요. 카이와 게어다는 각기 자기 의자에 앉아 서로 손을 맞잡았어요. 두 사람은 눈의 여왕이 살고 있는 성의 모습, 눈부시게 아름답지만 차갑고 텅 빈 모습은 까맣게 잊었지요. 마치 악몽을 꾼 것처럼이요.

할머니는 하느님의 환한 햇살 속에서 큰 소리로 성경의 한 구절을 읽고 있었어요.

"너희가 어린아이들처럼 되지 않으면, 하느님의 나라에 들어가지 못할 것이다!"

카이와 게어다는 서로의 눈을 바라보았어요. 둘은 불현듯 오래된 합창곡의 뜻이 이해되었어요.

골짜기에 장미가 탐스럽게 피네.
우리를 아기 예수님께 보내 주세요.

게어다와 카이는, 이제는 어른이 된 두 사람은 그곳에 앉아 있었어요. 어른이지만 가슴속에는 어린이의 모습을 고스란히 지니고 있는 어른들이었지요. 바야흐로 여름이었어요. 따스하고 축복받은 여름이었지요.

하늘을 나는 여행 가방은 아직도 내게 이야기를 들려주는 것 같다

181년 전에 북유럽 덴마크의 작은 시골 마을에서 태어난 한스 크리스티안 안데르센이라는 동화작가에 대해서는 알지 못해도 「벌거숭이 임금님」이나 「인어 공주」, 「미운 오리 새끼」와 같은 동화를 모르는 사람은 많지 않을 것이라 생각된다.

안데르센은 70세에 간암으로 세상을 뜰 때까지 여러 장르의 글을 썼다. 스물세 살의 나이에 시 「죽어 가고 있는 아이」로 성공적인 데뷔를 한 뒤, 희곡(40편), 시(1천 편), 장편소설(6편), 여행기(5권), 자서전(3권), 동화(156편)를 남겼다. 그의 소설은 당대에 전 유럽에서 대성공을 거두었지만, 만일 그가 동화를 쓰지 않았다면 그는 오늘날 뭇사람들의 입에 회자되지는 않았을 것이다.

전통이 고스란히 살아 있어 옛이야기가 전승되고 있던 지방 도시 오덴세에서 태어나고 자란 안데르센은 어렸을 적부터 부모, 친할머니, 근처 구빈원의 할머니들로부터 프랑스 작가 라 퐁텐의 우화, 노르웨이 작가인 홀베르의 작품(풍자시와 희곡), 아라비안나이트, 덴마크 민담 등을 즐겨 들었고, 커서는 덴마크 설화와 독일의 그림 형제가 채집한 민담과 독일 낭만주의 작가들의 창작 동화를 폭넓게 읽었다. 자전적인 요소가 깃든 첫 번째 소설인 「즉흥시인」으로 전 유럽에서 대성공을 거둔 안데르센은 「즉흥시인」이 출간된 지 한 달 뒤인 1835년 5월 8일에 네 편의

»»

단편동화로 이루어진 첫 번째 동화집 『어린이들이 읽는 동화』를 펴냈다.

초기 작품은 구전 민담에 바탕을 두고 있지만, 안데르센의 동화는 옛날이야기와 뚜렷이 구분된다. 그림형제 동화가 민간설화와 전설의 구조와 내용을 그대로 보존하기 위해 일정한 틀을 유지하며 개성적인 목소리를 드러내지 않는 화자를 내세워 선이 악을 이기는 조화로운 세계를 그리고 있는 반면, 안데르센은 재치 있고, 유머 감각이 풍부하고, 입담이 좋고, 가끔은 신랄하게 풍자도 하는 화자를 전면에 내세운다. 또한 그의 작품에는 시간과 공간이 구체적으로 제시되고, 세계의 모순이 그려지기도 하며, 동화의 결말 또한 언제나 해피엔딩은 아니다.

안데르센의 동화는 당대의 어린이책과도 본질적으로 달랐다. 당시의 어린이책들이 재미가 없고, 어린이들을 교육하기 위해 도덕성을 강조한 것과는 달리, 안데르센의 동화는 상상력이 풍부하고, 일상적인 어투로 생동감 있게 묘사한다. 또한 안데르센은 독일 낭만주의 창작 동화와도 거리를 두었다. 그의 동화에서는 꿈과 현실이 모호하게 뒤섞여 있지 않고, 상상과 공상에만 의존하는, 기이하고 신기한 이야기가 전개되지 않는다. 안데르센은 가장 아름다운 동화는 현실이라고 믿었다. 그는 "모든 게 다 놀랍다. 매일매일 일어나는 모든 게 마법이다!"라고 말했다.

이번에 번역, 소개되는 『안데르센 동화집』은 그가 세상을 뜨기 3년

전까지 37년간 쓴 156편의 동화 중 어린이보다는 어른 독자를 염두에 두고 문학적 실험을 다양하게 시도한 후기 작품을 제외한 동화들 가운데서 독자의 사랑을 널리 받고 있는 17편의 동화를 싣고 있다.

어렸을 적부터 관찰력이 뛰어났던 안데르센은 자칫 일상에서 하찮게 보여 간과되거나 무시되기도 하는 사물과 무생물, 동식물에 혼을 불어넣어 그들만의 방식으로 느끼고, 생각하고, 웃고, 우는 존재로 만들었다. 인형들이 춤을 추고, 슬퍼하고, 사랑에 가슴 아파하고(「길동무」, 「의연하고 꿋꿋한 주석 병정」), 농가가 "너무나도 보잘것없어서 과연 자기가 어떤 쪽으로 와르르 무너져 내려야 하는지도 몰라 그대로 서 있"고(「못생긴 아기 오리」), 부엌에서 사용되는 물건들이 허풍을 떨며 서로 자랑을 늘어놓고(「하늘을 나는 여행 가방」), 뜻하지 않게 얻게 된 자신의 소유물에 대해 하수구는 엄청난 애착심을 갖고(「완두콩 꼬투리에서 나온 완두콩 다섯 알」), 눈사람은 처음 보는 난로의 불꽃을 열망하고(「눈사람」), 생김새가 다르다고 아기 백조는 태어나면서부터 기나긴 수난사가 시작된다(「못생긴 아기 오리」).

보잘것없는 것들, 힘없고 가진 것 없고 억눌리고 버림받고 신체적으로 결함이 있는 것들, 이들은 안데르센에게는 낯설지 않은 존재들이었다. 그는 가난한 유년시절을 보냈고, 정서적으로 불안정한 가정환경에서 성장했으며, 작가의 길을 걷게 된 뒤에도 사람들로부터 이런저런 이유로 비난을 받았다. 그리고 스스로도 열등감에 시달렸기 때문에 그는 그러한 인물들을 누구보다 잘 이해할 수 있었다. 그래서 그는 자신과 같은 출신의 사람들, 사회의 중심에 놓이지 않은 힘없는 사람들에 대해 크나큰 애정을 갖고 있었다. 또한 자전적인 면을 자신의 작품에 종종 그렸다. 자신의 모습이 가장 많이 반영된 동화라고 말하는 「못생긴 아기 오리」는 그가 1830년대에 덴마크의 수도인 코펜하겐에서 수없이 받았던 비난과 상처에 대해 스스로를 정당화한 작품이라고 할 수 있다. 하지만 유감스럽게도 아기 오리가 멋진 백조로 탈바꿈한 것과는 달리, 그는 평생 못생긴 아기 오리의 모습을 자신의 머릿속에서 지우지 못했다. 당시 덴마크 사회에서 가장 낮은 계층에 속했던 자신의 신분이 드러날까 봐 그는 끊임없이 불편한 마음으로 살았다.

안데르센을 떠올릴 법한 또 다른 동화로 「눈사람」을 들 수 있다. 태어난 지 하루밖에 안 된 눈사람이 어떤 집 안에서 이글이글 타오르는 난롯불에게 사로잡혀 버린다. 자신의 파멸—그리고 죽음—을 집 지키는 개가 되풀이해서 암시해 주어도 눈사람은 난롯불에 대한 정열과 동경을 버리지 못한다. 「막내 인어 공주」의 죽음과 마찬가지로 눈사람의 이야기 또한 우리가 보통 '동화' 하면 떠올리는 것들과는 사뭇 다르다. 실제로 안데르센의 동화는 어린이들에게 부적당하다는 지적이 독일과 덴마크에서 수차례 있었다(「작은 클라우스와 큰 클라우스」, 「의연하고 꿋꿋한 주석 병정」, 「눈의 여왕」 등).

하지만 안데르센의 생각은 달랐다. 문학적인 야망이 컸던 그는 자신의 동화를 온가족이 읽어 주기를 희망했다("내 목적은 모든 연령층을 위한 작가가 되는 것이다."). 그는 그 시대에 동화를 쓰려는 사람의 과제는 어린이와 어른을 위한 동화를 쓰는 것이라고 생각했다. "난 내 가슴속에 있는 이야기를 한다. 난 어른들을 위해서 어떤 아이디어나 사상을 택한다. 그런 다음 그것을 어린이들이 알아들을 만한 이야기로 만든다."

그는 이런 말도 했다.

"나의 동화는 어른과 어린이 모두를 위한 것이다. 어린이들은 부차적인 것을 이해하고, 어른들은 전체 맥락을 이해한다."

어린이들은 단순하면서도 소박하게 묘사된 줄거리를 이해하고 읽는 재미를 느끼고, 어른들은 그 이상의 것, 줄거리 너머의 삶의 모습과 인간의 실상을 인식하게 된다는 것이다. 또한 안데르센은 자신의 동화에 "비극적인 요소, 희극적인 요소, 단순하고 소박한 면, 아이러니, 유머, 서정적인 요소, 어린이들의 천진난만한 이야기 등이 포함되어 있다"고 했다. 문학의 다양한 면이 반영되어 있는 바로 이 점에서 안데르센 동화의 위대함을 찾아볼 수 있을 것이다. 「눈사람」을 읽은 뒤, 단 하나의 문장으로 작품이 머릿속에 정리되지 않는 이유도 이런 맥락 때문일 것이다.

안데르센의 고향인 오덴세에 있는 안데르센 박물관에는 그가 해외여행을 다닐 때 사용하던 여행 가방이 전시되어 있다고 한다. 묵고 있는 호텔에 불이 나면 탈출하기 위해 가방에 묶어 놓았던 밧줄과 함께. 왠지 그 풍경이 안데르센의 모든 것을 간단하면서도 극명하게 보여 주는 것만 같다. 「하늘을 나는 여행 가방」의 주인공처럼 상상력이 풍부했던 그(그 가방에서 끊임없이 이야기가 흘러나오지 않을까?), 묵직한 가방과 밧줄만큼 그를 옥죄었던 것들(비천한 출신이라는 의식, 이상야릇한 괴짜가 정규 교육을 받지 못하고 엄청난 야망으로 출세하고, 동화에 도덕적인 면이 결여되어 있다는 비난, 할아버지처럼 정신질환이 유전되어 집필 활동을 못할지도 모른다는 불안감 등), 그리고 마음을 불편하게 하는 덴마크를 떠나 해외여행을 하면서 칭송과 찬사를 듬뿍 받고 다시금 문학적 영감을 얻었던 그의 삶.

그 묵직한 가방에서 나온 이야기들은 때로는 숲 속의 요정처럼 천진난만하고, 때로는 순진무구한 아이의 눈으로 어른들의 허황되고 위선적인 면을 꼬집고, 때로는 운명과 세계의 모순에 대해 생각게 한다. 그리고 우리의 모습을 다시금 발견하게 한다. 미국의 작가 오 헨리의 단편소설 「마지막 잎새」를 떠올리게 하는 「완두콩 꼬투리에서 나온 완두콩 다섯 알」이나 「못생긴 아기 오리」, 「막내 인어 공주」와 같은 작품을 읽다 보면 바로 우리 자신의 기쁨과 슬픔과 꿈을 직면하게 된다. 작품에 교훈적인 면이 결여되어 있다고 질타를 받던 그의 작품은 다른 차원에서 우리에게 크나큰 교훈을 주는 것이다.

세계문학에서 드물게 어린이와 어른을 모두 독자로 얻는 행운을 잡았다는 안데르센의 작품은 당대의 작가들뿐만 아니라 현대의 심리학자, 철학자, 작가들에게도 깊은 인상을 남겼다. 「황제님의 새 옷」은 프로이트, 프롬, 데리다 등에게 사유의 계기를 가져다 주었고, 토마스 만은 쇼펜하우어, 니체, 톨스토이가 자신에게 영향을 미쳤다고 하면서 그 외에도 영향을 끼친 것으로 아주 어렸을 때 읽은 안데르센의 작품을 꼽았다. 또한 프란츠 카프카는 마지막 생을 함께한 애인에게 안데르센의 동화를 소리 내어 읽어 주었다고 한다. 그의 장편소설 『성(城)』은 「눈의 여왕」의 영향을 받았다는 말도 있다.

또한 안데르센의 전기와 「눈의 여왕」을 비롯한 13편의 동화가 유럽과 일본에서 1902년부터 2010년까지 무려 34편의 영화로(그 중 텔레비전 영화 1편, 애니메이션 시리즈 1편) 제작되었다.

안데르센의 작품을 돋보이게 한 데는 삽화가들의 공헌도 한몫했다고

›››

할 수 있다. 안데르센의 초기 동화집에는 삽화가 실리지 않았다. 하지만 그의 동화가 대중적인 인기를 얻자, 1849년에 출간된 총 5권의 전집에는 19세기의 덴마크 화가인 빌헬름 페데르센(1820–1859)의 삽화 125편이 실렸다. 안데르센은 그의 삽화를 가장 좋아했다고 한다. 이번에 번역, 소개되는 안데르센 동화집에는 덴마크 삽화가인 빌헬름 페데르센과 로렌츠 프뢸리히의 삽화 외에 테오도어 호제만, 오스카 플레취, 그라프 폰 포치, 루트비히 리히터, 오토 슈페크터, 파울 투만과 같은, 19세기의 저명한 독일 삽화가들의 목판화도 함께 실려 있다.

인물의 성격과 어떤 특정한 장면을 상징적으로 포착해 훌륭하게 표현한 삽화를 보면서 새로운 세계를 보는 기쁨이 있었지만, 나는 마음 한편으로는 걱정이 되었다. 덴마크어가 아닌 독일어로 번역된 작품집을 다시 우리말로 옮겨야 하므로, 그 과정에서 안데르센이 고심해서 쓴, 그 특유의 표현들이 여기저기 툭툭 잘려 나가면 어떻게 하나, 하는 걱정이었다. 다행히 덴마크어 원서보다 더 훌륭하게 번역되었다는 독일어판 『안데르센 동화 전집』(튀라 도렌부어크 옮김, 파트모스 출판사, 2005)을 접하게 되었다. 이 전집은 1880년 덴마크의 코펜하겐에서 출간된 『안데르센 동화 전집』을 따른 것으로 안데르센이 직접 참여했다고 한다. 그 외에도 나는 다른 두 종류의 독어본도 아울러 참조했다((『안데르센 동화 전집』,

에파-마리아 블륌 옮김, 구스타프 키펜호위어 출판사, 1982), (『안데르센 동화 전집』, 플로리아나 슈토러-마델룽 옮김, 피셔 타셴부흐 출판사, 2005). 각기 다른 세 명의 번역자이지만, 단어를 고르는 일에 얼마나 고심을 했는지가 느껴졌다. 그 세 역자가 아무리 열성을 다해도 덴마크어의 특성이 반영되어 어느 나라 말로도 옮겨지지 않는 표현(예 : 「밤꾀꼬리」에서 두 사람이 만나 밤꾀꼬리라는 단어를 서로 나누어 대화를 하는 장면이 있음. '밤꾀꼬리'에 해당하는 덴마크어 단어를 두 부분으로 나눌 경우, '밤'이란 단어와 '미친', '엄청난'이란 단어가 된다고 함)도 있어 안타까운 마음이 컸다.

그동안 「엄지 아가씨」, 「벌거숭이 임금님」, 「인어 공주」, 「미운 오리 새끼」, 「나이팅게일」, 「돼지치기 왕자」로 번역되곤 하던 작품 제목을 이 동화집에서는 원문에 따라 「꼬마 엄지둥이」, 「황제님의 새 옷」, 「막내 인어 공주」, 「못생긴 아기 오리」, 「밤꾀꼬리」, 「돼지치기 하인」으로 옮겼다.

번역 작업을 마치니 여러 가지 장면들이 머릿속에 오간다. '바보 한스'의 용감무쌍한 발랄함, 안데르센을 연상시키는 가짜 밤꾀꼬리와 진짜 밤꾀꼬리(가짜는 황제의 침대 옆에서 온갖 보화에 둘러싸여 사랑을 받고, 진짜는 가짜가 더 이상 제 기능을 하지 못할 때 바람처럼 날아와 그 아름다운 목소리로 황제의 생명을 구한다. 왕과 왕비, 공주와 왕자, 귀족들에게 초대를 받아 그들의 숱한 찬사를 받던 안데르센의 모습과 오늘날까지 독특

한 아름다움을 지닌 동화를 남긴 안데르센의 모습이 두 밤꾀꼬리와 겹쳐진다), 마녀의 무시무시한 행동과 막내 인어 공주의 고통, "없어졌어. 사라져 버렸어!"를 되풀이해서 외치는 집 지키는 개…….

문득 이런 생각도 든다. 안데르센의 초기 작품들이 독일과 같은 외국에서 호평을 받지 못했다면, 어떻게 되었을까? 동화가 아닌 시나 소설, 희곡과 같은 장르에서 보란 듯이 성공을 거두고 싶어 했던 그는 계속 동화를 썼을까? 그가 쓴 수많은 시 중에는 동시도 있었다고 하는데, 어떤 동시였을까? 오늘날 그가 살아 있다면, 어떤 동화를 쓸까? 여왕과 왕, 대통령과 장관에게 동화작가가 자신이 쓴 동화를 낭송해 주고, 그들은 깊은 감동을 받고 길이 남을 작품이라고 찬사를 보내는 장면도 상상해본다. 요즘 같은 시대에는 감히 상상조차 할 수 없는 장면이 아닐까? 그런 시대가 있었다는 사실이 그저 놀라울 뿐이다. 그 시대가 진정 아름다운 시대였을까? 어떤 나라에서 명작이 나올지 모르니 전 세계 언어를 구사하는 역자들이 우리나라에 있어야 되는 것 아닐까? 갑자기 검색난에 치고 싶은 단어가 떠오른다. '안데르센의 종이오리기 동영상.' 색종이에 밑그림도 그리지 않고 이리저리 접은 뒤, 순식간에 오려 자신의 작품에 등장하는 악마며 발레리나며 동식물을 한꺼번에 모두 보여 주는 그 솜씨가 몹시 궁금하다. 그리고 안데르센이 낭송하는 오디오북도 듣고 싶다(보이소프라노처럼 노래를 잘 불렀던 그는 아름다운 저음으로 마치 연극 배우가 연극을 하듯 자신의 작품을 낭송했다고 한다).

자전적인 면을 작품에 너무 드러냈다고 비난을 받기도 하고, 어린이들에게는 부적당해 보이는 동화가 그의 전집에서 발견되어도, 그리고 이 세상에 춥고 어두운 면이 언제나 떡하니 버티고 있어도 '눈사람'이 다 녹아 버린 어느 날, 어린 아이들이 불렀다는 다음의 봄노래는 우리가 살고 있는 이 세계에는 다른 밝음이 있다는 것을 보여 주는 것만 같다. 동심은 영원하고, 동화 역시 영원할 것 같다. 지구가 인간에 의해 멸망하지만 않는다면, 언젠가 막내 인어 공주도 불멸의 영혼을 찾으리라.

"푸른 선갈퀴야, 어서 집에서 나와!
버들가지야, 털장갑을 벗어서 걸어 둬.
뻐꾸기야, 종달새야, 이리 와서 노래해.
2월 말이지만 봄이 오고 있지!
나도 함께 노래할 거야. 뻐꾹! 지지배배!
해님아, 이리로 와서 햇빛을 자주 비춰 줘!"

—옮긴이 이옥용

〈올 에이지 클래식〉으로 만나는 '세계의 고전', 더 읽어 보세요!

어린 왕자 생텍쥐페리
동물농장 조지 오웰
행복한 왕자 오스카 와일드
변신 프란츠 카프카
안네의 일기 안네 프랑크
안데르센 동화집 한스 크리스티안 안데르센

한스 크리스티안 안데르센 (Hans Christian Andersen)
1805년 덴마크 오덴세에서 가난한 구두 수선공의 아들로 태어났다. 아버지가 사망한 뒤 코펜하겐으로 떠나, 그 당시 덴마크 왕립극장 감독의 도움으로 코펜하겐의 대학을 졸업하게 되었다. 1833년 이탈리아 여행의 인상과 체험을 바탕으로 창작한 「즉흥시인」은 독일에서 호평을 받았으며, 유럽 전체에 그의 이름이 퍼지기 시작했다. 「막내 인어 공주」, 「못생긴 아기 오리」, 「눈의 여왕」 등 수많은 걸작들을 포함하여 서정적인 정서와 아름다운 환상의 세계, 따스한 휴머니즘이 녹아들어 있는 작품 156편을 남겼다. 1846년 덴마크 국민으로선 최고의 영예인 '단네브로 훈장'을 받았고, 1867년 고향 오덴세의 명예시민으로 추대되었다. 평생을 독신으로 지내며 대부분의 생애를 여행으로 보낸 안데르센은 1875년 70세를 일기로 세상을 떠났다.

이옥용
서강대학교와 동대학원에서 독문학을 공부한 뒤, 독일 콘스탄츠대학교에서 독문학과 철학을 공부하고, 서울대학교에서 박사 학위를 받았다. 2001년 '새벗문학상'에 동시가, 2002년 '아동문학평론 신인문학상'에 동화가 각각 당선되었다. 2007년 푸른문학상을 받았으며, 지은 책으로 동시집 『고래와 래고』가 있다. 현재 번역문학가로도 활동하고 있으며, 옮긴 책으로 『변신』, 『압록강은 흐른다』, 『그림 속으로 떠난 여행』, 『그림 없는 그림책』, 『두 번 태어나다』, 『집으로 가는 길』, 『젊은 베르테르의 슬픔』, 『인형의 집』, 『우리 함께 죽음을 이야기하자』, 『파라다이스 동물원에 온 표범』, 『안데르센 동화집』 등이 있다.

All Ages' Classics
올 에이지 클래식은 시대와 나이를 초월하여
10살부터 100살까지 늘 우리의 삶과 함께하는
소중한 친구 같은 책입니다.

안데르센 동화집

펴낸날 초판 1쇄 2011년 8월 25일
지은이 한스 크리스티안 안데르센 | **옮긴이** 이옥용
펴낸이 신형건 | **펴낸곳** (주)푸른책들 | **등록** 제321-2008-00155호
주소 서울특별시 서초구 양재천로7길 16 푸르니빌딩(양재동 115-6) (우)137-891
전화 02-581-0334~5 | **팩스** 02-582-0648
이메일 prooni@prooni.com | **홈페이지** www.prooni.com

ISBN 978-89-6170-236-2 04850
* 잘못된 책은 구입한 곳에서 바꾸어 드립니다.

이 도서의 국립중앙도서관 출판시도서목록(CIP)은 e-CIP홈페이지(http://www.nl.go.kr/ecip)와
국가자료공동목록시스템(http://www.nl.go.kr/kolisnet)에서 이용하실 수 있습니다.
(CIP제어번호:CIP2011002857)

보물창고는 (주)푸른책들의 유아, 어린이, 청소년 도서 전문 임프린트입니다.